U0906309

在迦南的那一边

Sebastian Barry

ON CANAAN'S SIDE

SEBASTIAN
BARRY

［爱尔兰］塞巴斯蒂安·巴里／著

李育超／译

浙江文艺出版社

图书在版编目（CIP）数据

在迦南的那一边 / （爱尔兰）塞巴斯蒂安·巴里著；李育超译. —杭州：浙江文艺出版社，2021.3（2024.5重印）
ISBN 978-7-5339-6303-3

Ⅰ.①在… Ⅱ.①塞… ②李… Ⅲ.①长篇小说—爱尔兰—现代 Ⅳ.①I562.45

中国版本图书馆CIP数据核字（2020）第222346号

责任编辑 王莎惠
责任校对 唐 娇
责任印制 吴春娟
封面插画 陶 然
装帧设计 尚燕平
数字编辑 姜梦冉

在迦南的那一边

［爱尔兰］塞巴斯蒂安·巴里 著　李育超 译

出版发行 浙江文艺出版社
地　　址 杭州市环城北路177号
邮　　编 310006
电　　话 0571-85176953（总编办）
0571-85152727（市场部）
制　　版 浙江新华图文制作有限公司
印　　刷 浙江海虹彩色印务有限公司
开　　本 880毫米×1230毫米 1/32
字　　数 185千字
印　　张 10.5
插　　页 5
版　　次 2021年3月第1版
印　　次 2024年5月第8次印刷
书　　号 ISBN 978-7-5339-6303-3
定　　价 65.00元

目录

献给德莫特和伯尼

走出埃及，栖居于迦南的一边，

穿越宽阔的约旦河，寻找彼岸的乐园。

——美国赞美诗

第一部

失去比尔的第一天

比尔永远去了。

一颗八十九岁的心蓦然碎裂的时候会发出怎样的声音？也许比寂静多不了几分，只是一丝轻细的微响罢了。

我四岁的时候，曾经有过一个瓷娃娃，是从一个性情古怪的人那里得来的。我母亲的妹妹住在维克罗郡，那个瓷娃娃是她从自己和姐姐的童年时代一直珍藏下来的，她把瓷娃娃送给了我，作为对我母亲的纪念。对于四岁的我来说，这样一个瓷娃娃显得无比珍贵也许还有别的原因，并不仅仅因为她的美丽。直到现在，我眼前依然能浮现出她那张彩绘的脸庞——沉静而富于东方韵味，还有穿在她身上的蓝色丝绸衣裙。让我大为困惑的是，这样一件礼物令父亲感到很不安。我无法理解这有什么让他烦恼的。他说，一个小女孩承受不起这件礼物，虽然他自己非常宠爱这个小女孩，简直到了无以复加的程度。

从我最初得到那个瓷娃娃大约过了一年光景，赶上一个星期日，我硬要带上她一起去教堂做礼拜，虽然父亲絮絮叨叨了很长时间表示反对，我仍然坚持要这么做。父亲总希望人有来世，从这个意义上说，他算是个虔诚的教徒。在这件事情上，父亲执拗得很。他觉得瓷娃娃不管怎么说也不适合带进教堂去做礼拜。

倔强的我硬是抱着她走进了马尔伯勒大街上的主教座堂[①]，也不知是怎么一回事儿，也许是因为那里的气氛庄严凝重，给人一种威压之感，她竟然从我怀里掉了出来。直到今天我仍然不能确定，或者说不能完全确定，当时的自己是不是鬼使神差，在一种莫名其妙的冲动之下松开了手。不过，如果真是那样的话，我立刻就后悔了。教堂的地面是用石板铺成的，非常坚硬。她的漂亮衣裙也没能挽救她的命运。她那完美无瑕的脸庞撞在石头上，摔了个稀巴烂，比一颗破碎的鸡蛋还惨不忍睹。在那一瞬间，我的心都碎了，她发出的破裂声在我小时候的记忆里衍化成了自己的心碎裂开来的声响。虽然那是一种孩子气的胡思乱想，但我现在确实觉得，也许那就像是一颗八十九岁的心

①主教座堂是施行主教制基督教派的教区中设立的教堂。

因悲伤而碎裂的声音——一个细小而轻微的声音。

但那声音给人的感觉仿佛是一片乡村风景，连同它所有的一切——炉台、牛栏、牲畜和人，全都被洪水吞噬，陷入一团漆黑，淹没在恐怖和惊惧之中。这情形就像是某个人，某个强大的机构，某个来自天国的中央情报局，对我这个小小的机械装置了如指掌，非常清楚我是怎么安装而成，正在按照一本小册子或者说明书，一个齿轮一个齿轮，一根电线一根电线地把我拆开来，压根儿没去想重新组装这码事儿，眼看着我身上所有的部件被丢得七零八落，落得残缺不全而无动于衷。悲痛让我感到无比恐惧，没有什么能给我一丝安慰。装在我颅骨里的仿佛不是我的头脑，而是一个炽热的火球，我在里面熊熊燃烧，伴着惊恐和痛苦。

上帝原谅我。上帝保佑我。我必须让自己平静下来。我必须平静下来。求求你，上帝，保佑我吧。你看见我了吗？我坐在这儿，坐在铺着红色塑料贴面的餐桌旁。厨房里有光亮在闪烁。我沏好了茶。虽然心绪不宁，我还是用开水烫洗了茶壶。我给自己加了一勺茶，也给茶壶加了一勺。我像往常一样，让茶泡上一阵子，像往常一样坐在一旁等着。黄色的阳光从面朝大海的窗户射进来，看上去给人一种结结实实的感觉，就像是一面古铜色的旧盾牌。此时，我穿在身上的是一件用厚实的亚麻布做成的灰色长裙，几年前我在主街上掏钱买下来的那一刻就后悔了，现在仍然后悔，虽然在这种寒冷难熬的天气里穿起来很暖和。我要喝点儿茶。我要喝点儿茶。

比尔永远离我而去了。

在人们的传说中，母亲生下我的时候便难产死了。父亲说，我呱呱坠地那会儿，就像是一只聒噪的雉鸡从自己隐藏的地方猛地飞出来。我父亲的父亲曾经是维克罗郡休姆伍德庄园的管家，所以他知道雉鸡从隐蔽处突然冲天而起是怎样一种情景。母亲是在天刚破晓，不再需要烛光照明的时候死去的。那是在离海不远的多基村。

许多年来，这对我来说只是一个故事罢了。然而，当我自己即将成为人母时，那一幕突然之间变得真真切切，仿佛触手可及。在克利夫兰那个小小的房间里，我拼命使着劲儿把孩子生出来的时候，我感觉到了她。在那之前，我对母亲从没有过什么真正的念想，然而，就在那一时刻，我觉得自己从来没有经历过如此亲密的人类情感。当有人终于把婴儿放在我的乳房上时，我像动物一样大口喘着气，一时间，一种无可比拟的幸福感涌遍我的全身，我为她纵情流泪，对我来说，这眼泪比一个王国都更值得珍重。

四岁时，在附属于都柏林城堡皇家小教堂的那家小小的幼儿园里，我开始接受问答形式的天主教教义启蒙。对于提出的第一个问题——“谁创造了世界?”，授课老师奥图尔夫人给出的答案是“上帝”，我心里非常明白她说的根本不对。她站在我们面前，朗声读出那个问题，然后用和鹁鸪一般响亮的嗓门儿做出回答。当时，我也许有点儿倾向于相信她的话，因为她穿着和都柏林动物园里的海豹一样颜色的灰裙子，在四岁的我看来颇有几分威仪，当我走进教室的时候，她的态度非常和蔼可亲，还给了我一个苹果。但我觉得世界是我的父亲——詹姆斯·帕特里克·邓恩创造的，他后来成了都柏林都市警察署的高级警官，虽然当时还不是。

据人们传说，我父亲曾经率领众人在萨克维尔大街上冲击拉金一伙。当贴着一脸假胡须的拉金走过奥康内尔桥，穿过帝国饭店的一道道大理石走廊，出现在一个阳台上，无视法律明令禁止，开始对聚集在下面的成百上千名工人发表演说时，我父亲和其他警官当即命令守在那里随时待命的巡警抽出警棍冲上前去。

儿时的我第一次听到这个故事，是在事件发生的当晚，当时我不明就里，还以为父亲的行为有多么英勇无畏。我在自己的臆想中不免添枝加叶，父亲被我想象成胯下骑着一匹白马，手持一把礼仪宝剑，威风凛凛。我仿佛看见他跃身向前，如同发起一次真正的骑兵突击。他的骑士风度和勇气让我大为惊叹。

时隔几年我才明白过来，当时他是自己走上前去的，那天有三个工人遇难。

这些陈年旧事，和我此时的悲痛没有多大关系，只是徒增我心头的重负。现在我要喘口气儿，再开始慢慢道来。

我参加完葬礼回到家，发现在我出门的时候，老朋友迪林杰来过门厅，他留下一束鲜花，没等我回来就走了。那是一束价格非常昂贵的鲜花，他还在上面放了一张小字条，写道：送给我亲爱的朋友布里太太，希望在她痛失亲人的时候给她一些安慰。这句话深深打动了我。假如诺兰先生还活着，我觉得他一定也会不声不响地前来造访。但那是我所不希望的。如果我压根儿不知道自己现在了解到的事情，如果诺兰先生不是在那个时候去世的，我可能会继续把他想象成自己这辈子最亲密的朋友。他的离世，和我的孙子比尔死去的时间相隔如此之近，给人一种怪异的感觉。一切事情的发生总是接二连三，这毫无疑问是个事实。第三个死去的将会是我自己。我已经八十九岁，很快我就会结束自己的生命。没有比尔我怎么能活下去呢？

我不能什么也不说就做出这样一件可怕的事情，但我去说给谁听呢？迪林杰先生，沃洛翰夫人，还是我自己？我不能不把自己的绝望说出来就撒手而去。我通常很少陷入绝望，而且我希望自己作为一个有血有肉的女人尽可能少地流露出这种情绪。这根本不是我的一贯风格。所以我不能长时间沉浸在绝望之中。我感到了深深的绝望，我担心它会让我的胰脏出毛病，诺兰先生就是因为这个古怪、忧郁的器官而丧了命，但我可不想再承受多久。等我和往昔的影子，和未来的一片蓝色苍茫倾诉过之后，我的生命就到此为止了，我这样希望，也这样祈祷。然后我就会寻找一种安静的方式结束自己的生命。

对于上帝赐予我的这个世界所呈现出的一切奇妙景象，我并不是漠然无动于衷——不管是小时候在都柏林去过的哪个角落，还是都柏林城堡里哪个不起眼的小庭院——在我眼里，那里仿佛是个灰尘弥漫的乐园，还有近些时候眼中所见的雾霭，那雾霭宛如四肢长长的人或动物，大队人马浩浩荡荡侵入汉普顿，是要发动进攻还是大败而归，是要出门远征还是返回故土，很难说个究竟。

我期望着，我祈祷着，让诺兰先生沿着一条漫漫长路向下进入地狱，田野开始在他周身燃起熊熊烈火，阳光呈现出令人张皇失措的炫目色彩，眼里的景象骤然一变，让他感到莫名惊诧——这并不是家乡那广阔无垠的烟草地和让人赏心悦目的苍翠群山啊——因为他虽然取了个爱尔兰名字，却是个土生土长的田纳西人，而且，就像任何一个将要死去的人一样，他也许曾经想象着，当死亡来临的时候，自己会自然而然踏上回归故乡的路途。在他活着的时候，我原本是非常喜欢他的，而且好多好多年以来，我们一直是朋友，但是现在，让魔鬼牵着他的手，领着他走进烟熏火燎的野地真是再恰当、再合适不过了。

我开始猜想，魔鬼也许比其他人更具有正义感，虽然他正让我经受着巨大的痛苦。

“只有不诚实的人才能真正做到诚实，只有失败者才能真正获得成功。”——这是我的孙子比尔在参加沙漠战争之前曾经对我说过的话，他时不时会这样灵光一闪。那时候，十九岁的他已经离过一次婚，已经认定自己的生活毫无意义——或者用他的话来说，是生命。那场战争夺走了他的最后一丝灵光。他从战火纷飞的沙漠回到家，就像目睹了魔鬼创造的一次奇迹。仅仅过了几个星期，他和朋友一起出门闲逛，大概是去喝点儿酒吧，那是他的一大嗜好。第二天，一个清洁女工在他过去就读的那所中学的厕所里发现了他。只有他自己心里清楚他怎么会一时心血来潮，偏偏翻墙而过爬进了那个地方。他是在星期六晚上自杀的，我觉得他这样做的原因是想让看门人在星期天发现他，而不是让星期一成群结队蜂拥而入的孩子们看见。他是用自己的领带在门闩上吊死的。

为什么他死了而我还活着？为什么死亡要把他带走？

世界上再没有别的什么能让我动笔写点儿东西了。我讨厌写字。我讨厌钢笔、纸张，还有一切烦琐的玩意儿。我觉得，不动纸笔我也过得挺好。噢，我这是在对自己撒谎。一直以来，我都非常害怕书写，直到八岁才勉强会写自己的名字。因为这个，乔治北街的修女们对我可没有好脸色，不过，有时候书也给我帮了大忙，这话一点儿不假——对我来说，它们就像是乐善好施的撒玛利亚人。我学习厨艺的时候曾经看过的那些食谱——噢，那是在多年以前，可后来这些年头，我有时候还会回过头去翻看那本破破烂烂的《白宫食谱》，好让自己回想起那些记不太清的细枝末节，这是很自然的事儿。好厨师无一例外，哪怕是在他们最喜欢的烹调书里也曾经挑出过毛病，然后在页边空白处标注出来，看上去跟一本古书差不多，比方说被焚毁的亚历山大图书馆里的一本古书。星期日我有时候会读读报纸，在一种特定的心境下，从头到尾一字不落地读。那架势就像是一团愈燃愈烈的火焰在一整份报纸上蔓延。我还非常喜欢读《圣经》，这种时候更少。《圣经》犹如一首特别的乐曲，你并不能随时抓住它的旋律。我的孙子比尔也喜欢《圣经》，他专门从中拆出了《启示录》的章节。他说，那部分文字就像是沙漠，科威特的沙漠，燃烧啊燃烧，跟火湖一样。名字没有记在生命册上的人将被扔进火湖里。①

我喜欢听人家讲述自己亲身经历的故事——过去，在爱尔兰，我们把这叫作神聊。娓娓道来的故事，即兴脱口而出，博人一笑。而不是那些让人心情沉重的历史传说。

我这辈子，自己经历的故事就已经够多的了，更不要说我的雇主沃洛翰夫人。

沃洛翰（Wolohan）当然是个爱尔兰姓氏，不过在爱尔兰语里没有W，我只能猜测这个字母是多年前她的上一辈人到了美国给加上的。因为我发现，在美国，词语有这样一个特点，那就是它们从来都不是一成不变的。就像美国人一样。只有美国的鸟儿似乎始终没有变化。我刚来美国

---

①引自启示录20:1，原文为：若有人名字没有记在生命册上，他就被扔在火湖里。

的时候，鸟儿的习性和颜色曾经勾起了我莫大的好奇心，而且让我糊里糊涂分不清楚。近来，这一带的海滨雀、长嘴秧鸡、美洲黑羽椋鸟、笛鸻，还有十三种刺嘴莺，成了海滩上一道美丽的风景。掐指算来，我走过不少地方。我碰上的第一个城市是纽黑文，可能有人会说，那是很久很久以前的事儿了。当时和我在一起的还有我的丈夫塔格。噢，那算得上是个疯狂的故事。不过，我还是等到明天再试着写出来吧。现在我身上发冷，虽然初夏的天气已经有足够的热力。我感到冷是因为我感觉不到自己的心。

失去比尔的第二天

迪林杰先生昨天留下一束鲜花还觉得不够，今天他本人又来了一趟。我把鲜花放在一个旧牛奶罐里，安插得并不怎么错落有致，即便如此，摆放在餐桌上还是增添了几许亮色。他心不在焉地抚弄着蓝色的花瓣，仿佛只是依稀记得这花朵和自己有着某种联系。

迪林杰先生一向善解人意，我确信他知道自己何时是不受欢迎的。不过，和他相处的麻烦在于，每次见到他你都很难感到不悦。他有着君王一般的面庞，棱角分明，这样仪表堂堂的男人大概并不多见，在我想来，那是一种高贵的相貌，虽然我也不完全确定高贵究竟是何等模样。作为一个出色的作家，他的相貌和他的声名正相配。他是沃洛翰夫人最亲密的朋友之一。

虽然已经年近七旬，但他举手投足间丝毫没有流露出老态。他身材颀长、瘦削，与其说他是坐在客厅里的一张椅子上，倒不如说是把自己靠在上面，就像是谁支在那儿的一架梯子。那些椅子原本是为身份低微的人准备的。迪林杰先生的脑子让人捉摸不定，就像是漂浮在云里雾里，他总是一下子道出装在自己头脑里的最重要的事情，把当时对他来说最要紧、最急迫的话一吐为快，他从来不怎么东拉西扯，只是有时候会和沃洛翰夫人闲聊几句。在我真正受雇于她的那段日子里，一切都像钟表的发条一样有规律。我总是周而复始给她做同样的菜肴，每逢星期三，午餐差不多没有任何变化，除非有时候因为季节的缘故，有的菜品可能会短缺，迫使我不得不做一点儿改变。我在克利夫兰过得很不错，我的亲密伙伴卡西・布莱克给我看了我平生第一次见到的牡蛎，还有好多别的神秘玩意儿，她在我身上留下了不可磨灭的印记，这样一来，我绝对不能说自己是个蹩脚的厨子。这倒也好。沃洛翰夫人起初雇用我的时候，或者说从她母亲那里把我继承来的时候，她非常看重我是爱尔兰人，可这并不足以成为她当初雇用我的理由。

迪林杰先生不喜欢东拉西扯，但他的确有话说。“我觉得，下次我再去北达科他州，应该把你也带上，”他吐出这句话的时候，就像是经过了一段漫长的思考，终于告一段落，他的思路跟逶迤而行，纵贯整个美国的巨大载货列车一样长，一样神秘莫测，“我妻子过世的时候，我感到很悲伤，在那儿，和苏族人[①]待在一起，让我得到了莫大的安慰。”

我当然一点儿也没有把他要带我一起去的话当真。不过，他这句古里古怪的玩笑话自能带给人一种宽慰。

他开始扯起别的事情。就像我父亲那一辈老派的爱尔兰人一样，他不想开门见山，而是在不知不觉中悄悄进入话题。此时，他向我讲起了他们全家人在希特勒年代的经历。据他所说，他的父亲曾经非常富有，他们一家人非但不是拖着纸板旅行箱仓皇逃离德国，反而是从一家五星级酒店到另一家五星级酒店，一路游历整个欧洲，最终来到直布罗陀海峡，他父亲在那里设法给全家人订了前往美国的头等船票。可到了最后时刻，他的妻子，也就是迪林杰先生的母亲，居然拒绝离开，后来她和两个女儿一起死在了达豪[②]。时隔多年以后，迪林杰先生曾经去过一次达豪，到了那时候，那里已经成了一个类似于博物馆的地方。他用优雅而沉静的语调说，当时他并不是用一个游客的眼光浏览每一样东西，而是用跟自己的母亲和姐妹一样的眼睛。

---

①苏族人，美国印第安人中最大的一族，主要居住在北达科他州、南达科他州、蒙大拿州及内布拉斯加州等地的居留地内。

②达豪，昔日建在德国的第一个纳粹集中营。

他说，他还记得，其中一个展厅里挂着一张巨幅照片，照片里有个女人一边奔跑，一边用惊恐的目光紧盯着身后，她的双臂在飞舞，两只乳房全都被割去了。他说到这儿，我禁不住在椅子里惊跳了一下。不知怎的，我感觉自己的乳房如刀割一般。真可怕，简直太可怕了。

“人不可能总是非常清楚地知道自己在看什么。”迪林杰先生说，他的身体明显在颤抖。

然后，他沉默不语。

“我向你表示歉意，”他开口道，“请原谅我。”

“为什么要道歉呢?”我说，“我为你母亲和姐妹的遭遇感到非常痛心。”

“我来这儿是想跟你说几句话，关于比尔。”他说着低下了头。

“你不需要说什么。”我说。

因为任何话语自然都无法抚慰我，真真切切。

他摇摇头，似乎是在否定自己打算说的下一个话题，还有再下一个，于是他继续默不作声。

我静静地坐着。我不想在他面前哭泣，这是其一。流眼泪最好是在一个人独处的时候。有时，怜悯与其说是狗，不如说是狼。我真想知道，如果我去那家小医院做一次X光透视，机器能不能看见我的悲伤？悲伤像不像是一块铁锈，还是像心脏发炎分泌出的液体?

他终于让自己振作起来，脸上绽开温暖的微笑。他抬起眼睑，露出蓝色的眼睛，那双他刚才提到过的眼睛。

“布里太太，也许我占用了您太多的时间?”

他敏捷地站起身，这个动作让椅子发出了有几分悦耳的吱嘎声。他低头凝视着我。他似乎在等待一个回答，但我的喉咙被沉默塞住了。他点点头，朝我弯下身子，匆匆拍了一下我的手臂。然后他一语不发地走向门厅，走进了尘土飞扬的明亮日光里。汉普顿的日光，带着珍珠的色泽。

善解人意。

迪林杰先生走后，我便取下了他几年前送给我的那本书。我从来没有读过，正如他把书拿给我那天所预料的一样。他说，近来他时常在海边走上很长一段路，然后沿着通往我家的车道走上来，浓雾笼罩之下的沙滩正合他的心意。那条旧车道沿途的墙上有个洞，他经常看见一只小鹪鹩从洞里进进出出。他还提到，从墙的一侧延伸开去的是一望无际的马铃薯地，另一侧是大片大片的沙丘和盐水沟。那只小小的鸟儿头顶着汉普顿高远、空旷的天空，阳光的巨大威力正把浓雾一点点驱散。他曾想，那只鸟儿不知道自己有多么渺小，它栖息在一帧史诗般的风景里，自以为有着英雄一般的气概。他认为这是一只不寻常的鸟儿，它只读史诗。就在当天下午，他决定带给我一件礼物，那是一本蒲柏翻译的《荷马史诗》，用红色皮面装帧。为什么要送这本书只有他自己心里最清楚，我不知道他是不是把我和那只鸟儿联系了起来，还是仅仅因为我和那只小鸟儿比邻而居。

“你可以读，也可以不读，这不是我们契约的一部分。”

我猜想，他所说的契约，是友谊的契约。

我轻轻抚摸着漂亮的皮面：

> 阿喀琉斯的暴怒招致了这场凶险的灾祸，
>
> 给希腊人带来无尽的苦难。女神啊，请你纵声高歌！

阅兵场上，数不清的鹅卵石泛着亮光，仿佛每块石头上都平放着一枚亮闪闪的硬币。我和哥哥，还有两个姐姐站在一起，目瞪口呆地望着父亲身上那套显得稍稍有点儿花哨的礼服，还有他那微微受到刺伤的男人威严。我一生下来，母亲就去世了，遇上这种阴暗时刻，只有父亲的手和眼睛陪伴我去应对。我想，父亲就是在那天被任命为高级警官，一大早，我们全家人搬进了都柏林城堡里的新居，因为我们就要成为那里的居民了。那是一座美丽的四方形住宅，外观是花朵一样的粉红色，那时候我还很小，花了整整一个上午带着自己的布娃娃参观一个个房间。但我说不准自己是多大年纪。在我的记忆中，哥哥威利似乎也还是个小孩子，所以那一定是在世界大战爆发之前。不过，不管是在战前还是战后，看着父亲穿上崭新的警礼服，我心里涨满了激动，相比之下一切都微不足道。这里丝毫没有猜测的成分。那位据说是从伦敦来的特派员，向父亲，向我的父亲，正式授予新岗位的警徽和职责，用父亲的话说，那位特派员穿着一身“伦敦城里做工最精良的套装”。现在我知道，父亲当时将要成为都柏林都市警察署二处的处长，他在警察署工作了三十年，那是他这辈子能指望晋升到的最高职位。父亲容光焕发，胡子刮得干干净净，一脸喜气洋洋，当时我们的姨妈、舅舅和表兄弟姐妹仍然住在维克罗郡，他们眼中所看到的基汀山上的日出也比不上我父亲脸上的神采。我每天傍晚放学回家，扑进他怀里，他总会亲亲我，然后说：“如果没有你的亲吻，我可能永远也不回家。”那种时候，我看见他脸上也是同样的光彩，只不过此时此刻还要灿烂一千倍。父亲身材高大魁梧，和任何一个拔河队相对抗都会让对手望而生畏，这副身躯紧绷在一套黑色制服里，在我眼里看来，袖口仿佛缀着银质的飞镖，不过实际上可能只是闪闪发亮的白色穗带。他的帽子上有一根白色羽毛，在庄严肃穆的城堡里随风飘摆。特派员虽然身份显赫，但他只穿了一套便装，在父亲高大身躯的映衬下，显得那么轻描淡写，还莫名其妙透出几分胆怯，就好像如果我父亲一时冲动，稍加用力就能把他吞进肚子。特派员做了几分钟发言，所有的巡警和警官都发出奇怪的低声咕哝，纷纷表示赞同——他们自己也穿着跟烧火棍一样颜色的黑制服，每个人身高都在六英尺以上。他们的啧啧称赞在父亲听来无比悦耳，就像我倾听海水冲刷谢里·班克斯海滩那般陶醉。一股股友情的涓涓细流涌上我父亲那张光彩四溢的脸，那张充满骄傲和自信的脸。

“这一天全是为了茜茜，为了让茜茜看见。”几个小时以前，父亲给我穿衣打扮的时候，对我这样说道。这个神秘而陌生的茜茜就是我的母亲，父亲很少提到她。但在这种日子，一个鳏夫总会想念死去的妻子用热切的眼神凝望自己。作为一个父亲，他学会了许许多多不可思议的技能，每当维克罗郡哪个未婚的姨妈主动提出帮忙时，他都一口回绝了。他用冰凉的大手抚平我裙子上的饰带，先是把自己裤腿的最上面往上拽拽，以免起褶子或者把裤子绷紧——用他的话来说，这是“要不得”的，在他的生活中，这种“要不得”的情形可能有一千种，然后他绕到我背后蹲下身子，给我系上蝴蝶结，动作的仔细和敏捷都恰到好处。

“好啦，”他说，“任何一个国王的孩子也不会穿得更漂亮，任何一个国王也不会更宠爱他的女儿。”

那天，我一身丝绸衣裙，打扮得像个洋娃娃，他把我搂进怀里，抱得紧紧的，一瞬间，我小小的胸腔简直透不过气来，还为此感到很开心，他用湿润的大嘴巴凑近我的脸颊，一丝不苟地亲吻了我。根本不需要有人告诉我，当都柏林动物园里的大象嚼着不新鲜的面包时，它那柔嫩的鼻尖儿摸上去会是什么感觉，因为我百分之百确信跟父亲的嘴巴感觉起来一个样。

“好啦，好啦，她看见你会不高兴吗，莉莉，难道她不高兴吗？她会高兴的。”

他和自己的这段小小的对话，似乎是说给我听的，但并不需要我回答什么，因为他刚才已经自问自答。

我们来到外面的阅兵场上，父亲暂时和我们分开了，好去听特派员发表演讲，并接受自己手下的人满脸堆笑向他说一些恭维话。不过，我们马上就要回到我们的新家，我的两个姐姐安妮和莫德会招待新来的一大帮客人吃饱喝足，天晓得我们可能会吃什么——一顿茶点，我知道安妮已经准备了一大碗做小圆面包用的调味粉，放在滤压壶里，她会把面团一块一块分放进纸杯，过不了多长时间面团就会在里面膨胀起来。

到此为止一切尚好，一切都还不错，可接下来我脑海里的这段记忆开始变得苦涩，直到今天我还在疑惑——我自以为亲眼看见的情景是不是真真切切如我所见。我已经有整整一辈子没有见过安妮和莫德了，她们俩确实都已不在人世，莫德已经去世很长时间，我根本无法向她们求证。我想知道，都柏林都市警察署有没有什么历史记载曾经提到或者记述过这件事情，我猜不会有，因为留在世上的人有谁会去翻阅都柏林都市警察署都干过些什么呢？在我的想象中，成堆成堆的账簿、日记账、夜班警官的分类账，再加上已经多得数不清而且还在越积越多的一捆捆报告、法庭文书，全都堆放在某个地下室里，正像是一个个吸血鬼的棺材，成百上千张纸慢慢变软，融为一体，就连天使的眼睛也无法翻看。

我们回到属于我们的漂亮房子里。那座房子在我这双历尽沧桑的老眼看来是什么感觉，我说不上，不过，在当时，那扇大大的正门和五个高高的窗户让我兴奋极了，因为整座房子让人感觉一切美好的事情都有可能在那里发生，姐姐们会宠爱我，哥哥脚步声啪嗒啪嗒地跑进跑出，就算是沉着脸心里也美滋滋的，父亲会继续给我系腰带，没完没了地夸自己的几个女儿。摄影师已经在阅兵场上拍完了照片，跟着我们回到家，父亲打算站在自家大门的门框里拍一张，摄影师正摆弄着各种旋钮，准备把那块黑布呼啦一下蒙在头上，父亲站在那儿，我感觉他有点儿烦躁不安，我知道这要算是我今生的一个小小的罪过。在我眼里，他跟刚才在阅兵场上简直判若两人，他脸上有一种古怪的表情，不是恐惧，但和恐惧很相仿，那是隐隐约约流露出的一丝焦虑，我以前从没有察觉到过。他在思忖着什么，我猜那是一个孩子永远无法知晓的。

虽然他是个人高马大，一天能吃下四磅肉的男人，那扇门也足有他三个那么宽。门开着，我能看见里面一团漆黑，白天的最后一缕阳光可能很快就会缓缓移步，沿着我家的红砖墙悄悄溜走，就像一个手持蜡烛的人，匆匆朝屋子里瞥上一眼，这让我感到很有趣。太阳照在皇家教堂华美的屋顶上，所有的总督旗都挂在那里，不过那可不是我们这些天主教徒会经常去的地方。一小队士兵从小船街那边的入口走了过来，我想他们一定是刚刚在那儿换过岗，他们走得还算整齐，可一边走还一边说说笑笑，枪倒是很小心地扛在肩上。士兵们时不时爆出一阵大笑，年轻人的吵闹声在鹅卵石路面上碰碰撞撞，还翻过矮墙传进了马厩所在的院子，这让我觉得那些原本安安静静的漂亮马儿一定开始躁动不安了。

父亲站在最高一级台阶上。摄影师已经准备就绪。

“只需要一会儿，长官，现在不要动了。好啦，长官，给我笑一个，长官，请笑一笑。”

让我惊奇的是，父亲居然顺从了他。那家伙长得又高又瘦，衣服的膝盖和胳膊肘上缀着几块光亮的皮革，这毫无疑问是和他的工作有关，他一天天鞠躬屈膝的次数大概跟修女和街头的混混差不多。父亲穿着靴子的双脚稳稳地站着，因为是在背风处，他帽子上的羽毛纹丝不动，那一队吊儿郎当的士兵正好从旁边经过，他们脸上绽放出灿烂的笑容，就像维克罗郡的灯塔终于把巨大的弧光定格在你身上。我怎么也搞不懂，灯塔的光芒对陆地上的人有什么用，它照耀着盛开着石楠花的田野，实际上却渴望把银色月华一般的光波洒向维克罗海滨的苔原和起伏的海浪。灯塔的光有什么用？我心里暗自琢磨，那纯粹是小孩子突发奇想，奇怪的是我居然还记得，不过还有一部分原因是因为在我写下这一切的时候，我又一次目睹了当年的情景，我又成了那个小女孩——莉莉·邓恩，一切都历历在目，尽在“莉莉女王”这个小女孩的掌控之中，父亲也还是我记忆中的父亲，虽然他现在已经化作一抔黄土。上帝原谅我，我甚至不知道当年那个生龙活虎的男人埋在哪里，他死去的时候没有人告诉我实情，足足有七年我没有得到任何音讯，在这七年中，我的父亲长眠在一个不为人所知的墓园里，至今还躺在那儿，但在此时此刻——这个时刻我已经逃避了太久，那段日子我已经逃避了太久，我看见父亲的脸一反常态露出几分惶惑，但还是做出眉开眼笑的样子，我看见摄影师钻到了黑布下面，我看见那队士兵从旁边经过，他们还算有礼貌，但也并不是毕恭毕敬，因为这是警察的事儿，而他们是士兵，是了不起的士兵，就在这时候，我瞥见走廊的阴影里有什么东西。恰恰在这一瞬间，正如我一直期待的那样，阳光的最后一根手指也伸进走廊，投进去一小片暗淡的微芒，仿佛是硬币大小的一片水光在幽深的井底远远地闪烁着。突然从阴影里闪出一个长长的棕色家伙，被那一抹阳光照亮了，一开始是四脚着地，当它发现我父亲的背影时，便用后腿直立起来，发出粗鲁的咆哮声，恰如一台巨大的蒸汽机排放蒸汽时产生的轰鸣，惊恐之下，父亲敏捷地转过身去，双脚结结实实站在原地，整个人呆若木鸡，那群士兵也惊呆了，不过其中一个人立即冲上前来，举起来复枪，在我右耳边开了火，那是一声让人头晕目眩的巨大爆裂声，作为一个警察的女儿，我还是头一次听到，我感觉从枪膛里推射出一坨铅弹需要非凡的力气，就在子弹射出的一瞬间，熊的脸上突然鲜血横流，鼻子上方如同绽开了一朵殷红的罂粟花，与此同时，我发现它那大大的柔软的鼻子上有个洞——在我看来，那里本不该有个洞，洞里穿着一条几英尺长的铁链，正在叮当作响；再看那头熊，在极度痛苦之下它越发站直了身子，因为它是一头熊——那是它在这个世界上承受的最后一次痛苦，紧接着它直挺挺地扑倒在最高一级花岗岩台阶上，石头地面上发出一声温软的碰撞，还有呼哧呼哧的喘息声，父亲似乎只是微微屈膝，好像正准备来个起跳，纵身一跃冲到安全的地方和我们待在一起，但奇怪的是他并没有跳，整个人仿佛是用两条弯曲的膝盖固定在原地，他直愣愣地盯着地上的死熊，身上那条带着漂亮褶痕、质料优良的礼服裤子的裤裆处颜色开始变深——他吓得尿了裤子。这一幕全都落在一个孩子眼里，我希望没有别人看见，我暗自希望着，默默祈祷着。

那天晚上，我们一家人坐在新房子的客厅里，全都像变了个人，和先前大不一样，几个孩子闷声不响，显得很不自然，这沉寂仿佛牢不可破，大家怏怏不乐地吃着茶点，安妮的面包调味粉还好好地放在滤压壶里，她每隔几秒钟就瞧一眼父亲，父亲穿着睡衣和睡袍，脚上的拖鞋像模像样的，仿佛是海豹的肚皮。莫德总是为一点儿小事就想不开，这时候她正缩在一个角落里抹眼泪。我们所有的东西还都装在箱子里，今天早上新兵搬过来之后就一直搁着没动。生活就像一曲吹得乱七八糟的口哨不成调子。这个特别的日子，我父亲曾期盼了那么久，为之努力了那么久，作为一名警察，他的巡逻路线从多基、商店街、金斯顿一直延伸到我们现在居住的都柏林城堡，我们在沿途这几个地方都曾经居住过，最特别的是多基的波里别墅，我正是在那儿开始不再懵懵懂懂，我明白自己活在世上，知道有人爱自己，在那些地方发生过的所有故事一章一章翻过来，一直翻到此时此刻最不可思议的羞辱篇。

终于，城堡的楼群里有什么地方响起了钟声，标记着被遗忘的时间，引得一座座石像微微惊跳，我也跟它们一起跳起身来，一个身穿巡警制服的男人迎着我们走进屋，用平静的语调对父亲说了些什么，父亲这回没有起身，似乎也没有要下达命令的意思。他只是点着头，静静地听对方汇报情况，那位巡警也频频点头，说着一些我听不懂的话，不过从他说话的语调我能感觉到这是个轻松幽默的话题。看见父亲朝他扬起脸，迸出几声轻笑，我大大松了口气，接着父亲又哈哈一笑，安妮跟着笑了起来，那位巡警也笑了，可能是为自己所说的话让大家感到愉快而喜不自胜，但我没有笑，我发现父亲的眼睛里还留有一丝哀伤，就像几头小猎犬游动着穿过漆黑的旷野。

第二天早晨吃早餐的时候，父亲总算恢复常态，把昨晚巡警小声对他说的话告诉了我们。原来不知道是什么人通过屋后警察总局的大门和台阶进到我们家，至于门是怎么从里面打开的还是个谜，除非是自己人开的门，这也同样不得而知。那些人牵着熊鼻子上的铁链把一头表演跳舞的熊领进了房子里，熊的主人是一个东游西走到处叫卖的小贩，现在已经找到了，当他得知被人偷走的熊已死之后，忍不住痛哭流涕，父亲也说不上来，是因为他在日子艰难的时候偏又失去了生计，还是因为他对熊感情深厚，但不管怎么说吧，那几个人偷偷把熊领进警察总局，走下长满苔藓的台阶，从后门进入我们家，让那头熊在走廊里随意走动，好在我父亲得意扬扬的时刻让他倒霉。

“吉姆，听了这个你可能会宽宽心，”那位巡警还说，“一头表演跳舞的熊在它还是个小熊崽子的时候牙齿就被敲掉了，爪子也从熊掌里拔了出来——不过，一掌拍下来还是有可能把你吓得直挺挺地跳起来。”

又过了好几个星期，那帮人才被找到。经查实，他们是新近成立的平民军成员，也就是拉金组织的平民军队。在前段时间发生的那场风风火火的停工骚乱中，正是我父亲在萨克维尔大街逮捕了拉金。现在父亲已经成了警察署的头面人物，但我觉得他从来没有摆脱那一刻，从来没有驱除眼中如荫翳和猎犬一般挥之不去的哀伤。

失去比尔的第三天

早晨，沃洛翰夫人好心给我打来电话，却不得不在答录机中留言，我知道她不喜欢这样。一大早，我就出门去了，因为我突然有一个强烈的愿望，想站在岸边看海。顺着海上航线走过去是一条很长很长的路，在我的感觉里，更是变得愈发漫长了。但是，当我来到岸边凝望大海时，心里十分惬意。只要一看到水，我就会感到莫大的慰藉。风吹拂起咸湿的空气，轻柔地裹挟住我，如游丝一般，抚慰着可怜的灵魂。哦，没错儿，我在想，人的灵魂那么微不足道，恐怕从来没有经过多少进化。它只是一个虚无缥缈的玩意儿，在人体中甚至都找不出一个恰当的位置。然而，上帝用来衡量我们的只有这个。

我站在那儿，脑子里缠绕着这些毫无用处的念头，然后便拖着疲惫的脚步沿着原路往回走，动动腿脚至少在我这把老骨头里注入了一点儿热力。我走进木头搭建的门厅，看见电话答录机的灯在闪烁。里面传出的是沃洛翰夫人令人愉快的话音。“嗨，莉莉，”她一上来就招呼道，她一贯如此——“嗨，亨利”，“嗨，某某”，不管给谁打电话都这么说，“我给你打电话就是想让你知道，我一直在想着你。晚一点儿我会带些草莓过去。很棒的草莓，我等会儿就带去给你。我得先照管一下那条狗。”然后她就挂断了电话。也许有人会说这太突兀了，可我不这么想，我非常了解她，或者是我自以为如此。我了解我的沃洛翰夫人。对于她，我没有什么可挑剔的。多年前，当我嫁给乔·金德曼的时候，我问克利夫兰的那位牧师——当然，他信奉的是天主教，我问他，如果我要和一个来历不明，连自己的宗教信仰都不清楚的人结婚，他有没有什么反对意见——乔自以为或者说自称是犹太人，但他并不是犹太人，而且也不反对加入新婚妻子信仰的宗教。那位斯库里教父说，这桩婚姻是“无可非议”的。我觉得这是个很恰切的词语，经常挂在嘴边，作为一种至高的赞美。

沃洛翰夫人，是无可非议的。在她丈夫身患重病的那段时间，她一直精心照顾他，最后埋葬了他，她确信自己已经做到了仁至义尽。如今，世界上再没有一个人比她更孤独，我的确是这么想的，虽然她很有钱，整天忙个没完没了。她有着惊人的生存能力，她经历的一个个人生片段，足可以陈列在教堂里，让观者为之潸然泪下。她已经让我在这里住了二十年，当她对我说，她为我“找到了一座小房子”时，我觉得她一定没有打算完全由自己承担这笔花费。前不久，我跟她提起这件事儿的时候，她说，“你烤的糕点那么棒”，给你提供一个住的地方是绝对应该和必要的。她用惯常的轻松语调这么对我说，让我感到很高兴。当然，我给她烤糕点也已经有二十个年头了，在这二十年里，我倾注了自己过去对厨艺的全部热情。就拿小松糕来说吧，做法简单得很，但要做得恰到好处却并不容易。说起来，连一个五岁的孩子也能动手制作。然而，完全在不知不觉之间，就连厨师本人也毫无察觉——小松糕里可能会悄悄溜进去另一样东西——那是一种感觉，是对母亲当年烤制糕点的回忆，就我而言，那情景是在一座爱尔兰农舍的院落里，姨妈围着锅灶团团转，风风火火的场面让人感到几分畏怯，她端着一托盘还没有烤过的蛋糕，像盘旋的鸟儿一样飞过院子，手脚麻利地将托盘放进炉膛的盖子下面，好不让噼里啪啦落下来的雨点把糕饼打得水淋淋，还得倍加小心，不让糕点挨着熏黑的锅盖，以免蹭上一块黑灰。这种超乎寻常的舞蹈兴许也在我身上有所延续，理应如此，我希望会是这样。这话不该由我来说。

她的丈夫，实实在在是个和我一样饱含热情的人，只是他不仅仅对制作糕点感兴趣，他确实值得她付出那么多。她为他所做的一切都是值得的，而且值得她付出双倍，因为她是这样认为的。我不能说自己在丈夫这个话题上有多少发言权。不过，从1955年到1970年，只要他在家，都是我给他做早餐，这可不是件小事儿，想想看，在某个奇异的天堂里，所有的薄煎饼堆叠起来，会形成一根香喷喷的柱子。

无可非议。我如此钦佩她，敬爱她，单是答录机里传出她的声音就让我的心情豁然明朗，这也许是一个旧仆对女主人一味顺从——除了这个身份，在生活的小词典里还能把我定义成什么呢？我发现那个答录机看上去有点儿污渍斑斑。一座房子里的物品总是得不到适当的料理，这真是件奇怪的事儿。

沃洛翰夫人对我来说就像是一道风景，是整个故乡，或者是海滨最远处一个岬角上那座给人带来喜悦的灯塔——那里的海滩变得崎岖不平，更像是被大西洋的波涛冲刷、侵蚀的爱尔兰海岸。即使她说自己打算“等会儿”就来，也许并不代表她真的会出现，我还是感到很高兴。不管怎么说，我总可以在餐桌旁坐下来了，桌上的塑料贴面把阳光投射到我身后的门厅里，仿佛是反射在海面上的光影，宛若一块平坦的巨石。

思索，回忆。试图去追想往昔。所有那些艰涩的阴暗的时刻，封锁在记忆里的陈年往事，就像塞进旧枕套里的旧袜子。真不知道这些故事到底还有几分真实。很久以来，为了过得轻松愉快，我对它们不理不睬，至少我曾经一天天心满意足，认为自己是幸福日子的主人。每每把一道菜肴做得恰到好处，我就会感到非常愉快，瞧着一托盘刚出炉的饼干，我心里会漾起小小的快乐，说来也怪，那快乐却又是绵绵不绝的，就像是自己刚刚建成帕台农神殿，或者在岩石上雕刻出杰弗逊的面孔，再或许像是一头熊用爪子从水里抓起一条鲑鱼的时候，它的肌体在那一瞬间所产生的快感。那快乐犹如灵丹妙药，深深地抚慰着你，我们来到这世上，除了感受这种小小的成功带来的喜悦，还有可能是为了什么呢？不是打垮和毁灭胜利者的大获全胜，不是战争和市民骚乱，而是把荷兰酸辣酱完美地涂在一块肥厚的鳕鱼排上，呈现出的色泽就像是一页金黄色的祈祷文，从而避免了厨房里可能发生的任何“灾难”——出奇制胜。

虽然我就要走了，脑子里却还在琢磨这些事儿。妈妈调制的酱汁。双层蒸锅的无穷奥妙。“莉莉，温度是锅的思考方式。就像我奶奶在哼唱摇篮曲，声音太大会让你睡不着，声音太轻柔小宝宝听不清歌词。莉莉，你听听温度的声音。听听锅思考的声音。你听到了吗，听到了吗？就在那儿噗噗响呢。你会听见的。等你听见了温度的声音，你就能做出世界上任何一种酱汁。”她用粗壮的胳膊指给我看，哦，没错儿，她的胳膊足可以把人打得晕头转向，不省人事，不过她从来不这么干。我亲爱的卡西·布莱克，她给了我在漫长的一生中战斗下去的武器。最终她被抛进了克利夫兰的暗夜中。

我所眷恋的一切都萦绕在脑海里，虽然每件事情多多少少都缝进了悲剧的线索——如果你追踪这条线索有足够长的时间，你就会发现。

其中一条线索，大概是从比尔一直追溯到我的哥哥威利，其间经历了多少战争，至少有三场吧？不，是四场。四场夺取人性命的战争，把多少人家的儿子，还有女儿，都卷了进去，碾得粉碎。对于所有那些为了美国的利益，为了美国的安危而背井离乡投入战争的人，我感到痛彻肺腑。哦，我知道美国对我来说是安息所，是避风港，因此，我怎么会不明白我也必须要为她付出些什么？我付出的是我至亲至爱的东西，真真切切相当于我生命的一部分。哦，比尔。

过去，他老是喜欢看挂在走廊上的照片，走廊一直通到我的卧室，那里光线不好，因为没有窗户，但在大白天还是能看得清清楚楚。有一张照片是身穿军装的威利。比尔很小的时候常常盯着那张照片看啊看，因为，说真的，比尔长得酷似威利，他很早就发现了这一点，他不是慢慢长成自己的模样，而是最终有了一张威利的脸孔。威利参加了他们所谓的第一次世界大战，那时候他还只是个孩子，跟比尔参加沙漠战争的时候一样，他兴高采烈地走了，几年间，我不知道他有没有回过家，虽然他确实曾经休假回来过。他身上有什么东西遗失在了法国，埋葬在他们挖开的壕沟里，所以，当他好端端地出现在都柏林城堡的家里时，浑身上下却像是缠绕着幽灵，也许是因为他周身笼罩着一层恐惧，像浮动的微尘一般。可他终究是个可爱的男孩，我记得真真切切，或者说这是我对他的记忆——一个讨人喜欢的男孩。他究竟是个什么样的人，还是留给上帝去评说吧，不过，我还是感觉到自己深爱着他，我的意思是，现在我仍然能感觉到对他的爱。虽然我坐在这儿，可我竟然不知道自己到底是什么人，我想大概跟任何一个沉浸在哀伤中的人没有两样吧，肝肠寸断，伤心欲绝，即使这样，在这悲痛的层层缠绕之中，在所有思绪的内心，在一个仿佛遥不可及的地方，我还是能听到我对威利的爱停留在那里，就像双层蒸锅里的热气在涌动。有时候，你倍加小心收藏在抽屉里的东西却偏偏怎么也找不到。踪影全无，真的是这样——但它确实还在原来的地方。

威利在战争中度过了漫长的三年。他先是在科克[①]进行了九个月的训练。可以肯定的是，他离家的时候我十二岁，还是个孩子。等到他最终再也不能回来了，我已经长成了大姑娘。威利回不来了……在那场战争中，有成千上万，上百万个年轻小伙子再也没有回家。他们的父母亲在孩子阵亡之后短短的一段时间里会收到几封来信，接着是一天天老去。那些善意的信件是尽职尽责的军官们写来的，有的自己本身也还是个小伙子。信里全都是陈词滥调，除此以外还能写什么呢？每天都有年轻的士兵在战壕里丧生。当你失去了一个孩子，一个兄弟时，不管是什么亲人，此后你也随他们而去了，虽然你还在四处走动，还在呼吸，还在思想，但你已经没有了生气。

我已是虽生犹死。虽然我打算结束自己的生命，但在我这么做的时候我已经身如枯槁，这对我来说多少算是个安慰吧。似乎这样罪孽要轻一些。因为我知道自杀是一种深重的罪。在我们还是小女孩的时候，就有人告诉我们说，这种罪孽是没有任何办法可以挽救的，死后一定会下地狱。

---

①科克，爱尔兰西南部港口城市，科克郡首府。

我想大概真是如此。谁知道呢？

我可怜的父亲总共收到过三封关于威利的信。第一封是他所在战斗部队的军官写来的正式信函，读过之后让人悲痛欲绝。父亲是都柏林都市警察署的一名警官，那封信是夹在一堆公务信件中送给他的。他说，在读到那封信的时候，他感到信纸仿佛灼痛了他的手。他趁下午茶时间离开办公室回到家，他迈步走进客厅的时候，宽大的脸膛因为惊骇而涨得通红，仿佛整张脸换成了一盏提灯，简直能把一束光线一路照到巴尔廷格拉斯[①]去。我一眼就看出了异样。我的两个姐姐安妮和莫德正在餐桌上瞎忙一气，我一定得实话实说，当时她们俩正冲着我大呼小叫，支使我干这干那给她们帮忙，这种争吵真是永远没完没了。身穿宽大的制服的父亲走了进来，脸孔像燃烧着一团火。他从光秃的脑袋上摘下头盔。我比安妮和莫德早几秒钟发现父亲有些不对劲儿，我站在屋子中央，正要放肆地嘲笑两个姐姐，话却哽在了喉咙。我感觉自己就像一条遭到斥责的狗，想大声咆哮却又发不出声音。父亲的眼神悬在半空中。我觉得，此后他的眼睛始终没有离开过那里。

---

①巴尔廷格拉斯，维克罗郡西南部的一个城镇。

至少安妮马上就感觉到了什么。她小心地放下手里的大盘子。

“怎么啦，爸爸?”她问道。

“可怕极了……”父亲的话已出口，却忽然好像再也说不下去。他从上衣口袋里抽出一个信封，上面带有都柏林近卫步兵连队的标志——刻在菠萝上的大象。当时我们并没有注意到。接下来的几天，我们反反复复检查那封信，想找出破绽和谎言，结果一无所获。

“他是在皮卡第阵亡的。”父亲说。他拖出自己那把老旧的弯木椅，轻轻地坐了下来。他是个大块头，那把椅子细骨伶仃的，他大概是因为这个才特别喜欢坐在上面。

莫德手里的盘子不够走运，哗啦一声掉落在地板上，摔成了十几块碎片。没有一个人朝她看一眼。

“对，”父亲说，“是在皮卡第。一个叫圣考特的小村子里。我不知道那个村子在哪儿?是的，没错儿。”其实我们谁都没有说一句话。

他长长地叹了口气，那是整个世界上最后一声叹息。

安妮站着一动不动。我一看她的脸，不禁吓了一跳。她经常发脾气，很少有笑容，可我还从没见过她这样的表情。仿佛是受了她的感染，再加上父亲的话也窝在我胸口，我禁不住放声痛哭，同时也为自己已经十六岁了还号啕大哭感到难为情。我当然从来没有读过悲痛情绪排解指南一类的书，不知道是不是应该把自己的感情隐藏在心里。那种悲伤是无论如何也难以抑制的。

“可怜的孩子，上帝保佑他，”父亲喃喃地说，语调很平静，“他最后一次回家，我在浴盆里给他洗澡，把你们三个赶到厨房里。他身上的泥垢真吓人，满是虱子和跳蚤，还长了皮癣，你们还记得吗？天啊！你们还记得吗？安妮，你那会儿站在门口跟我们开玩笑，说你要进来了，莉莉止不住哈哈大笑。可怜的孩子，上帝保佑他。他身上没有一点儿肉，我用大毛巾裹住他的时候，感觉他简直会出溜到褶缝里让我找不见，他真是太瘦了。但他很壮实，虽然瘦得可怜，可也壮实得很。威利就是那样。他是个好孩子。”

那天晚上，我们待在家里几乎什么也没做，只是一味沉浸在悲痛之中。悲痛和忧伤先是坐在我们中间，然后慢慢钻进椅子里，最后又渗进四周的墙壁，和灰泥融为一体。我感觉，我们的悲伤一定还留在那里，只要有人悉心去感受，只要还有人记得威利·邓恩这个在世界历史上被遗忘的名字。

第二封信，或者说第二份通知送到我们手上，是在这个可怕的消息传来之后的几个月。跟爱尔兰、英国、法国、俄罗斯、德国，还有全世界许许多多不幸的家庭一样，我们铆足了劲儿拼命摩擦两根生命的木柴，燃起一小堆火，好让日子能过下去。父亲毕竟是让威利来到世界上的那个人，我想，他的哀伤一定最深重，最痛苦。他所拿到的威利的全部遗物只有一本士兵手册，一本稀奇古怪的俄罗斯小说，磨损得破破烂烂，还有他不知从哪儿捡来的一尊小马雕塑。威利在士兵手册里写下了父亲的名字作为自己的遗嘱执行人，还写了我们在都柏林城堡的住处，作为自己的家庭地址。这些东西是威利所在的部队寄还给父亲的。父亲把那尊小马雕塑给了安妮，陀思妥耶夫斯基的书给了我，他自己保留威利的士兵手册，那本小册子历经过战火的洗礼，如此想来真算是一件圣物，我想象着威利可能一直把它包裹在一块防雨布里，用他胸膛的体温烘得暖暖的。这回轮到父亲把它放在制服内侧贴近胸膛的一个口袋里，用自己身体燃烧的炉火温暖着那些纸页——要说起来，他的警察制服真是有不少口袋。我确信我们三个已然是大姑娘了，我们自己尤其是这么觉得，威利死后我们的的确确长大了不少。突如其来的悲伤让安妮发生了一些奇怪的变化，其中之一是她居然变得愉快开朗起来，对我的态度比以前友好得多，也温和得多。如此一来，在那段时间，家里沉重的悲痛氛围里交织着一丝温柔美好的情感，若是换到从前，她的舌头足可以充当剃须刀。

父亲收到的最后一封信是和威利并肩战斗过的一名中士寄来的，父亲把它看得和威利的士兵手册一样珍贵，还小心翼翼地夹进了那本小册子里。有多少家庭连同它们微不足道的故事渐渐变得湮没无闻，如今那封信也许被丢弃在废物堆上，已经化为乌有。在我看来，那是一封奇怪的信，我至今还记得里面的措辞，大概是因为那位名叫克里斯多夫·莫兰的中士知道我父亲是个警官，他在写信的时候花了很多心思，结果写成了一篇古里古怪的官样文章。他在信中说，自己写这封信是带着“郑重而荣幸”的心情。然而，他告诉了我们一个令人震惊的事实，我们之所以大为惊讶，只是因为他坦率地说出了威利在皮卡第死于非命的经过。事情非常简单，当时他听到一个德军士兵在唱歌，于是就隔着无人区用歌声回应对方，不料竟然中了一个狙击手的枪弹。

“威利就是这个样子，”父亲也只说了简单的一句话，“老是爱唱歌。”

虽然我只有十六岁，但我非常清楚，经过三年的战争，威利整个人已经被恐惧和死亡掏空了，父亲大概也知道，所以那位中士的来信把威利在最后时刻描述得如此豁达，如此轻松，对他来说是个莫大的安慰。

可怜的威利。除了我和比尔，活着的人几乎没有谁还记得他。安妮和莫德不在了，父亲很久以前就已经去世，当然，比尔也死了，除了我，我敢肯定不会有人还记得他。比尔站在美国的一幢房子里，凝视着伯祖父的照片，穿越几十年光阴，朝照片上那个他几乎一无所知的人露出微笑，现在想来，他参军入伍也许算是继承了威利身上的某种东西。

后来，塔格·布里来看望父亲。总共有三个人向我们讲述威利的故事，第三个便是塔格。

塔格·布里。他看上去就像是从英吉利海峡游泳过来的，被海水冲刷得一尘不染，他的面孔是那么干净清爽，这真是很难得，毕竟他曾经在战壕里待过好几年。我总觉得战壕里的泥污一定不是轻易能洗掉的。他坐在我父亲身旁，以威利的朋友和同一个排战友的身份，讲述自己对威利的回忆。我心里暗想，他算是个干净漂亮的男孩。他对我父亲说，威利死后，他继续留在部队里，一连几个月和南爱尔兰骑兵队驻守在科隆负责交通勤务，因为他自己原先所在的团在战争中被摧毁了。他说，他一直渴望能到都柏林和威利的家人说说话，因为他感觉威利会很乐意他这么做。听他如此一说，我才真正认识到威利在军队里很受人敬重，我想，大家一定都是打心眼儿里喜欢他。对于面前这个小伙子，我们只知道他的家乡在科克，和我们谈过话就直接回家去，只知道他曾经是威利世界的一部分，那个陌生、黑暗、令人恐惧的世界，但也是个萌生友情的世界。我不知道这为什么特别让我为之心动，在我脑子里上上下下地翻腾。

在塔格·布里说话的时候，父亲静静地坐着，只是偶尔点点头，有时候也摇摇头。至此，我断定那是在1919年的某个时候，当时父亲就要退休回到维克罗去了。都柏林到处都在发生新的谋杀事件，几十名爱尔兰皇家警队的成员丢了性命，有的遭到伏击，有的被杀死在酒馆里，有的死在自己的床上。父亲正当六十五岁，他所熟知的整个世界开始燃烧，熊熊烈焰，滚滚黑烟，交织成一片火海。

“威利是这样一个人，”塔格·布里说，“你不仅仅可以依靠他，而且你心里明白，他在时时刻刻替你留意着危险，就像对待自己的兄弟一样。所以我总是在想，这种美德大概跟他的家庭有关，是他的家里人培养了他的思想品质。我想对你们说的是，自从我们把他埋葬那天起，我就一直想对你们说这些话，可怜的老兄，我们把他的来复枪插在他的坟墓上，上面顶着他的头盔，当时有我和中士，还有威利最好的朋友乔·基尔蒂——他后来也死了。自打那天起，我就待在圣考特村附近，在那些地方，战争差不多已经结束，该死的混蛋德国佬已经被赶走了，请原谅我说话粗鲁，我想告诉你们的就是，就是……”说到这儿，塔格深吸了口气，不知何故，他的目光投向空荡荡的地板，扫过地板中央那块小小的土耳其地毯，然后落到我身上，他微微一笑，我敢对上帝起誓，我在他的笑容里读出了某种属于未来的东西，就像是一篇宣言。“我想说的是，他爱你们每一个人。我们听他说起过安妮和莫德，听他说起过您，还有坐在那边的小莉莉，邓恩小姐，他总对我们说你有多么好，长得多么漂亮，说了不知道多少遍。我心想，有朝一日，我最好能来一趟，只为了告诉你们这些话。”

“我们非常感激，”父亲终于开口说道，他浑厚的声音从暗沉沉的胸腔里传出来，充满了整个房间，“非常感谢。你在回家的路上还停下来看我们，真是个好心人，你家里的人一定正盼着见你呢，你在战争中活了下来，他们该有多么庆幸啊。你在战争中活了下来。”

塔格·布里站起身来，觉得自己该走了，他此行的目的也已经达到。

“没有一个人能像威利那样，”他说，“这是真的。”

“嗳，莉莉，”父亲也站起身，拉住塔格的手握了握，

“你把这个小伙子送到门口。塔格，你穿过镇子到火车站去的路上，得留神四周。现在是非常时期，有些人不喜欢看见你的军装。我们这里最近刚刚举行了一次大游行，你知道，是庆祝胜利的游行，成千上万的人走到街上纪念战争胜利，感谢你们这些小伙子，但是现在也有另外一些人偷偷地混在人群里，他们不喜欢看到卡其布军装。真的是不喜欢。”

“好的，先生，我一定会注意安全。谢谢您，先生。”

我走在他身边穿过鹅卵石铺成的广场，突然感觉有点儿不自在，因为自己穿着一件夏天的旧连衣裙，和一个陌生人在一起。我希望自己出门前带上一件开襟羊毛衫就好了，因为现在是秋天，有一丝寒意，黑沉沉的灰云像一个巨大的盖子罩在城市上空。像塔格这样的小伙子，十八岁就参了军，大概跟威利一样，很快就满二十二岁了，我猜想，除了那种在战火摧毁的城镇里给士兵提供性服务的野女人以外，他可能很长时间没有和女性接触过。这并不是说在蒙哥马利和马尔伯勒大街上没有成群结队的妓女，由于驻扎了军营，就是在都柏林城区里也不乏这类女人。不过，我感觉他不知道怎么和我这样的普通女孩聊天，一路上他几乎没对我说几句话。当我们来到通往女爵士街的出口，从卫兵身边经过的时候，那几个爱开玩笑的小伙子硬要逗引我们说几句俏皮话，否则就不让我过去，这时候，塔格让我吃了一惊。他在古老的花岗岩大门的背风处停下脚步，仿佛和我相识了一辈子，说话的语调是那么平静、温和。

“威利经常提起你，”他说，“他非常替你担心。几年前，你们这儿发生了暴动，他更是担心得要命。我经常看见他坐在战壕里，像开水里的龙虾一样，烦躁不安，无缘无故地发火，看样子苦恼极了。所以我特别来看看你，对你说一句：如果你需要我为你做任何事情，我都会去做的。请允许我说出自己的心里话，现在我见到了你，我知道他所说的关于你的一切都是真的，能见到你我简直太高兴了，真的是这样。”

他伸出手要和我握一下。我一时惊呆了。从来没有人对我说过这样一番话。事实上，这大概是第一次有人把我当作成年女子而不是小姑娘来看待。我觉得，当时的自己仍旧是个不谙世事的小姑娘，不过，我感到有一股热流涌遍了全身，我猜想自己的脸颊和脖颈一定像盛开的玫瑰那样炽烈、红艳，我都能感觉得到。

“要是我给你写信，你会给我回信吗？很抱歉，我说话这么唐突。可是，我住在科克城，当然，再过一段时间我就要回到德国。接下来我不知道自己会干什么。我不愿意告诉长官，我的老父亲加入了爱尔兰志愿军[①]，他根本不希望我待在军队里，所以，我不知道等我脱下这身军装还能不能回到科克。我也许会来都柏林，看看有没有可能找到什么工作。我听说随便什么地方都很难找到工作。”

我只是点了点头，因为他让我太吃惊了。

“你同意给我写信?”

我拼命想挤出一句话，快说话呀，莉莉，快说话呀，莉莉，说呀。

“是的。”我终于说出了口，这对我来说真是个了不起的胜利，值得来一次大游行，我心想。

他朝卫兵敬了个礼，顺着小路走上女爵士街，然后就一路而去。他在街角转身向后张望，看见我原地不动，双脚在单薄的裙子下面瑟瑟发抖，脸上不由得露出惊讶的神色，他朝我挥了一下手，然后又挥了一下。我的手也举了起来，轻轻一挥。那几个士兵把一切都看在眼里，一个劲儿地笑啊笑。

我深深地陷入对塔格·布里的回忆中，这时候，我听见一辆汽车开到门前，我感觉那发动机的声响很熟悉。沃

---

①爱尔兰志愿军，爱尔兰民族主义者1913年成立的军事组织，是爱尔兰共和军的前身。

洛翰夫人还是来了。她像往常一样自己走进了大门，为什么不能呢，这座房子其实是属于她的，自打我退休以后，她就让我住在里面。她并没有义务为我做任何事情。房子是那种非常舒适的别墅，她本来可以租给来避暑的人，租金相当可观。但她并没有这么做。二十多年来，我一直被安置在这里，我猜想，她的慷慨大方可能会随时间被消磨掉吧。可事情并非如此。

“嘿，嘿，你这儿收拾得真叫一个干净整齐。”她说着走进了厨房。她用一块布兜着一包湿淋淋的东西，一路走到水槽边上，我想那就是她说要带给我的草莓。她身穿白色裤子和浅蓝色衬衫，跟浆洗过的枕头一样洁净。她有六十岁了，按理说，她这辈子经历的所有苦难早就把她压垮了，真不知道她是怎么学会了从痛苦中挣脱出来。一路上荆棘丛生，她都左躲右闪地绕开了。也许她是最近才战胜了自己的悲哀。在我照料她的那段日子，有几个年头她一直沉浸在哀伤里，习惯性地沉默不语，很少外出与人交往。她丈夫死后，一开头那种深切的丧夫之痛慢慢减缓之后，新的生活让她重新变了个人。她做起事儿来干净利索，说话也是，就像有人把一篮子要说的话一股脑儿放在清水里漂洗、搓揉、上浆。年轻时代的风趣和机敏又回到了她身上。她喜欢开玩笑，尤其是在别人可能说了些真心实意的客套话之后，比方说现在——比尔的葬礼刚过去没几天。不过，我还是更愿意听她那些打趣的话。对现在的我来说，任何安慰都毫无意义，所以我更喜欢她的伶牙俐齿，何况我从小到大跟姐姐安妮斗嘴，练就了唇枪舌剑。

“我看我必须要带你去收拾收拾头发，”她说，“下星期你跟我一起进城，让杰拉德帮你做个发型。咱们的好朋友杰拉德，”她模仿着外国腔说，“他的真名我听说是查克，不过这没什么要紧。”

“你觉得，会有人在意一个八十九岁的老太婆把头发弄成什么样儿吗？”我问。

“这才是头等大事儿。等我到了八十九岁，我每隔几个星期就要来个造型。我要漂亮得让人无法形容。让他们目瞪口呆去吧。”

我们俩哈哈大笑。

喝过一杯茶，我随她走到外面的前廊。

“这儿一切都好吗？”她问。我生怕她终于要把话题扯到葬礼上，心猛地一沉。我知道这是她最关切的事情，她只字不提让我心里很感激。她自己经历过那么多次痛苦的煎熬，平日里说话总是小心得不能再小心。我猜想自己的脸一定稍稍有点儿往下耷拉。

“站在这儿，我总会想起可怜的诺兰先生。”她说，“我觉得那个该死的排水沟好像有点儿歪。肯定是去年冬天下雪造成的。”

“我看是比以前歪了点儿。”我应了一句，心里非常感激她岔开了话题，虽然她提到诺兰先生让我有些不安。当然，我没有参加他的葬礼。我猜沃洛翰夫人也没去，她一向不喜欢葬礼，不过她对诺兰先生很有好感。

“要说排水沟，我一窍不通，可我觉得这个排水沟方向不对。夏天雨水会流到客厅里去。”

她很有把握地下了结论，便钻进汽车开走了，留下我一个人直愣愣地看着那条惹人心烦的排水沟。夏天的雨水。也许真会流进屋子。可我觉得自己应该活不到那一天了。

失去比尔的第四天

难眠之夜。一场可怕的暴风雨从大西洋袭来。我一直处在半梦半醒之间，暴风雨毫不费力地就跟随我到梦里。树林仿佛在风雨中一片片倒伏下来，大海像成群的野马，扬起前腿，在我纷乱的思绪里狂奔。我一次又一次从梦中醒来，心惊肉跳，一时不知道自己是年轻还是年老，是在美国还是在爱尔兰。这就是旧事重提的结果。把往事从时间深处挖掘出来。

不过，说实话，这里面也有一种愉悦。我坐在有塑料贴面的餐桌旁乱涂一气，用铅笔在账本上写满了一页又一页。在我写下这些文字的同时，所有的人，所有的事，仿佛清晰地呈现在眼前。我甚至能以一种奇异的方式和父亲对话。我想对他说，爸爸，我不知道你埋在什么地方，我感到非常难过。

这也称得上是一种愉悦吧。大概从独立战争算起，我读到过的东西都深深地刻在脑海深处——叛乱分子被抓捕，关押在都柏林城堡的什么地方，恐怕还经受过严刑拷打，我不知道父亲是不是也参与其中。当时，他是二处的长官，主要负责巡逻。八处是警探，他们中间有的人名声不大好。我不知道，这样的历史对失败者来说是多么沉重的负担——比如我父亲这样的人，他们曾经对国王和已逝的王后忠心耿耿，但我确信双方都有罪恶和残酷的行为。我还不至于傻到有别的想头。我无法描述塔格在那个故事里扮演的角色，即使我想说个一清二楚也做不到。父亲并不是历史上最残忍、最血腥、最阴险的人——哪怕真的是这样，我胸中跳动的那颗更单纯的心也会深切地思念他，梦想着再次见到他，那颗心从小时候起就塑造出了他的形象，形成了自己的看法，并随着一天天长大把这个形象塑造得越来越富有传奇色彩。所以，在我的梦里，他是那么可亲可敬，从海上一路漂流而来，我怎能畏惧他，指责他？我不会为他辩解，但也不会把他拒于千里之外。

也许在当时，我们全都该让人拉出去枪毙，这倒是一种仁慈，一个干净利索的了结，那个年代的爱尔兰，恰如大海里的巨兽一样狂躁不安，动一动犹如天翻地覆。

此时，我在厨房里哈哈大笑，可有谁会听见我的笑声？

世上有各种各样的自由，这也是其中一种——人到了一定年纪，就可以对自己所爱的人倚老卖老，不用再花心思寻找借口，抹杀什么，遮掩什么。我父亲是旧统治下的一个高级警官。他是新爱尔兰的敌人——不管现在的爱尔兰叫作什么，总而言之，他是这个国家的敌人，虽然我也说不清爱尔兰会成为一个什么样的国家。他不会被记录在生命册里，而是被投进火湖，他的名字不应被人提起，因为他是一段毫无价值的历史上一个毫无价值的人。然而，我从他身上感受到的只有慈爱。我想起那个俄罗斯小伙子，斯大林手下的警察头子[①]，也许他的孩子也会说出同样的话。他叫什么名字？我读过关于他的事情，在我眼里，他纯粹是个恶魔。我父亲也一样是个恶魔？我如何知晓？我能去问圣彼得吗？

我刚开始给沃洛翰夫人的母亲干活儿那阵子，真是提心吊胆，生怕她一旦发现我的身世会把我赶走。当然，她跟她的女儿一样，是个深爱自己的祖国，热切盼望爱尔兰获得自由的爱尔兰裔美国人，这在她看来是个无比崇高、无比振奋人心的理想。这的确令人鼓舞，我深信不疑，除

①此处所指大概是斯大林时期的苏联秘密警察头子拉夫连季·贝利亚，从1938年到1953年期间，他一直统治着苏联的谍报组织，该组织曾有过一支数量多达100万人的秘密警察队伍。

非你站在错误的立场上。当时我确实也觉得有必要稍稍提及自己的出身，因为我不想让她把我错当成别的什么人。当我去给沃洛翰夫人做厨师的时候，我又稍微多透露了一点儿自己的身世。当然，一开头儿，她之所以对我产生好感，以及后来对诺兰先生产生好感，是因为我们同是爱尔兰人，虽然诺兰先生从未去过爱尔兰——其实，他跟沃洛翰夫人本人一样，都不过是第三代爱尔兰裔美国人罢了。沃洛翰夫人并没有大惊小怪，也没有表示出非难之意，而是颇感兴趣。我记得，当时她拉着我坐下来问这问那。听说我父亲是原来英国统治时期的一个警察，这一下子勾起了她的好奇心。她整个人因为兴趣盎然而焕发出光彩，这是她性格的显著标志。她是个货真价实的民主思想者。一个仁慈宽厚的人。因为她了解了我的身世，渐渐地，我也更看清了自己。一个犯罪的人从监狱出来找工作，一定要把自己的刑期毫无保留地说出来。不管是谁接受了他都会了解他的一切，如果够幸运的话，他会遇到这样一些人，在他为那些人工作的时候，他会感到一种不可思议的、意想不到的快乐。这有点儿像是我对沃洛翰夫人的感觉。不是服缓刑，而是获得了新生，和一群充满生气的人、没有偏见的人朝夕相处，开始一段新的生活。在我看来，她所做的一切都是全心全意的。

塔格·布里给我写了信。那是一封很短的信，出自一个士兵之手。不久他又来到都柏林，开始追求我。父亲还算喜欢他。在那个年代，所有的人都很难找到工作，对于一个退伍军人来说更是难上加难——他们的眼睛里有一抹阴霾，那是战壕的暗影。所以，赶上辅助警队招人，塔格便抱着侥幸心理去应试，结果被录取了。辅助警队里的大部分人也都是战争的幸存者。组建这支警队是为了对付爱尔兰国内的叛乱风潮。一开始，塔格很高兴，他异常激动，甚至于感激涕零。当然，父亲在他求职的时候提供了帮助。他为自己在从事一个类似于军人的职业，一个可以为国效劳的职业感到骄傲。他觉得自己有了一个新的开始。他不相信什么新爱尔兰，而是虔诚地热爱旧有的那个国家。新警队薪水还不错，但另一方面由于拨款不足，组建得非常仓促。他们几乎没有警服，起初警员们七零八落穿着各种部队的军装，半像是军队，半像是警察，因此得了个绰号，叫“黑棕团”①。

---

①“黑棕团”，1920年至1921年间，英国在爱尔兰雇用的镇压共和军的辅助警吏。第一次世界大战后，爱尔兰民族主义者大力开展宣传活动，许多爱尔兰籍警吏辞职，而由这些临时募集的英格兰人代替，由于缺乏制服，他们身穿黑与棕的杂色服装。这群人挫败了爱尔兰共和军的恐怖行动，而他们自己也遭到残酷的报复。

这等于是一句脏话。一个诅咒。一句咒骂。这个，我心里一清二楚。

当时，父亲回到维克罗郡，在从前的老房子里安顿了下来。一直以来，他的弟弟都在经营农场，那是在基尔特根北面的凯尔沙伯格，作为休姆伍德庄园的管家，他算是继承了他的父亲，也就是我父亲的父亲曾经担任的旧职。那是一座小小的村舍，依山而建，嵌在山坳里正好可以遮风避雨。我不知道，那座房子归根到底给了父亲怎样的庇护。不管怎么说吧，他进行了一次大扫除，刮掉潮腻腻的墙面，把房子里里外外粉刷了一遍，找人来翻修了屋顶，还请了个泥瓦匠把破破烂烂的牛棚和鸡舍修整得像模像样。他打算在自家的老宅子里安享退休生活——他们家族有七代人都是在那座房子里长大成人的，作为一个曾经地位显赫的警官，父亲希望保持自己的派头，出行有辆小马车，身边有一个女儿照料自己的饮食起居。我确信，这本身是一个美好的愿望。在任何一个可以把自由先于未来赋予自己儿女的国家里都是如此，爱尔兰除外。但父亲还是仔仔细细地用石灰水粉刷墙壁，在窗台上摆放了新栽种的天竺葵，买来几只罗德岛红母鸡和矮脚公鸡，还有猪、小马和奶牛。莫德就要结婚了，我也一样，所以安妮留在他身边，洗洗涮涮、烧烤、拨火、擦亮家具。可怜的安妮由于患小儿麻痹症成了驼背，不可能嫁人，所以父亲十拿九稳能有个帮手。他还买了两条杰克拉西尔梗犬来吓跑老鼠。我和莫德住在汤森街的堂姐家，他们在那儿开了一家小卖铺，我们俩每隔两个星期就乘坐维克罗郡的大巴到乡下去。

亲爱的老凯尔沙伯格。那里是我的家乡，虽然我的整个童年都是在都柏林度过的。春天，山坡上冒出一大片白色的石楠花，有时候还没等到积雪融化，它们就在一个个雪堆上绽开上百万朵小花，看上去就像是又下了一场雪。安妮对自己把房子收拾得井井有条感到很得意：厨房里的石板光亮如新，和餐具柜上亮闪闪的盘子相映生辉，宽大的壁炉里燃烧着一堆通红的泥炭，壁炉的石缝里住着一只亲切友好的蟋蟀。早晨，盛接雨水的桶里溅起的水花扑打在你面露惊讶之色的脸上，狡猾的母鸡总是企图溜进屋里体验人类的生活，乐于帮忙的猪见什么吃什么，包括在“僻静处”获得的战利品——人可以在那儿安安静静地大便，完事儿之后用一片湿润润的阔叶草擦屁股，真是比任何纸张都好用。

我和莫德沿着长长的绿色小路朝山坡上走，两人都穿着最体面的外出服装，布袋里还塞有几件更适合在乡下穿的衣服——灰色的旧裙子，白底带蓝点的罩衫。在随便哪个爱尔兰农场上，总有一百种污垢粘在你身上怎么也去除不掉。几个男人弯腰弓背，在一片约莫有四分之一英亩的土地上一铁锹一铁锹地铲土，这块地太陡，也太贫瘠，不适合用犁头耕地。我们从旁边经过的时候，他们站起身，直起腰，看样子一定是在窃喜用不着非得跟我们打招呼，因为我们说到底也算是本地人。从他们嘴里吐出的话带着乡土味，听上去那么亲切和善。

“就是，就是，是那两个大美妞儿过来喽。”他们这么议论着——虽然莫德并不认为自己生得漂亮，但其实她真称得上是个大美人，一头浓密的黑发用一根平平常常的丝带束在脑后，没有什么时髦可言，却显得美丽动人。“你们要上山去看老父亲？是不是啊？上帝保佑你们。”

我们确实上了山。我们家的房子是基汀山上最靠后面的一座，在那一带，大自然对人类的温文尔雅失去了耐性，开始在山间恣意撒野，无拘无束，到处都是石楠花、溪流和沼泽。我写下这些文字的时候，正坐在自己的厨房里，身上穿着美国式样的衣服，灵魂包裹在自己这副美国人的躯体里，笔下的一切都已成了如烟往事，一切都早已画上句号，所有的人也都已被雨打风吹去，这是世间万物的普遍规律，那些弯腰劳作的男人，莫德，我父亲，那些享受天国之福的母鸡、小马和猪，还有那一整座神圣的小屋，从某种意义上来说，在我们还是年轻姑娘的那段日子，我们从来没有萌生过感恩的念头。现在我一个人坐着，一个老迈之人，一个历史遗迹，甚至可以说是一个心存感激的历史遗迹，为上天曾经赋予自己的一切感激涕零，如果不是为自己被命运夺去的一切而耿耿于怀的话，我这颗枯萎的心，向逝去的一切发出遥遥的召唤。我又一次回想起那奇妙的情形，每年春天，维克罗郡的大巴总会把一束束石楠花运到城里来，这样父亲就能在自家的壁炉架上摆放一些，当时我们住在都柏林城堡里，石楠花带给我们一缕家乡的情味，它们是一个象征，一首诗，一曲歌谣，我们这些小孩子总会用鼻子嗅啊嗅啊，使劲儿闻着花香，一个个欢天喜地，可听我说起的人往往不以为意。我还想起一些别的事情：开放在沟渠上的吊钟花，我们用大拇指和食指一捻就破，我印象中它还有个别名叫毛地黄，对心脏病人大有好处；黑刺李四月开花，灰白色；山楂花五月开放，呈现出一种不同的白色，白得更纯净；金雀花的花朵跟乌鸫的嘴一样金黄，也是在五月开花，香味很独特，极像是刚刚吸吮过母乳的婴儿嘴角留下的余香，我真是这么感觉。秃鼻乌鸦在凯尔沙伯格古老的大树上吵吵闹闹，这种坏脾气的鸟儿结成伴侣则是从一而终，如同虔诚的天主教教徒；鹪鹩在土堤上筑起一个个小小的王国；斑尾林鸽把一句话翻过来掉过去说个没完没了；每当维克罗郡附近的海面上起了风暴时，我们就会听见海鸥在风头浪尖上吵吵嚷嚷，喋喋不休；茂密的灌木丛里，獾趁着夜色在根茎中间拱来拱去，挑三拣四；狐狸让人又害怕又喜爱，这胆大包天的家伙一身火红，黑夜里从山上跑下来，检验我们的鸡舍够不够牢靠；还有夜莺，暴风雨频繁的春天，经常能看见毛脚燕和麻雀箭一般来回穿梭，恐怕就连上帝也难以把它们区分开吧。那时候，莫德和我的生活都还没有笼罩上一层阴郁和黯淡，她对自己在圣史蒂芬公园结识的那位艺术家非常满意，我对自己的退伍士兵也是一样感觉，我们俩走在路上丝毫也没有想到疲惫，疲惫是根本不存在的。我们走到房子跟前，门口有一桶水可以猛灌上一气，灶台上炖着一锅肉，院子里的炉膛内正烤着香喷喷的面包，接下来可以喝杯茶解渴，茶是最棒的解渴饮料。第二天一大早，我们和太阳一道起床，开始干各种杂活儿，喂母鸡，挤牛奶，搅拌奶油，从倒挂金钟的花丛里收下大片大片的干花，有什么活儿就干什么活儿。要是父亲到山上的田地里去了，赶上有补锅匠顺着小路走过来，我们还得插上门闩，不放他们进院子，那些补锅匠头发蓬乱，什么都不管不顾，走到哪儿都扯着嗓子乱唱一气，其实，就连阳光也有自己的声音，难道不是吗？还有秃鼻乌鸦和鹪鹩呢，知更鸟唱着绝望的歌，父亲唱着《从前有个老女人住在鞋子里》，到了夜晚，壁炉里的泥炭送出绵绵无尽的暖意，透射出一种彻心彻骨的慈爱，我们都把腿伸过去取暖——像木棍一样细骨伶仃的女孩子的腿，看上去有几分滑稽，这种时刻，就是明知道会生冻疮我们也毫不在乎。我一直写啊，写啊，纸页散落在我的腿上，我就像摊开了一沓钞票，一堆做发财梦的人怎么也想不到的珍宝。

这样的日子才刚过去一天，父亲回到家，突然像变了个人，一脸阴郁。春天的黄昏，一转眼就会溜走，不过天色还算明亮，晶莹的雨丝落在院子里的泥粒灰岩上。他从半截门走进来的时候，高大的身躯在房间里投下一片阴影。他让莫德和安妮先出去，吩咐我在壁炉边的石头上坐下，又给自己拖过那把暗沉沉的旧椅子。他的脸像是因为恐惧而变得惨白。

“出大事儿了，”他说，“出大事儿了。刚才，我到基汀山的山坳里找那只该死的母羊，这不知好歹的东西，老是到处乱跑。我正在东找西找，有两个我不是很熟悉的人朝我走了过来。我一时半会儿还以为他们存心要害我，因为我知道他们俩是巴尔廷格拉斯军团的人。所以，你不免会猜想他们有可能企图谋害一个老警察。我敢说一定有人想谋害我，巴不得开枪把我干掉。”

“我希望这不是真的，爸爸。”我说。

“可能是真的，也可能不是真的。不过他们就是这么对我说的。这两个人来的目的完全出乎我的意料。是和塔格有关，还有你。”

“怎么会呢？和塔格有关?”

“他们来找我是出于过去的老交情，因为他们的父亲给我父亲做过工之类的，他们俩心急火燎，心急火燎地要告诉我……是要透漏给我一个秘密消息，我觉得这么说更恰当。莉莉，莉莉，这件事儿非同小可。你今天晚上就回都柏林，找到塔格，你马上就得走……我给萨克维尔大街的银行写一张汇票，他们会给你一笔钱，然后……”

“怎么回事儿，爸爸，你这是什么意思?”

“我也不知道自己在说什么。我正试着让头脑清楚一点儿。哦，莉莉，莉莉，”他喃喃自语着，“我的亲生女儿。这也许是我的过错。也许这件可怕的事情全是我造成的，如果真是这样，我完全不是有心的啊。”

“可到底怎么啦，爸爸?”我的声音里充满了悲哀和惊恐，因为他的脸上写满了悲哀和惊恐。

“塔格被判处了死刑，他们会一刻不停地搜捕他，然后处决他。这是确定无疑的。听他们说，‘黑棕团’的人全都被列进了死亡名单，无一例外。但是，逮捕塔格的命令是在巴尔廷格拉斯下达的，你知道，最近在格伦马鲁尔发生了一场伏击，一小伙爱尔兰共和军的人埋伏在那儿，等待一辆运送‘黑棕团’的卡车经过，塔格跟他们一起在那辆倒霉的卡车上。那辆卡车定时发车，给奥格黑文纳格兵营的人运送面包之类的食品，这是再平常不过的事儿。但是，‘黑棕团’的人早有防备，他们根本就没有突袭成功，爱尔兰共和军的四个士兵被当场打死。他们恰好是这附近山区的人。其中一个幸存者认出了塔格，因为他到这儿来过几次，跟随便一个普通人一样，到基尔特根喝点儿酒什么的，没有过吗？后来，他们查找名单，把名字一个个联系起来，由此了解到你和塔格订了婚，既然他们知道了塔格的身份，知道事发当天他在那辆卡车上，就不顾一切要为自己的同伴报仇。他们开始猜想，莉莉·邓恩为人随和，她有没有在田地里听到什么风声？她会不会去告诉自己的未婚夫？再说她父亲原先还是个警察，所以她很有可能会这么做，四处打探消息，不管怎么说，她跟一个‘黑棕团’的人搅和在一起，难道不该得到比绞刑更残酷的下场？莉莉，听我说，他们左思右想，把所有的线索串联起来，得出的结论就是，立刻除掉塔格·布里，还有你，莉莉，他们要到处搜捕你。那两个人对我说，他们告诉我这件事儿，只是念及过去的老交情，说是为了让你抢先一步，这样你就能逃脱厄运，这是他们的原话，他们俩说这些话的时候非常紧张，因为这么做有可能给他们自己招来杀身之祸，他们说的是千真万确的啊。”

一股突如其来的恐惧袭上我的周身。如果父亲告诉我，一群野狼要在黑夜里把我拖出去吃掉，也不会让我感到更惊悚。

“可是，爸爸，这不是真的。塔格从来没有对我说过什么，我甚至都不知道他来过维克罗，在一辆卡车上，我也从来没有在田地里或者别的地方听说过什么。”

“孩子，是真是假不是关键问题。听我说，我要亲自陪你去都柏林。他们现在有可能聚集在附近的什么地方，准备来抓你。你赶快把自己的几件衣服塞进袋子里，咱们必须赶上晚班大巴。”

这是一次不寻常的旅行。我们坐在维克罗郡的大巴上，膝盖顶着膝盖，大巴驶离基尔特根，颠颠簸簸地爬过一座又一座小山。

“这件事儿很麻烦。”父亲压低声音，好不让那些唠唠叨叨的老太婆、做工的男人，还有脸蛋像花朵一般鲜嫩的小孩子们听见。“咱们得特别足智多谋才能闯过这一关，”他说，“足智多谋。”他又念叨了一遍，似乎对我们算不算得上足智多谋没有把握。

“我很害怕，爸爸。会发生什么事儿？塔格被判处死刑，他该怎么办？”

到了那个节骨眼儿上，我还并不十分清楚自己对塔格的感觉。说什么爱情是纯粹的不经之谈，没人知道爱情究竟是什么玩意儿，这是不容置疑的。年轻人总把这个词挂在嘴边，仿佛其中没有什么神秘可言，就像在说起一个实实在在的东西，跟修女提到“上帝”一样。塔格有一张清爽的面孔，整个人好像上上下下彻底刷洗过一遍，他的眼睛像两颗甘草糖那么讨人喜欢，瞳孔跟四分之一便士的硬币一样大小——这些感觉很难说是爱情。我坐上大巴，一时心惊胆战，禁不住悄悄抹眼泪，裸露的腿不时和父亲的腿相碰，父亲坐在我身边，绞尽脑汁，苦苦地思索着什么——这些情景依然鲜明生动地浮现在我的记忆里，直到那一刻，我才意识到，就算我不爱塔格，我也断然不希望死亡把他从我身边夺走，不管是他还是我死于非命。当时，我心里产生了一个隐秘的念头，甚至连我自己也没有觉察到，我要把自己的命运和塔格、和他那双黑眼睛紧紧结合在一起。这个人命关天的突发事件让我深深体会到塔格在我心里有多么重要。他和威利的友情就像藤蔓一样深深地勒进他的骨头里。他对自己有了一份新工作感到欢欣鼓舞，曾让我感到无比快乐。他身上有着科克郡人不同寻常的克制力，比方说在音乐厅里——他喜欢带我去看疯狂的木屐舞，听伤感的歌曲，每当我们两人挨得很近时，都在渴望着对方的身体，几乎消融在炽热的欲望中，这种时候他却表现出从没有过的沉静，仿佛在脑子里思忖着情欲这东西，怀着莫大的兴趣要探究一番，潜心悟出一个伟大的哲理！他没有疯狂地进入我的身体，其实他就算是放纵自己也无可厚非，因为我们已经订婚了。他那颗敏感、单纯的心，曾经经历过他无法用语言形容的惨不忍睹的战争屠戮，后来，作为一个不伦不类的警察，又在经历新的骚乱场面和痛苦的绝望，这颗温雅的心，对我们彼此的欲望表现出一种异乎寻常的克制和尊崇。我们都是天主教徒，而且属于一个古老的，已经消亡的类型，虽然备受情欲的煎熬，我们还是打算一直等到新婚之夜。当你和自己的情人紧挨着坐在一起时，身体最隐秘的部位在火一般的欲望中消融。这种时候，你得吃点儿好东西，喝下好多好多水，才能让自己不被欲望吞没。

我们到了都柏林，塔格和我父亲的意见一样坚决，那就是必须离开。他说，不光是他的名字被列在死亡名单上，还有我的名字，他有可能摆脱袭击自己的人，但却无法随时随处保护我的安全。他说自己确实在格伦马鲁尔那辆卡车上，按老规矩保护运往营地的供给物品，他还说，自己居然被人认了出来，运气真是糟透了，他做梦也没想到，更何况那个看见他的人也认识我和我父亲，所有的事情加在一起，结果非常可怕，他觉得我父亲说得对，对我们来说，爱尔兰到处都隐藏着危险，我们必须走，马上就走。

那天晚上，我站在都柏林城堡中自家的客厅里，紧紧地拥抱父亲。他一句话也没说。我给他看了用他给我的钱买来的船票，两张大大的、长长的船票，上面有轮船的名称，目的地是康涅狄格州纽黑文市，我们的名字用墨水笔流畅、清晰地写在上面，就像你在人口普查的时候签下的名字，总会刻意写得清楚一点儿。就这样，某一个人将要搭乘某一艘轮船，离开某一段生活，进入另一段生活。

父亲把我送到都柏林城堡大门口，扶我上了出租马车，马车将把塔格和我载到都柏林北海堤。父亲用左手捂住脸，右手按着我搭在腿上的一只手，那一幕我至今还记忆犹新，这真叫人不可思议。他就这样站在那儿，透过指缝可以看见他的呼吸有些怪异。过了一会儿，他抽回自己的手，朝马车夫挥了挥。他把左手从脸上抬开。从始至终他没有说一句话。

当马车驶过女爵士街上那一盏盏混沌不明的路灯时，塔格在昏暗的马车里用胳膊搂住了我。他穿着一套粗陋的便装，看上去比做苦力的工人强不了多少。虽然我们打算在美国正式结婚，但其实我们是在那一刻真正结合在一起。当时我的心情无比沉重，没有他在身边，没有他的双臂环抱着我，我会因为恐慌和茫然而一蹶不振。

写到这里，我今天就此搁笔，擦擦餐桌，把椅子小心地靠在桌边，沏好茶，就上床去歇息了。大海的波光越过一片片马铃薯地流泻而来，倾洒在我身上，裹挟一股咸涩的味道浸润着渐渐沉入黑暗的房间，作为栖息在这一带的动物，我就把这作为日落而息的信号吧，就跟麻雀和鸽一样——这也正是我希望的。有什么东西在压迫着我的头顶，我的脚底，还有我的前胸后背。我想这种感觉大概跟高压锅里可怜巴巴的胡萝卜一样——四周一片死寂，空气中有一丝锋利的颤动，一丝刺痛的感觉，让我头发起了一阵波动，如果这是飓风季节，我可能会担心风暴来临，虽然根据这一带的特点，声势浩大的大西洋飓风等到了我们这里，只是随声附和一般，下一阵并无妨害的倾盆大雨。此刻，我的头火烧一般灼痛。

失去比尔的第五天

主街拐角处有家杂货店，店老板是尤金尼德斯先生。我从旁边经过时没有走进店里，他一瞧见我，便走出店门，沿着人行道一路追上来。要是在正常情况下，我十有八九会进去看看，虽然我已经开始忘记什么是正常情况，那时候的我几乎是另外一个布里太太，一心一意干自己的事儿，安然无忧地关心爱护我的比尔，甚至当他去了遥远的沙漠后，在那些漫长难熬的夜晚，我为他牵肠挂肚的日子里，一切也都是正常的。那时候，我总是倾听窗前的大海在远处烦躁不安地掀起波浪，涛声越过宽阔的芦苇滩和湿地里的鸟儿，传到我耳畔，我心里盘算着他在那个没有大海的沙漠里会遇上什么事儿，还费了好大劲儿想从他送给我的那块怪复杂的手表上看明白中东是什么时间，或者说阿拉伯是什么时间，我过去总以为那是阿拉伯。

尤金尼德斯先生迈着细碎的小步走出店门，因为他是个身量矮小但性子很急的希腊人。

“布里太太，快回来，我有好东西给你，会让你高兴起来的。相信我的话吧，老朋友。”

我只好跟在他身后，从无精打采的太阳底下走进深洞一般的店铺里。七十年代，他的店里曾经有一个柜台，几把转椅，还有几台冷饮机，这些他都已经处理掉了，不过我还是经常注意到亚麻油地毡上有几个圆形的痕迹，那是原来用螺钉固定金属座椅留下的。除了几个摆放药品的货架以外，他还从自己的家乡——塞萨利地区的特里卡拉进口一些商品。不过他现在已经够老啦，不再雄心勃勃地想要再增加一个新货架，其实，卖那些东西全是为了他自己和一些朋友，为了安抚他对家乡刻骨铭心的思念。他经常摆出大罐大罐浸在橄榄油里的橄榄，用希腊传统做法烹制的茄子，偶尔也端出一托盘果仁蜜饼，我说不准这些东西是不是出自他的堂兄弟姐妹们之手，他有一大帮堂兄弟姐妹住在皇后区。跟往常一样，我刚跨进店门，便听到低低的音乐声在播放，用尤金尼德斯先生的话来说，那是“伟大的特西特塞尼斯[1]”唱出的凄切而优美的旋律。“他的演

---

①特西特塞尼斯（Vassilis Tsitsanis），希腊第二次世界大战后最著名的作曲家与演唱者之一，作品以情歌为主。

奏速度真叫人惊叹啊，”尤金尼德斯先生总爱这么大发感慨，仿佛那是伟大音乐的最终评价标准，“他的手就像一只麻雀在布祖基琴[①]上上下翻飞。真是了不起的天才啊。”

在这种时候，尤金尼德斯先生总会停下脚步，侧耳倾听着音乐声，一边把目光投向我，微微点头，似乎在对我说：“你不这么觉得吗？”

他曾经教过我几句希腊语，纯粹是朋友之间逗逗乐子，听我从嘴里说出他教给我的那几句成语是他的一大乐事，每每赶上他的一个希腊朋友到店里来，他总爱引我说话，他的朋友多半会装出一副惊讶和快活的样子。

“*Apo ti poli erchume, e sti corifi canella.*”[②]

通常，我只要说出前半句，他或者他的朋友就会把后半句说出来，因为这类成语就适合这种你一言我一语的应和。

尤金尼德斯先生总是给人带来意想不到的惊喜。也就是在两年前，比尔参军那会儿，尤金尼德斯先生给他买了一本翻译版的《荷马史诗》，比尔上战场的时候还郑重其事

①布祖基琴，希腊流行音乐中用的长颈弦乐器。二十世纪初从一种土耳其乐器发展而来，琴体呈梨形，指板有回纹装饰。现代的这种乐器有四排弦，用拨子弹拨，典型的风格是刚健有力和敏捷灵活。

②希腊语，意思是：我来自那座城堡，城堡顶上生长着肉桂树。

地带在身边。

这样一来，比尔和我在两个迥然不同的场合，作为礼物得到了同一本书，只是版本和翻译不同。

“友情和忠诚，关于这些，从来没有哪本书比得上《荷马史诗》。这些品质是筑成希腊的砖石和灰泥，美国也是同样。”

作为一个移民，他有着激情澎湃的爱国精神。第二次世界大战爆发的时候他还太小。在那场战争中，他失去了自己的父亲。当然，到了越南战争，他的岁数又太大了。

“好啦，亲爱的布里太太，你来骂我一顿吧，说我为人不近人情，说我不了解你的心思。你看，你看……我想把这个送给你，在这个特殊的时候，算是安慰吧。你的比尔去过那么远的地方打仗，你又刚刚安葬他。我没有别的什么可以给你，只有这个，这是我父亲村里产的蜂蜜。”

他把手指向一个小罐子，差不多算是把我引到了跟前，罐子做工粗陋，样子很不起眼，朴素的白色标签上印有一只大大的黄色蜜蜂，还有几个希腊语单词。

“我想不出来，”他说，“如果我正在经受你现在的痛苦，你会送给我来自爱尔兰的什么东西。我真想不出来。”

“我会给你送上，从我父亲门前的山坡上采来的白色石楠花。”话一出口，我拼命努力不让自己像个孩子一样失声哭泣。他察觉到我流露出一丝悲痛，立刻把左手放在我的肩膀上，轻轻拍了几下——是的，我会把白色的石楠花带给他，我心里说，我一定会送给他，如果这样一件礼物能长出腿来旅行的话，虽然我知道，那小小的白色花苞从凯尔沙伯格经过漫长的旅程来到纽约，一定会变得脏兮兮。

“啊，啊。”他一迭声地应和着，仿佛恍然大悟，就好像我给他解决了一个重大问题，我只不过提到了石楠花，他却像是听说我终于找到了地球灭亡以及类似问题的答案。

此时我坐在餐桌旁，面前的杯子里不光有加了牛奶的茶，还有一勺来自希腊的蜂蜜。

希腊、美国、阿拉伯、爱尔兰。故乡。世界上没有什么地方不是故土。小牛总要回到自己得到乳汁的地方。没有哪里是陌生的外乡。任何地方都是某个人的故土，所以对我们所有人来说都是故乡。

几星期前，迪林杰先生就在这间屋子里，和我面对面，坐在过去比尔常坐的那把椅子上。他像往常一样，说起话来温文尔雅，一张长脸上皱纹纵横，深陷的蓝眼睛密切留意着我，看我对他的一言一语有何反应，一旦他觉得自己的话让我感到厌倦，就会马上闭口不语。在我认识的人里没谁比他更灵透。

“在咱们的有生之年里，人类最伟大的发明和发现是什么？探月火箭？也许是盘尼西林？布里太太，在我看来，应该是DNA。”

“D什么？”我问。

“布里太太，是三个字母，D—N—A。别问我这几个字母代表什么。每个现代人的DNA都可以追溯到一个非洲女人，也许是三个。好消息是，我们全都是一家人。坏消息也是，我们全都是一家人。”这是他开的一个小小的玩笑。“我的意思是说，所有这些战争，历史上一切乌七八糟的事件，由于差别而引起的仇恨，还有彼此之间的畏惧，持续了那么长时间，搞得错综复杂，全都是穷极无聊的荒唐事。美国并不是不同种族的大熔炉，而是一个大家庭展示自己众多面孔的舞台。阿拉伯人就是犹太人，英国人就是爱尔兰人，德国人就是法国人，这真是一出精彩的大灾难，不是吗？这是我们这辈子听说过的最重要的事情。”

也许正是由于这个原因，当我们的船渐渐驶入纽黑文港时，我站在甲板上，突然有一种奇怪的感觉。从陆地上飘来一股气息，那是美国的气息，那气息让人浮想联翩，让人不可捉摸，其中有什么东西在召唤我的心。甚至在我们还没有到达美国的时候，我就对那片土地产生了一种怀恋之情，我不知道这种情绪还能用别的什么字眼儿来形容。

我仿佛曾经去过那里，离开之后，历经一段漫长的旅行又回归旧地。几天的航行生活让我们俩一身疲惫，无精打采，因为我们刚刚驶离南海堤的臂弯，塔格就晕船了，一路上始终没有恢复常态。横渡大西洋对他来说是个折磨，而我的脑海里则走马灯一般不断映出父亲和两个姐姐的影像，让我难以入眠。我们待在船上一个狭窄的小角落里，塔格虽然身体很不舒服，却仍然对甲板上的每个人戒备心十足，怀疑他们是被派上船来杀掉我们的。此刻，纽黑文这个小小的城市已经隐约可见，一步步靠近我们，他的眼睛对此并不怎么留意，我倒是发现他的目光飞快地向四周扫视，试图判断其他乘客是不紧不慢，还是别有图谋，似乎任何一个穿着系带大衣的男人都有可能在衣服里藏着一把冷冰冰的手枪。

就像是要隆重纪念自己的晕船经历和恐惧心理，塔格在整个旅程中一直没有刮脸，结果他相当成功地留出一蓬红胡子，经过他同意，我用一把借来的剪刀替他大致修剪了一番，好让他看上去不太像是都柏林街道上一个穷困潦倒的民谣歌手。

我们当时处在这样一种境况，你会在猛然间痛苦地发现，自己在和一个素不相识的人一道旅行。

我们俩都不再是原来的身份。父亲匆匆忙忙用他的公用信笺写了几封信，以备我们将来万一用得着，他在信里把我们说成兄妹俩，名字分别是蒂莫西·卡伦和葛瑞尼·卡伦，可是，他却在轮船的旅客名单里填上了我们的真实姓名，以免使用别名会给我们最终加入美国国籍带来更多的麻烦，这样一来，把一切都搞得糊里糊涂。但不管怎么说，我们至少可以用假身份在美国旅行一段时间，直到事情似乎风平浪静，终于有一天我们可以以真实身份结婚，可以向移民规划局的局长先生报出真实姓名。跟普通人一样。头上没有打上死刑犯的烙印。

然而，不管是蒂莫西·卡伦还是塔格·布里，我几乎对这个人一无所知，不管他叫什么名字。

在爱尔兰，直到我们不得不背井离乡那一刻，他始终是塔格。也许是恐惧改变了他，就像农场地底下发生的一场轻微地震改变了河道，造成一口水井干涸，但地面上的风景并没有显而易见的变化。此时，我的内心在和一个完全陌生的塔格扭打、搏斗，一想到自己对这个人从来没有真正了解，竟然就稀里糊涂地和他订了婚，只因为他曾经认识我亲爱的哥哥，曾经给我写了一封情意绵绵的信，只因为他是一个在惨绝人寰的大屠杀中幸存下来的小伙子，一想到这些，我心里就一阵恐慌。我感觉，自己似乎是把对威利的爱莫名其妙地转移到了塔格身上，也许就是真正的爱情也是个瞎子，听不见，也看不到。

恐惧就像是晕船一样，也许你能把它称作生命眩晕症，那是一种由恐惧——悄无声息蔓延开来的恐惧引起的极度恶心，在你入睡的时候似乎在梦中稍稍有所减退，但在你醒来片刻工夫之后，又潮涌一般回到你身上，开始咬噬你的心，而你只不过想得到人最起码的平静罢了。啃啊，咬啊，用老鼠一般的长牙。如果不改变自己，没人能熬过这种痛苦。相比之下，我和自己身边这个陌生人行走在美国，这点儿恐惧是微不足道的。

当我们坐上开往纽约的火车后，我有一种非常奇特的感觉，仿佛美国正在我们眼前匆匆建成，是特意为我们去往那里而设计修建的。这大概是因为，在此之前，我只在报纸和女爵士街那家音乐厅的小电影胶片上看见过美国的样子——去音乐厅也是姐姐莫德偷偷带我去的。此时，我眼中的美国是无穷无尽展现在面前的一连串图片——一座座水塔，海滩上那些说不上名字的巨大机器装置，接二连三跃入眼帘、数也数不清的后院和屋舍，火车经过一个个城镇和小城市的边缘地区，看上去残破不堪，这对我来说是另一种惊诧，惊诧于这贫穷破败的景象，虽然我也想到，铁路公司把铁路线铺设在穷人居住区要来得更容易。我大口大口吃着塔格在火车上给我买来的火腿三明治，大口大口喝下让人疑心重重的有些浑浊的水，大口大口吸进微微带有金属气息的空气，大口，大口，大口，就像一条快要干涸而死的鱼。

这个陌生人对我体贴入微。

“你那个在纽约的表哥，咱们知道他的名字，可以先试着去找他。咱们搞清楚在哪儿最有可能找到工作。莉莉，过不了多长时间咱们就能站稳脚跟。这一点你尽管放心好了。那场战争我都挺过来了，可不能在这儿趴下。”

宏大无比的“这儿”从车窗外飞快地掠过，坚实有力的姿态和越来越黯淡的色调被撕裂开来，变得模糊一片。

“有咱们俩相依为命，”他说，“这里会成为我们的王国。不管怎么说，咱们不是第一个到美国来的。老天，咱们不是。”

他停顿了一会儿，也许是为我默不作声而感到不安，他又说：

“终于下船了，我真是大大地松了口气，老天，我还以为自己永远缓不过来了。老天。”

“谢天谢地。”我说。

“是啊，是啊，”他一听到从我嘴里吐出四个简短的字，立刻变得兴高采烈，“我们一定能征服这个地方。对我们来说根本不在话下。靠辛勤工作，莉莉，还有你的叔叔鲍勃。”

晦暗朦胧的夜色和火一般燃烧的灯光，交织成一幅幅巨毯，从车窗外飞掠而过。

“你会看到这一天的。”他说。接着他又加重了语气：“你会看到这一天的——亲爱的。”

说话间，他那张长长的面孔，在车厢里熠熠生辉，突然显出几分俊美，犹如画中人一般，我不禁怦然心动。就在那一刻，我感觉我们一切都会好起来。我深信一定会的。我并不认为自己了解他，但我认定他是个正直、善良的人。跟我一样提心吊胆。

来到纽约城，又是一次全新的惊恐体验。我站在车站外已经足够熟悉的人行道上，抬头打量这个城市，高大的楼群犹如一股强劲的风扑面而来，让我一阵头晕目眩，我不得不垂下头盯着自己的双脚，否则就会昏倒在地。看来我有水平面眩晕症。

我紧紧抓住塔格的手，十足像个孩子，深信他比自己更有力量。

当我们一步步走入这个城市时，一切都开始由他来做主，他手里攥着那张写有我表哥名字的字条，那是我父亲用黑墨水写下的一个警察的笔体，这时候你会不由自主地依赖他。这个城市让我们俩一时瞠目结舌，就好像整个世界都呈现在面前。我们仿佛是两条大马哈鱼，漫游在一个无比庞大的地下河水系最底层那黑魆魆的深水里，因为那河流深深地嵌入地下，我们已经记不清天空的样子。想起都柏林，想起那些低矮的房屋，还有倾斜的屋顶，就像在对着劈头盖脸泼下来的大雨恭恭敬敬地行礼，想到这些我简直要笑出声来。一开始，我真是无法相信任何人类机构能够建造出这样的高楼大厦。怎么会有足够长的梯子把砖头运送到那么高的地方？上下班高峰期，每条街道都排列着成群结队的出租车，一个个怒气冲冲，人们又是喊又是叫，拼命向前冲，汽车喇叭一路响着，盖过了喧闹的人声，这已经算是一种人身侵犯，你不得不领教的惊恐。

父亲在小字条上写的名字是米克·卡伦，我印象中他是住在下东城，要么就是字条上写的第八街？我记不得了。父亲给了我们两个地址，除了这个以外，还有一个是在芝加哥，我们只知道从纽约到芝加哥或远或近可能有那么一段距离。第一个地址事实上是十年前的，上面提到的人是休姆伍德庄园那位知名度很高的看林人的弟弟——不管怎么说，在我们看来，他是个远近闻名的人物，据说他的弟弟住在纽约，经营某种木材生意，但已经很长时间都没有书信之类的往来了，虽然他和米克·卡伦是同一个祖母。这些都是父亲告诉我们的。

“你们没必要在他那儿住很长时间，”父亲在码头边上这样嘱咐我们，“一直待到你们摸清环境就够了。卡伦一家都是大好人。”

老卡努特·卡伦一天就能采集一英亩土地上的榛木树枝，中间只有他的几个儿子给他送来一大罐一大罐的脱脂牛奶，好让他保持体力。这也算是一种声望。真正的大名鼎鼎。

新近移民到美国的卡伦家族，有可能是大大的好人，但我们按那个地址根本没有找到他们，连个影儿也没见着。我们俩像傻瓜一样站在人行道上，手里攥着那张字条，抬头望着眼前的老房子——波纹铁屋顶，从一边走上去是一个长长的铁栏杆阳台，整个儿给人一种完全被抛弃的感觉，就连门闩和栅栏也是一样，也许在过去某个遥不可及的日子，米克·卡伦本人曾经给那一扇扇门上了门闩，关上栅栏，这些东西如今全都残破不堪，年代久远的金属裂缝在越来越暗的天色中显得阴沉而凄凉。

漫长的海上航行把我们折腾得精疲力竭，但我觉得，直到那一刻为止，我们还算是满怀希望。塔格慢慢把那张字条放回口袋，拿出另一张，写有芝加哥地址的那张，就像一个玩纸牌的人手气很差，正打算拿出一张更差的牌来碰碰运气。因为我们到芝加哥要找的不过是一个可以勉强搭上关系的堂兄的朋友的朋友。塔格站在鹅卵石街道上大笑了一声。天色很快就要暗下来了，我刚闪过这个念头，路灯开始一盏盏亮起来，简直是个奇迹。那一盏盏路灯，它们是在唱歌吗，它们是不是在发出细微的声响让自己倾听？未来，明天，像高远的天空一样黑洞洞的，突然，那些消失的影像又浮现在我眼前：父亲铁板的面孔显得有些古怪，他平日里总是这副模样，还有我的两个姐姐，一个是嫁不出去的驼背姑娘，另一个有点儿神经质，动不动就生气，很快就跟我一样要成为新娘——奇怪的是，我怎么会突然这样看待她们，从前她们在我眼里永远是姐姐——甚至在我们失去可怜的威利之后。在某种意义上，也正是因为威利的死，我才会来到纽约这条让人倍感孤寂的愤怒的大街上，这一切从我胸中汹涌而过，犹如洪水暴涨的山溪穿过原先正在无忧无虑生长着的金雀花丛，撕扯它们庞大的根系，狂暴地夺取了它们安然的生活。此时的我，缩头缩脑地站在街道上，浑身瑟瑟发抖，出门穿的外套也抵御不了寒冷，双腿也几乎支撑不住自己的身体。有一刻，塔格本可以趁机用双臂抱住我，可他到底是谁呢？不过是一个从战争中归来的小伙子，在家乡做过一些稀奇古怪的事儿，由于受到死亡威胁不得不撇开自己所有平凡的梦想，和一个自己并不了解的女孩来到纽约，而那女孩对他也一无所知。

由于惶恐不安，我们俩觉得，在没有认识的人或者和我们扯得上关系的人提供保护的情况下，在纽约逗留心里会非常忐忑——这也许跟迪林杰先生向我提到过的DNA有点儿关系。我记得，好多年前，我在一本书里读到过关于手相术、解梦之类的玩意儿。我甚至不知道自己为什么会读，那本书是卡西·布莱克的，她非常喜欢看这类书，关于头的形状以及你可以从中看出什么啦，关于梦啦。我翻过的那本书里提到，人们喜欢乘火车旅行，因为火车上从来没有死过人，如果你梦到火车，那就是梦到了永生。也许其中确实有点儿道理，因为当我们回到气势恢宏的火车站，走进足有爱尔兰一个郡那么大的正厅，从所剩不多的最后几美元里拿出钱来买了票，踏上前往芝加哥的旅程，这时候，我们俩心里莫名其妙地感到些许安宁。

失去比尔的第六天

接下来发生的事情，算是上帝朝我们微笑了，而且他还宽恕了我们。

我那位芝加哥的表姐，说起来比住在纽约的乔·卡伦还要疏远一些，但至少我们找到了她。她嫁给了一个在密歇根湖滨干活儿的男人，虽然他们手头儿拮据，剩不下几个钱，但不管怎么说，她家房间后面有个简陋的木屋，对平常人来说，冬天太冷，夏天太热，不过我们此时的境况非比寻常。汉娜·莱利系着一条看上去很有美国味儿的大围裙，一脸疲惫，当她说，我们可以把那间木屋当成自己的窝时，我们俩顿时感觉上帝和众天神正露出灿烂的微笑，俯视着我们。第二天早晨，塔格和汉娜的丈夫一起出门，竟然找到了一份临时工作，这简直又是一个奇迹，虽然那段时间工作并不是非常难找。我想塔格要干的活儿是清理地面，将来好打上桩子建造楼房，这是个粗重活儿，不过塔格并不在乎。

这里的一切都比纽约显得宽阔。高楼大厦之间的间隔更疏朗，所有的建筑物都盖得敦敦实实，免得被风吹走。

父亲匆忙之间想出的计策让我们陷入了麻烦，因为他在那封官样信件中把我们说成是兄妹俩，但这套编造出来的假话完全没有必要跟汉娜·莱利去说，她知道我的来历。不过，我根本没有机会把这个假名字用在任何别的地方，汉娜记住之后，就开始用葛瑞尼·卡伦来称呼我。塔格至少可以在做工的时候把蒂莫西·卡伦作为自己的名字，父亲仓促之下选择了“卡伦”，让我们感到很懊悔，毕竟这是个姓氏。在结婚这件事情上，我们已经伤透了脑筋，因为按我父亲那封信的说法，我和塔格是兄妹俩，可汉娜非常清楚不是这么回事儿，并且我们俩现在还一起住在那间小木屋里。她心急火燎地想让我们把事情弄个一清二白。

“你知道吗，莉莉，咱们是体面人家，虽然你们碰上了麻烦，你心里明白，就是在家乡那档子事儿，好啦，如果你们要在这儿重新开始生活，就得结婚才行。”

“我们是要结婚，”我说，“只不过我们得决定用什么名字结婚。”

“你父亲为什么把你们说成是兄妹俩？”

“我也不知道。当时匆匆忙忙，感觉好像是个不错的主意。可船上的乘客登记表上写的却是我们的真实姓名，我们在这儿好像也没什么可担心的，也许我们可以干脆用自己的真实身份去登记结婚。”

“我看没什么不可以的。”汉娜说。

但塔格却觉得这么做不是很明智。

“咱们不能这么办。”他说。那天晚上，我给他煎了美味可口的大香肠，他正狼吞虎咽地吃着，虽然没有配土豆，香肠摆在盘子里显得有点儿孤孤单单。他说：“用新名字对我们也不大好。结果会很糟糕，这样一来，会有人把咱们当成是兄妹俩。用原来的名字可能给咱们带来杀身之祸。咱们需要另外取两个名字，莉莉。”

“在美国咱们可以这么做吗?”

“在这儿一定有办法正式取名，我必须得把这件事儿搞清楚。”

可他根本抽不出时间。早晨六点钟他就出去工作，一直到寒气逼人的傍晚才回来，一连几个星期过去了，他变得又黑又瘦。人也变得陌生起来。

我们的床板又窄又薄，黑暗中，我和塔格并排躺在上面，把所有能御寒的东西全都堆在身上。从加拿大一路吹过来的湖风，穿透木屋的板条，在我们脸上、手上恣意戏耍，我们在脚上套了好几层袜子，可寒气还是能偷偷渗进来，摸到最容易冻伤的脚指头。

恋爱的时候，我们曾经亲吻过。那仿佛是在很久以前，我们坐在圣史蒂芬公园少得可怜的椅子上，爱尔兰的春天，阳光忽隐忽现，让人捉摸不定，散发出淡淡的热力，我们在阳光下手牵着手，或者躲在露天音乐台的阴影里，缠绵在彼此的怀抱中。我喜欢他的亲吻，他的吻像一朵温暖的花儿在我胸中慢慢舒卷绽放。到了夏天，炽烈的亲吻如烈焰烘烤，我的乳房和他的胸脯贴在一起，汗水涔涔，这种时候可不怎么美妙。

我们到这儿来的头几个星期，寒风彻骨，窗外传来湖水的巨大喧响，屋内黑暗中掺杂着脏兮兮的枪灰色，与我们有一墙之隔的汉娜和她丈夫正发出阵阵鼾声，我们本可以拼命进入对方的身体，就像是地球上第一对男女情人，然而，当我们紧挨着躺在床上时，却恍若隔世，仿佛是哪个神父给我们下了咒语。

现在，我真真切切地感觉到，那其实也是恐惧的一部分，虽然我们漂泊在美国，正被人四处搜寻——这是再清楚不过的，虽然塔格说他确信我们有可能已经摆脱了追踪，但我们已经不再像以前那样情投意合，反而是这种突然从天而降的亲密关系，让我们莫名其妙地产生了隔膜。

就我而言，我本可以不那么提心吊胆，因为他是个亲切和善的高个子男人，但是，刚到美国的那段时间，他突然变得冷漠、疏离，心思不知道落在什么地方。在某种意义上，那也许是因为他正大难临头，已经感觉到死亡一点点逼近，至少自己的生活发生了巨大变化。他甚至没有时间联系上远在科克的母亲，我觉得，每当他想到自己的母亲孤身一人待在家乡，对他现在的情况一无所知，对他突然消失的原因也完全蒙在鼓里时，他一定很不好受。

我想，他心里一定很不是滋味，正是在这时候，我开始暗自琢磨——他会不会认为，我们俩之所以陷入眼下的困境，在某种程度上是我造成了这一切，更确切地说，我开始思量，这到底是不是我的过错。因为我是土生土长的维克罗郡人，他在维克罗的所作所为人们便格外留意。一般来说，警察通常在远离自己居住区域的地方执行公务，这样就不会有人知道他们的名字，而塔格却因我而暴露了身份。全是由于我的缘故，他的名字才为人所知，一辆卡车经过维克罗，车上的人荷枪实弹，也许一路上还嘻嘻哈哈，毫无疑问，那是一群肆无忌惮、没心没肺的家伙，然后发生了伏击，当地的几个小伙子当场丧命，看来“黑棕团”早有防备——这山野风景里可怕的一幕，因我而加上了一个名字，一切全都是我的错，都是我的错。关于这些，我一句话也没有对塔格说过，但我还是摆脱不了干系。正是这种事情夹在我们中间，让我们生分起来，就像是一团乱七八糟缠绞在一起的毛线，剪不断，理还乱，虽然我们表面上亲密无间，躺在窄窄的床上，迫不得已只能臂膀紧挨着臂膀，他的身体散发出的热力，在冰冷刺骨的房间里，对我有着难以抗拒的诱惑，他的红胡子从面部微微隆起，看上去就像是都柏林基督教大教堂里的墓碑上雕刻的人物。

甚至在我写下这些文字的时候，心里一直充满了热望，期盼回到那个时间，那个地点，我会转向他，紧紧地抱住他，让他明白，只要一个简单的动作，一切隔阂都会冰消雪融，作为有血有肉的人，这大概是我们最起码能够做的。

房间里一团漆黑，只需要点起一根蜡烛就能驱散黑暗。

我多么希望，我多么希望我们没有浪费掉那么多厮守在一起的宝贵时光。

不过，我们的情绪慢慢松弛了下来。其中的缘由大概是，虽然塔格靠干苦力挣来的为数不多的几美元外加几美分，比起“黑棕团”的薪水确实少得很，但在我看来非常了不起，因为这证明了我们能在这里继续生活下去的能力，并且开始带给我们一种安全感。父亲通过邮箱编号给我寄来一封信，把莫德和她的未婚夫马修举行婚礼期间发生的大大小小的事情告诉了我，这对我来说如获至宝，虽然他的讲述只有寥寥几句，就像例行公事——这是他的一贯风格，但我的想象力填补了所有的空白。在想象中，我仿佛看见莫德脸上浮现出很少一见的微笑。我希望她时常把笑容挂在脸上，因为她的微笑很美丽——如果说难得一见的话，我希望她和她的丈夫相亲相爱，虽然我不知道这有多大可能，我对一切都茫然无知。

那封信我读了一遍又一遍，每次心里都自然会泛起一阵忧伤，一阵思乡的痛楚，当然，还有一丝妒忌。

不过，当芝加哥从冬季和春季的寒冷中摆脱出来时，塔格和我总算开始变得融洽。

“我要说，我喜欢这个地方。”他说，“我喜欢这里。”

生活在美国当然要来得轻松自如一些，因为我们在这里没有任何历史。慢慢地，我意识到，作为父亲的女儿，不知不觉中我从小女孩长成一个年轻姑娘，这是一段充满痛苦的历程，一件事情总是和另一件事情相抵触——我父亲对国王深怀敬意，而塔格的父亲则是爱尔兰志愿军的成员，二者水火不容；威利投入那场战争和他的死是多么强烈的反差，甚至连维克罗郡的生活和都柏林的生活也格格不入，还有大巴从乡下运到城里来的白色石楠花，最终也会变成黑色，形成一个鲜明的对比，枯萎黯淡的小小花朵诉说着时间的脚步，时间的飞逝。就连我自己来到世间也是一个矛盾，母亲在给予我生命的同时自己却离开了人世。

那时候，我还不知道，在这里，在美国，有哪些东西是相互抵触的。

塔格不单单开始喜欢芝加哥，甚至在他提到“家”这个字眼儿的时候，他开始用来指我们住的那间破破烂烂的木屋，而不是指科克或者爱尔兰，现在我们已经有能力给表姐一点儿钱，勉强充作房租。慢慢地，我们接触到的周围事物开始延伸开去，形成了一个自己的王国——躁动不安的密歇根湖仿佛自以为是大海，城市里层层叠叠的建筑也开始成为我们谈话中和梦境里的地标。

接着，发生了一件不寻常的事情。

一个星期日的早晨，我们俩并排躺在床上，脑子里一片空白，完全出于人类纯粹的本能，我们不约而同地转向对方，开始温柔地亲吻，继而变得狂热，就像两只猛醒的野兽，不知不觉中，我们死命抓住对方，扯掉身上的衣服，紧紧地搂抱在一起，然后他进入了我的身体，这一切就像深冬季节从湖面上突然一路席卷而来的暴风雨，我们是那么幸福，那么快乐，那么年轻，在湖边那间小木屋里，任何人都能领略的诗歌最终让我们恣意领受了一遍，两个人完全融化为一体。在那一刻，我们俩都深深地明白，不管怎样，我们都会结婚，这根本不需要说一个字。

就在那个星期日，我和塔格漫步走到城里，我记得，我们俩就像两个刚刚从沉睡中苏醒过来的人，浸润在清冽的黄色阳光里。也许是初夏的热烈气息对自己不太有把握，便又缩回了脚步。我们俩挽着彼此的手臂，喜滋滋，兴冲冲，几乎没有人注意到我们，反正我们也毫不在意。

他脑子里突然间装满了各种想法，仿佛他猛然意识到我们身处美国，这里显而易见是个安全的地方，兴许还是个无忧无虑的所在，又仿佛他突然记起自己还很年轻，虽然迫不得已背井离乡，但作为一个爱尔兰人，自己原本也有可能来到美国，现在，未来的一切都呈现在他眼前，呈现在我们面前，就像是一个灿烂夺目的天国。

我永远也不会忘记，在芝加哥那个稀松平常的下午，他整个人充满了快乐。为此，我要感谢上帝。

我要感谢他，感谢他。

我们沿着芝加哥艺术学院宽大的台阶拾级而上。塔格有个跟他一起打桩做工的伙伴，是个亚美尼亚人，先前在亚美尼亚的某个美术学院学习绘画，后来他的同胞遭到土耳其人的屠戮，就像糖溶化在一杯茶里。“他老是提起‘寂寞的美术学院’，”塔格说，“你觉得他这话是什么意思？他说的英语是我听到的最优美、最有趣的。我觉得他说的有可能是美国英语。”塔格还说，那个亚美尼亚工友的母亲就在他眼前被人杀害，最终死在他的怀里。现在，他到了美国，在芝加哥湖畔挥动铁锹和镐头赖以谋生，没有钱买画刷和颜料。但他曾经告诉塔格，在这座城市里有一座美妙的建筑，分文不取就能让你从一个房间到一个房间尽情观赏那些画作，塔格说，他把那些画叫作“美的窗口”。平日里，塔格对艺术之类的玩意儿本来没什么兴趣，那个星期日，他决定带我去艺术学院，在一定程度上大概是出于对那位个子矮小、充满激情的亚美尼亚朋友的喜爱，此外也许多多少少还有纵情做爱在我们身上点燃的巨大热情。

我们走进一个宏伟的大厅，这大厅在我们看来本身就令人叹为观止。屋顶高耸，身穿深色西装的男人和衣裙亮丽的女子川流不息。他们成群结队，从一道道门进进出出，汇成一条条明与暗交织在一起的小河徐徐流淌，你可能会恍惚觉得那是地面的坡度造成的。接着，会有一小群一小群的人聚拢在岸边，在某些画作前面驻足凝望，就像成群的蝌蚪在咬啮池塘里的水草一般。孩子们永远都在不安分地四处游荡，我还时不时在这里瞥见一个挺着大肚子的孕妇，在那里留意到一个面容憔悴的男子，不过，总的来说，我们一迈步进来，就立刻被一种异乎寻常的欢快而满足的调子所俘获，仿佛这座恢宏的建筑是一所包治百病的医院，能治愈那些说不清、道不明的心灵疾症。

我们被深深感染了。一切其他思虑全都烟消云散，那一刻头脑无比清晰，这种时候你一生中大概只会碰上三四次。弥漫的雾气从海面上退去，呈现出一望无际的蔚蓝，就像是一个明确的阐释。我深爱着我的父亲和姐妹，深深地怀念我的哥哥，但我很有可能永远也不能再回到爱尔兰。不过，我和塔格刚刚开始两情相悦，此时正怡然自得地东游西逛，而且毫无疑问我们很快就会结婚，我们俩都为此感到高兴。就在那一瞬间，我洞悉了一切，或者说我自以为如此，我突然领悟到自己是谁，塔格是谁，也许我的心再也没有如此透彻，塔格是我的丈夫，上帝原谅我，在我看来，他是个让人引以为豪的丈夫，一个非常阳光的男人。在我自称洞悉一切的那个时刻，我认为自己非常幸运，我感觉自己非常幸运。我当时一定像个傻妞一样咯咯地笑了起来。

“莉莉，你在笑什么?”塔格问，语气里带有一丝责备。

他在一幅绘画作品前停下了脚步。当时我们身边没有任何人。他停了下来，在我的臆想中，他的一切都仿佛打上了休止符，他的心，他的故事，因为他整个人仿佛收束起来，猛地停滞不动，这真是疯狂的一刻。他不只是在看那幅画，而是久久地凝视着，凝视着。我站在他的左肘边，看看他，又看看那幅画。

“塔格，你怎么啦?”我问。

“你看这幅画，”他说，“你看啊，真是不可思议。”

那是一个男人的肖像，还算年轻，或者说不算太老，这很难说，因为在我眼里，那幅画画得很粗糙。我们凑近去看，画的旁边有一张标签，说那是画家凡·高的一幅自画像，上面标注了一个日期，还有他的故乡，一个陌生的外国小镇。我从来没有听说过这么一个人，我不知道塔格有没有听说过，但那个名字刻进了我的脑海，深深地印在我的记忆里，字体和标签上的黑体字一个样——凡·高。我抬起头朝塔格微笑，他并没有看我，于是我伸手拉住他的衣袖，又问了一遍，本能地压低了声调，仿佛察觉到他身上有一种不同寻常的神秘感，就像是鬼魂缠身。我又说了一遍：

“塔格，你怎么啦?”

“你没发现吗，莉莉，你没发现吗?”

“发现什么，塔格?”

“这是我的画像。”

我再一次端详那幅画。我不禁感到惊愕。他的话是什么意思？也许有几分相像。画中人脸上有一蓬凌乱的红胡子，跟塔格的别无二致。画面上线条的运用很奇特，好像这个凡·高是用细绳拼贴出自己的肖像，一根根密密匝匝地挨在一起，颜色不一，仿佛是从一个装零碎物件的编织袋上拆下来的，让我很难确定到底像还是不像。不管我怎么看，塔格似乎从中窥见了自己的面孔。他呆立不动，只是目不转睛地看啊看。

恰恰在这个时候，我用眼角的余光捕捉到一个动静，在我的右侧。这也纯粹是出于本能，我脑子里并没有闪过一个实实在在的念头。我朝那个方向望去，把目光投向通往更深处画室的一个入口。有一个人，从人影攒动的暗色河流中分离出来，走向我们，他身上穿的长大衣在已经变暖的天气里显得有些不合时宜，除此以外，我说不上他究竟有什么东西引起了我的注意，其实也有不少人穿着大衣。他头上戴着一顶黑色的礼帽，戴帽子也没什么稀奇，当时正是人们戴帽子最多的时节，不管是礼帽还是便帽，不管在室内还是室外。这个人皮肤微黑，身材瘦削，也许和我做过的一个梦里出现的人影相吻合。卡西·布莱克那本关于解梦的书大概会做出这样的解释。我并不这么想。我的目光追随着那个人影穿过宽阔的红色大理石地面，他行走的路线跟一条上钩的鳟鱼在钓鱼人拉紧钓线时开始拼命抗争在空中画出的弧度一个样，鳟鱼可不心甘情愿做直线运动乖乖就范。这个深色皮肤的男人仿佛发现地板有点儿倾斜，正顺着微微倾斜的角度走过来，离我们越来越近。

我拽了拽塔格的衣袖。

“塔格，塔格，”我唤道，“塔格，亲爱的。”

“可是，莉莉，”他说，“这里怎么会有一张我的画像？”

“我看这不太可能是你的画像，塔格，你看这个小标签，这幅画来自荷兰或者别的什么地方。”

“我从来没有去过荷兰，”塔格说，他就像在陈述一个确凿的事实，但我也同样可以有理有据地反驳他，“我去过荷兰吗，莉莉？从来没有。”

穿黑色大衣的男人一路朝我们而来，已经走到了地板中央。我不知道自己在那一刻是不是给吓坏了。接着，我发现他做了一个奇怪的动作，像是在大衣的下摆里摸索什么东西，因为他的胳膊没有穿进袖筒，我这才明白过来，也许这正是引起我注意的地方，他的一只手在胸口处把两片衣襟抓在一起，起到了胸针的作用，另一只手藏在衣服里，要不是那个掏东西的动作根本让人察觉不到。除此以外，他的一条腿也微微弯曲，这个姿势让人感觉他好像在掏什么东西，要把什么东西掏出来。

“我从来没有经历过这样的事情，莉莉。我不知道这到底是怎么回事儿。上帝保佑我们，莉莉。”

“塔格，塔格，我很害怕。”我说。

“不要怕，不要怕，”他安慰我说，“用不着害怕，莉莉。这是个奇迹。并不可怕。”

“可是塔格，我害怕那个人，有个人正朝咱们走过来，我害怕他——非常，非常害怕。”

“你怎么啦，莉莉？我知道他们一定不喜欢让我伸手去摸一下，但我感觉我能进到画框里，体会到这张脸上的温暖。你明白吗？他难道不是在呼吸吗？就在这里，就在这儿，就在我站的地方，我仍然能感受到他的存在，画这幅画的老兄，他跟我站在同一个位置，伸出胳膊，就像这样，”他伸出手，轻轻地触摸了一下那幅画，这显然违反了某个神圣不可侵犯的规矩——“你难道没有感觉到吗，莉莉，他迸发出的强烈感情？我确实感觉到了，天啊，莉莉，我的上帝，他的脸，我的脸，这两张脸如此相像，他的脸消失了，我的脸取而代之……”

“求求你，求求你，塔格；我求你赶快走吧，赶快走吧。有个人正朝咱们这边走过来。”

“什么？”他终于把视线从那幅画上扯断，低头看着我的脸，“你说的是什么人？”我听出他的话音里有原来那个小警察的口气，那种带着点儿威严的腔调。此时此刻，那个男人在他身后只有四步远，离他的后脑勺只有四步远，而他正面朝着我，我一时惊慌失措，因为我在想，他能怎么办呢，他根本无法保护我们。我一把抓住他的胳膊，使劲儿拽他，想让他赶快跑，拼命跑，离开这个地方，跑进芝加哥自由自在的阳光里。

塔格终于把头转向四周。在此之前，他曾经在一千个地方小心留意过有没有危险存在。一个星期又一个星期过去了，我们在美国已经待了好几个月。我敢肯定，有许多个日子，他在街上走路的时候都如履薄冰，时刻提防怀有敌意的人朝我们围拢过来，心里总在牵挂着会不会收到信件和口信，或者听到什么闲言碎语。他没有向任何警察机关寻求保护，这大概是因为他非常清楚很多警察都是爱尔兰人，他无法判断这些人之间有没有瓜葛？去试探一下，碰碰运气实在太危险了。最好还是悄无声息待在我们的小屋里，隐姓埋名去做工，凡事多加小心。但此时此刻我们可能会遇上杀身之祸，这是显而易见的，他却几乎毫无防备。我看见他脸上竟然还绽开了一个微笑，似乎一直在等待这个人的到来，此时那人正走到我们身边，他便用一种亲切友善的表情迎候对方如约而至。

眼前这一切绝对让我笑不出来，我还没有来得及看明白发生了什么事情，我还没来得及在头脑中解开那个黑色的谜团——黑色大衣，黑色帽子，帽子下那张可怕的黑色脸孔，突然一声巨响，一声狂暴的巨响，声音充斥了大厅里的每一个壁龛，每一道门，无休止地膨胀、蔓延，给了我重重一击，一时间整个空间仿佛荡然无存，就像多年以后上演的那场原子弹爆炸，前一刻眼前还是鲜活的生命、林立的楼群、自由呼吸的芸芸众生，下一刻便成了烟尘滚滚、火焰冲天，一切化为乌有。接下来的一刻，陈列室里一切又恢复了正常，虽然我耳中灌满了喧噪之音，剧烈冲击着我的耳膜，眼前出现一束诡异的红白光焰，仿佛和听到的声响毫无关系，但事实并非如此，因为那是从枪管里迸发出的火焰和爆炸声，这突如其来的一刻转瞬即逝，但这声音从来没有从我耳边消失，再也没有消失，那个男人手里的枪让我晕头转向，一颗子弹射中了我的塔格，射进了他身体一侧隐藏着心脏的地方，他整个人猛地撞在墙上，倒在那幅给他带来死亡命运的画像下面，就像卡车司机把一个松垮垮的粮食口袋扔到地上，他的腰松垂下来，外套的胳膊下方出现了一个让人大惊失色的窟窿，惨不忍睹，也许那是弹孔和花朵一样迸溅出来的鲜血，我不得而知，他笨拙地跌坐在地上，这情景如此残酷，瞬息之间，我看见生命从他的体内消退、飘逝，我看见他变得面如死灰，我扑到他身上，紧紧捧住他的脸，亲吻他的面颊，我求他活过来，我恳求他，我哀求他，但他不可能活过来了。

接下来的那一刻，我等待着给我准备的那颗子弹呼啸而来，我的后脑勺紧绷着，准备迎接那颗子弹，我不知道自己是否感到恐惧，我只是觉得它一定会来，注定会来，但是什么也没有发生。

接下来，我真真切切感觉到自己仿佛进入了另一个国度。一个没有塔格的国度，不是我起初来到的美国，有塔格在我身边，这里才成为一个安全的地方，一个庇护所，即使前途一片渺茫。眼下是另一个美国，一个我无论如何也无法让自己做好心理准备去经受的美国。我跪在他身边，身下仿佛裂开了一道隐蔽的鸿沟，把我活生生吸入那无边的黑暗世界。我们是怎么活下来的？我们怎么没有被碾得粉身碎骨？悲痛的巨大压力仿佛把我冲到了地核，可我们怎么没有被烈焰燃烧成灰烬？

我站起身来。他死了，周遭世界仿佛也跟他一起死去了。四面的墙壁跟他的面孔一样灰白，仿佛一场大火席卷了这座博物馆。也许是因为我眼中噙满了泪水，但我并不记得自己曾失声痛哭。我呆呆地看着眼前这可怕的画面——突然从天而降、瞬间摧毁一切的死亡。只有凡·高的画像还像先前一样默默透射出光芒，平静而淡漠，只是下面多了一个不寒而栗的注解，那是一个被夺去生命的人。那张永恒的面孔上写满忧虑，下面是另一张面孔，扭曲成一团，记录着他临死前最后的剧痛。这是一个星期日，人如潮涌，当他们得知凶手已经逃走时，就聚拢在我们身边，看着，瞧着。我感觉，他们也把我当成了一个构成某种威胁的危险人物。大概没有人目睹谋杀的整个过程，或者说只有为数不多的几个人。我敢肯定很难说清楚发生了什么事情。我不能说当时自己脑子里装满了各种想法。但是，不管是对是错，我心里的确产生了一个念头，那就是不能继续待在那儿。我很想陪在塔格身边。出于某种疯狂的理由，我仅有的另一个想法，就是为他脱下衣服，擦洗他的身体，把他安葬在坟墓里。我想知道此时他躺在什么地方。我早该去找他，芝加哥的城市档案里一定会有关于他的记录。埋葬在这里的是……谁？他们知道他的名字吗？他口袋里的袖珍笔记本、旧车票或者别的东西也许能证明他的身份。

我环顾四周，想要离开那里，熙熙攘攘的人群挡住了我的去路，我伸出一只胳膊，动作就像是一个女人在播撒种子，我拼命往前挤，扎进人群，奋力从他们中间穿过，终于来到被阳光照得亮堂堂的大门口，我直冲冲地穿过那片阳光，仿佛阳光也变成了固体。然后，我停住脚步，垂下头，愣愣地看着脚下大块的地砖。我怎么能就这样把他留在那儿？我需不需要做点儿什么，说点儿什么？作为一个社会公民的道德感停驻在我们每个人内心深处，这真是一件奇怪的东西，它用强大的力量拉住了我。但我一低头便看见了衣服上的血迹，好大一片，形状不规则，就像一只张开的大象耳朵，暗红的血迹干干净净没有一点儿杂色，还闪着亮光，看上去滑溜溜的。我还是个小孩子的时候，在姨母的围裙上看见过一模一样的血迹，那是她在维克罗郡给猪放血的情形。那头可怜巴巴的猪四脚朝天挂在谷仓里，一副孤立无助的模样，喉咙被割开了一个口子，黑色的血汩汩流入接在下面的桶里，一直到流干为止，再做成暗黑色的血香肠。姨母的围裙下摆上沾满了血，滑溜溜的样子，那时候，还是个小女孩的我真想问她能不能让我爬到她怀里，从那片血污上哧溜一下滑下来。就在同一天，她后来又去给奶牛挤奶，身上换了条新围裙——那是一条晾在灌木丛上，让太阳给晒得干干爽爽的围裙，她把奶牛的乳房转向我，溅了我一身奶水。那是一个白和黑交错的日子……

疯狂的胡思乱想。但我的悲痛本身就是一种疯狂，和恐惧纠缠在一起。一个男人，一个活生生的男人，他活在这个世上，上天赐给他生命，这是多么大的幸运，而他竟然大踏步穿过一个高大空阔的公共场所，不由分说就夺去了我的爱人塔格的生命。如此的悲剧简直无法想象，虽然这是我们一直在提心吊胆的事情。自从得知死刑的阴影笼罩在塔格头上，我们无数次想过，谈论过，提出过各种看法，但都和我眼前发生的一切没有丝毫联系。因为我们完全没有想到的是，这个时刻竟然来得如此冷酷残暴，来者突然从人群中闪身而出，一身杀气，有一种不可阻挡之势，塔格的注意力完全被那幅肖像吸引了，我看见杀手一步步走来，我试图让塔格意识到危险来临，接下来惨不忍睹的一幕发生了，这一切来得猝不及防，一枪毙命，如此心狠手辣，带着永远无法消解的仇恨，我们没有想到的是，他们不会放过我们，不会宽宥我们的罪过。他们不容许我们进入迦南，竟然不惜尾随我们渡过约旦河，把他杀死在迦南的那一边。迦南本身是一个避难之所啊。

我确信当时自己一定没有想到这么多。这些都是我此时的所思所想。

我胡乱团起弄脏的裙子和外套，抱在胸前，开始奔跑。是要逃开什么，还是逃向哪里，我不知道。是逃离危险，去往一个安全的所在，还是从一个危险逃向另一个危险，我也不知道。我开始一路飞奔，一会儿工夫，我经过的大街小巷上，行人们对刚才发生的事情已经一无所知，一双双眼睛、一张张面孔、一顶顶帽子、一件件大衣从我面前闪过，他们什么也不知道，只是看见一个年轻女子惊慌地飞跑着，整个前胸像是染上了血一样的东西。那的确是血迹。一个男人的血迹，就在他刚刚离我而去的时候，成了我生命中的挚爱。

天很晚了。我抬起头，这时候安全灯恰好亮了，我想大概是有人正在穿过我的小花园。一阵微风轻柔地梳过雅泽姆斯基家的田地里新长出来的马铃薯幼苗，掠过更远处那绵长的、静寂的沙丘——它们在黑暗中挺着鲸鱼一样的背脊，然后，风儿漫过渐渐变得凉爽的沙地，接着自然会一直涌向大海。迪林杰先生时常谈起，在二十年代，三K党总是聚集在那边的沙滩上烧毁十字架，更多的不是为了恐吓黑人，而是为了恐吓波兰人……

我感觉花园里有个什么人，当我起身四处张望时，才发现那只不过是一只大雄狐轻快地跑过，一个模糊的影子跳荡而去——都是回忆让我的脑子一时错乱。它从我面前一闪而过，和我对视了短短的一秒钟。它那一瞥竟让我心头莫名其妙地涌起一阵感激。

我累了。我要上床去了——用父亲过去的说法是去歇着。我真的累了，但在这一刻，我又一次深深地陷入对塔格的爱。这是多么奇怪，多么不可思议啊。我们有可能对伤寒、破伤风、水痘、白喉之类的疾病生成免疫力，但是永远也摆脱不了记忆。任何预防接种也无法抵御记忆的侵袭。

失去比尔的第七天

今天是个大雨天，大地遭到雨水的肆虐冲击。田野里爆发了成百上千万次小小的轰炸，好一阵泥水四溅。我敢说，植物的根一定欣喜若狂，如果它们在暴雨中幸免于难的话。

我步行绕到池塘的另一边去见厄恩肖大夫，虽然从现在算起，我待在世上的日子不会太多了，但便秘的困扰让我不得不采取点儿办法。我头上顶着雨伞，身上穿着长塑料雨衣，但放肆无礼的风根本不把我放在眼里，裹挟着雨水劈头盖脸而来，当我走进诊所的时候，浑身都被雨水浇透了。

“布里太太，您是掉到池塘里了吗?”一头金发做成爆炸式发型的接待员跟我打了个招呼。考虑到她的工作有可能会非常枯燥乏味，而她待人又这么热心，这么体贴入微，在我看来很是不可思议。她显然非常热爱这个世界，对自己在其中的位置也还算满意，看到自己雇主的病人，她总是显得兴致勃勃。不过，这在任何一个美国小镇都是司空见惯的，不足为奇。这要算是美国的一个显著优点。

“我没掉进池塘，派拉特太太。”我说。

“布里太太，您的雨衣下面湿了吗?”

“我没事儿。我在门廊把雨水抖掉了。”

我走进去见厄恩肖大夫。他是布里奇汉普顿一带年纪最大的长老会教徒中的一位，他们这个家族早在几百年前就来到了这里。他的祖先一定是英国定居者，我感觉在他身上还留有一丝英国人的做派。他总是一脸严肃，一副郁郁寡欢的模样，从来没有露出过笑容。不过，就医术而论，对这样一个人，你可以尽管放心。

他把一支体温计放在我的舌头下面，这让我不由得想起自己小时候，父亲站在我床边充满关切地俯下身来的情景，那是一个古老的记忆。他给我测了血压，还顺着我的喉咙往下瞧了瞧，我跟他提起便秘的事儿，他带着自己特有的忧郁神情点了点头，但他还是不动声色，让我从手推车上站起身来，把我的裙子往下拉了几英寸，在我的肚子上来回摸索，一边不住地摇头。你会觉得他要告诉你一个天底下最不幸的消息。

“好极了，”他开口说，“好极了。我给你开个药方。你那里有点儿阻塞。只有那么一点儿。这个药方能治好你的病。”

然后他坐下来，用黑色墨水笔在便笺纸上写起字来。

“问题不大，”他说，“别担心。”

“谢谢您，”我说，“一堵起来我就很难睡得着。”

“我很同意你的说法。当然是这样。”

他把那张便笺纸递给了我。

“布里太太，除此以外，您一切都好吧？”

“还好。”

“我想告诉您，”他坐在椅子里，身体稍稍向我靠近一点儿，缓缓地说道，就好像生怕打扰到什么，惊吓到什么，就好像我们的坚忍是一只小得不能再小的鸟儿，他唯恐这只鸟儿受到惊吓从花园里飞走，“我们为你的孙子感到骄傲。他本来没有义务上战场。他离开这里之前都是我给他打的针。我真的认为，没有任何人像他一样，出于如此纯粹的动机去打仗，如此清晰透彻地爱着自己的国家。他来和您一起生活的时候有多大？”

“那时候他两岁，厄恩肖大夫。”

“这孩子个子不算大，对不对？说实话，他长得很瘦，皮包骨头，可我每次给他打针他一点儿都不发怵。我记得清清楚楚，有一回，他得了食物中毒，我用给马注射用的针头给他打针。可怜的小家伙，当时我必须赶快把药水注射到他的身体里。扎进肌肉的时候会很疼。可他纹丝不动。我记得清清楚楚。”

我笑了。他说得一点儿不错。

“布里太太，当年我这辈人应征到朝鲜去打仗，那是我赶上的战争。一九五〇年我正好十八岁。人们都说那是一场短暂的战争，不过，你的威廉经历的战争更短暂。几个月？我想让你知道，布里太太，认识他让我感到非常骄傲。怎么说呢？我从心底里感到无比骄傲，真是这样。”

“他还是个小男孩的时候，很喜欢到您这儿来。他喜欢你给的棒棒糖。”

“啊，棒棒糖。现在还有这个惯例。没有棒棒糖，我就没法做事儿。”

凯提斯太太在门廊里帮我重新穿上雨衣，用力抖落伞上的雨水。她一直都在笑啊，笑啊，笑得那么灿烂。

我带上药方沿着人行道一路走去。

主啊，我们不知道本应向你祈祷。这句话出自《罗马书》[①]。比尔喜欢引用这句话。他每每谈起一个话题，试

---

①《罗马书》，又译《罗马人书》，全称为《保罗达罗马人书》，简称《罗》，是由使徒保罗写给当时在罗马的教会的一封信，内容集合他对基督教信仰，尤其对罪及救恩等问题的独特见解，对后世的神学研究有一定的影响。

图向我表达一个想法，结果总是不了了之。其实，他这么做只是为了问一句：奶奶，你知道我想说的是什么吗？

使人成义是天主。这句话也出自《罗马书》。我猜想，保罗在写下这封书信的时候，脑子里一定想好了要说些什么，他把自己要说的话用某种方式表达出来，因为他的信是写给罗马的基督徒会众，而且他自己本身就是罗马人。莉莉的信呢？是要写给谁？日复一日，我坐在这儿，眼前或者脑海里有时候会浮现出父亲的脸庞，有时候竟然是迪林杰先生，真是有点儿颠三倒四，随着日子一天天过去，越来越多映现出来的是天父的面容，须发毕现，这张面孔大概是我很小的时候从别人拿给我的一本书上看到的。我知道自己深爱着上帝，因为我深爱他创造的这个世界。我的罪孽在于，没有了比尔，我不再留恋人世。在生命这场盛宴上，我是个不速之客。我吃的、喝的本来都是为他而准备的。

我哽咽得说不出话。一时还好，伤感归伤感，但总算还能强忍过去。接下来的一刻，悲痛塞满了我的喉咙，这时候如果我非得开口说话，一定会发出尖厉刺耳的嘶鸣。这感觉很蠢，因为自小就有人教导我们说，流眼泪是愚蠢的表现。悲痛有时候的确会产生滑稽的效果。一个八十九岁、干瘪丑陋的老太婆哽咽得说不出话来，我觉得这副样子一定不够雅观。不过，我对这所谓的愚蠢毫不介意。优雅已经被我抛到一边去了。

十九岁的我，身穿一条血迹斑斑的裙子，飞跑着穿过芝加哥，当时我被吓破了胆，我心里知道小便正顺着自己的两条腿往下淌，浸湿了内衣，一切优雅美好的感觉都荡然无存，我感觉自己浑身上下粗鄙不堪，被巨大的羞耻感缠裹着。

光天化日之下，更是增添了我的恐惧，我一览无余地暴露在这座高雅体面的城市里，刚才目睹的那一幕凶杀似乎把我变成了非人类的什么东西，绝对称不上优雅。迷蒙中，我仿佛看见安妮和莫德一脸惊骇地望着我。但在当时，我的头脑已经发生了错乱。我朝着这座城市里相对残破的地区一路狂奔，奔向我们暂且安顿的那个角落。我可以想象出一个鲜明生动的画面：警车停在艺术学院门前，上百个影影绰绰的身影凌乱地混杂在一起，最为突出的是那个一袭黑衣的男人，他赶在我之前就跑了出来，就我所知，他和我正去往同一个方向，他已经注意到了我，此时就尾随在我身后。在我眼前闪现更多的是塔格，他背靠那面溅上鲜血的墙，就像一个大块头的屋顶工人蜷缩在那里。

我又一次从河面上走过，冷风吹在我身上所有浸湿的地方，寒冷彻骨，虽然我拼命奔跑，可还是隐隐感觉自己会在这冷风的侵袭之下染上可怕的肺炎。我的眼睛似乎在渐渐失明，就像是用金属做成的两个小碟子，上面燃烧着什么东西，疼痛难忍，仿佛是不属于自身的异物一般。漂亮的建筑物在我眼前变成模糊一片，行走在烂熟于心的街道上，我却跌跌撞撞摸不清方向。黑衣杀手在我头脑中的阴影，塔格的幻象，当然还有《圣经·启示录》里的四活物和二十四长老——他们把我当作一个不敬畏神灵的罪人，一心要惩罚我，这一切就像是形形色色的狼群，一直紧紧地跟随在我身后。

说实话，那时候好心的汉娜·莱利已经对我有几分冷落，因为她希望我和塔格结婚，但我们似乎并无此意，她的冷落是一个明确而善意的姿态。作为父亲和我的表亲，她绝不会抛下我们不管，也不会下逐客令。但我知道她得应付当地的牧师，她和我们不一样，我和塔格想方设法避人耳目，她则是每个星期日早晨都到湖边的教堂去做弥撒，把教区牧师的宅邸里那一个个亮堂堂的房间擦得窗明几净，为的是让自己将来更有机会在天堂里得到一个好位置。所以，我们慢慢地成了她刻意遮遮掩掩、绝口不提的表亲，其中还有一个特别的原因——我们从爱尔兰逃到美国这段故事父亲只是说了个大概。话又说回来了，如果汉娜有什么政治倾向的话，直到今天我也不得而知。

因为这个缘故，我必须轻悄悄地走进她家，一步跨进自己那间小木屋，赶紧关上房门，站在光秃秃的木地板上气喘吁吁，脑子里一片空白，不知道如何是好。我觉得这是我平生第一次完完全全孤立无助，没有一丝希望能找到一个愿意帮助我的人。木木地站在那里，我感觉自己的人生仿佛被一笔勾销了，就好像在天国的某个殿堂里确实进行了一次离奇古怪的撤销行动，把我无情地摒弃了。我左思右想，不知道自己是不是应该待在事发地点，陪在塔格身边。美国警方难道不会帮助我吗，用某种我说不清楚也想不明白的方式？我知道塔格已经离我而去了，如此看来，就算是躲到和爱尔兰相隔四千英里的大西洋彼岸，他也没能逃脱死刑。我猜想，他们正在紧锣密鼓地谋划怎么把我杀掉，我的死期会接踵而来，但我的确想象不出我的故事里会有怎样的情节，因为我猛然撞上了一个从未经历过的处境，我变成了孤零零的一个人，独自去面对将要发生的一切，只有我一个人。

不管怎样，我还是脱下了那条湿透的亚麻布裙子。我还记得，当时的我赤裸着身体，把裙子放在地板上，将衣袖摊开，摆得平平整整，裙子上的血迹晕染出的图案像是某个不知名国家的地图。塔格的鲜血。那是我最好的一件衣服，但我知道，我不能把上面的血迹彻底除掉，除非在一个专门洗衣服的日子拿出十足的劲头儿，把裙子放在锅里煮沸，直到它发出哀求的嘶鸣，再摊开来，晾在维克罗某一处正好派上用场的灌木丛上——这在当时绝对不可能办得到。我的手臂和鞋子也沾上了血迹。兴许脸上也有。我瞥向陋室里那面我们曾经一起用过的破损不堪的小镜子。我简直看不出镜子里的人是谁，一个脸上斑斑点点，带着条条污渍的女人，那不光是血迹，还有一道道长长的泥痕，不知道是在什么地方抹上去的。我的头发也成了乱蓬蓬的一团，仿佛一触即碎，就像一簇开败的金雀花。我知道，我必须把自己收拾一番，面目一新才行。如果我斗胆跨出这个房间一步，就必须整个人上上下下收拾妥当。

于是我就开始动手，梳洗打扮。

当夜幕降临在这个杂乱的城镇一角时，我已经尽最大努力把自己擦洗干净，穿上剩下的最好的衣服，把感觉有用的东西统统装进一个布袋。一想到要丢下塔格的提袋，我的心便像被撕咬一般，这是别人想象不到的。它仿佛在证明塔格不会跟我一起走。他的几件衬衫和替换裤子也会被抛弃。我感觉自己似乎在背叛他，丢下他的东西仿佛是我的罪责，因为我没能拯救他，把他留在我的生命故事里。这些都是我们曾经一起度过的那段时光留下的遗迹，汉娜一定会发现，这是不可避免的。我想，她一定会把所有的东西一股脑儿捆扎起来，连同上面的斑斑血迹一同扔掉，再把房间冲刷干净，就好像只不过有几只老鼠曾经在此寄居。希望我们在她无可指责的头脑中逐渐褪色，成为一个模糊不清的故事，跟无数被风吹得零零落落的美国故事一样，多得如同天上数不清的星星。

第二部

失去比尔的第八天

我的记忆，就像是某一类电视节目。这段日子，我甚至连电视机也没有，很久以前，我就把那台黑白电视机搬出去放在门廊下，不想再看到关于越南战争的新闻。那时候比尔还是个小男孩，他做出一副大大咧咧的模样，假装自己根本不想要一台电视机，不过，他总到朋友家去看。

这些陈年旧事，有的真真切切浮现在我眼前。我在这儿，坐在餐桌旁，同时我也在遥远的克利夫兰，在那间和卡西·布莱克同住的小房间里梳着头发，用的是她最心爱的那把尖尾梳。她喜欢用斯威特·乔治娅·布朗这个牌子的发蜡，六十年后的今天，我坐在这里，仍然能够闻到那股味道。那味道像变戏法一样把可亲可爱的卡西带到了我面前，她正撅着屁股，在破旧的大箱子里乱翻一气，想找出一件怎么也找不到的衣服。

在我还是个小孩子的时候，父亲把母亲的一条项链给了我。大人的项链到了小孩子手里，第一件事儿就是绷断珠串。小小的养殖珍珠倾泻而下滚落到地板上，争先恐后溜进了地板之间的缝隙里。父亲只找回了其中的几颗，重新穿回到项链上，看上去可怜巴巴的。

其余的珠子一定还在原来的地方，待在黑暗里，算是对我和我母亲的纪念吧，一种奇怪的纪念。

一根长长的线，六颗质朴的珍珠。也许我的一生跟这有点儿相像。

卡西的父亲曾经在弗吉尼亚州做佃农，当他的境况开始变得越来越糟时，便来到北方闯荡，在伊利湖的大货船上当一名雇工。卡西对我说，她父亲正当壮年的时候，足有六英尺高。后来因为生病，整个人变得有点儿抽缩。他是个名气相当大的排箫吹奏艺人。他跟卡西交谈的时候，我感觉自己从来都没听明白过他在说什么，这种时候，他总是说一种古老而又古怪、晦涩难懂的方言，卡西也一样，不过，他们在和我说话的时候还是用英语，免得我摸不着头脑。他住在水边的一间出租公寓里，要不是这样的话，我们根本不可能相遇，我说的是卡西和我，她也根本不可能成为我的救命恩人。

她救了我，但若干年后，她没有发觉乔·金德曼正在一点点进入我的生活——你可能会这么说。但即使她有所察觉，也无能为力，无法再一次把我拯救出来，因为她自己当时也深陷在苦恼之中，而且……

我这么急叨叨地东拉西扯，迪林杰先生不大会赞同。我相信他一定能够更有条不紊地驾驭自己写的书。今天早晨，我的头脑就像一匹还没有被驯服的小马驹，到处横冲直撞。

这也许是因为沃洛翰夫人和迪林杰先生半个小时前一起到我这里来，弄得我心里乱糟糟的。我敢肯定，他们俩开车到这儿来百分之百是不约而同，而且两人还带来了滔滔不绝的一大通对话，沃洛翰夫人把迪林杰先生当成了戏弄的对象，她素来喜欢这样，迪林杰先生则表现出男人风度，任凭她揶揄打趣。他们的谈话跟我没有多大关系，但我并不在意。迪林杰先生对居住地离这儿不远的辛奈考克印第安部落的悲惨境遇表示关切。在诺兰先生之前，沃洛翰夫人曾经雇用过一个辛奈考克印第安人侍弄她的花园，虽然她表现出极大的礼貌听迪林杰先生发表自己的观点，还时不时来点儿插科打诨，但她并不觉得那个印第安部落有什么“悲惨境遇”。她反问迪林杰先生干吗不把自己的花园归还给辛奈考克部落，因为他的园子正好和这个部落的居留地紧挨着。迪林杰先生回敬说，他发现沃洛翰夫人别有用心，故意夸大其词，好削弱自己的论点。我猜想，他是真心实意地希望波兰人、爱尔兰人、上岁数的卫理公会派教徒、百万富翁，还有所有其他居民，全都搬离此地，把长岛归还给印第安人。他们俩你一言我一语争论不休，车轱辘话来回说，沃洛翰夫人在这场比赛中多多少少占了上风，然后他们走到屋外，各自上了汽车一路驶去，他们之间的友情在这场交锋中绝对是毫发无损。我确信，他们俩分别想要对我说的话，都在这场唇枪舌剑中被抛到了脑后。

接下来，我实实在在需要几分钟时间，让刚才的喧哗从屋子里散去。我只是静静地坐着，无所思想。陈年旧事又开始飘飘悠悠回到我的脑海里。

卡西那漂亮的臀部，还有别的情节。

在那个大祸临头的日子，我从芝加哥连夜乘坐火车来到克利夫兰。在这件事情上，我没有多少选择余地，因为只有两列火车马上出发，另一列开往纽约，我觉得自己不能再回到那座城市。

这时候，我已经换上体面的外套，手里拎着布袋子，至少看上去干净整洁，外表很过得去。感谢上帝，我手头还有几美元，那是塔格藏在地板下的一个旧锡罐里保留下来的。车站的大厅里，迎面齐刷刷摆放着一排晚报，我试图不让自己的目光溜过去扫一眼，生怕看见自己的照片正从报纸里直愣愣地盯着外面的我——这种可能性微乎其微，因为现实世界里根本不会发生这样的事儿。但我不敢断定。

我感觉自己每往前走一步，都能听到身后传来杀手的脚步声。我心里很清楚，如果我停下，他也会跟着停下，无论如何我也不敢回头张望，唯恐他真的尾随在我身后。只要我不回头看，就能把他当成是自己的错觉。

荒唐至极。

我就这样匆匆逃离现场，仿佛自己对这起谋杀事件负有责任，我心里很清楚这一点。事到如今，我依然认为这么做是个明智之举。如果我继续待在那儿，一定会有人拍下我的照片，我这张脸不仅仅会被芝加哥许许多多对这件事漠不关心的大众所知晓，还会被那些杀掉塔格的秘密杀手牢牢记住。我的生活会在很长一段时间内风平浪静，就在我感觉自己不再有危险的时候，他们就会逼近我，正如他们对待塔格那样。这是我起码能够想象到的，是我在自己头脑中构想的故事。我觉得这并不是绝无可能。如果我没有拼命逃跑，恐怕根本活不到现在。这样就不会有埃德，最终也不会有比尔。在美国，也许每个人的生命都是由这种微不足道的隐秘事件组成。

巨大的钢铁长蛇犹如一股洪流穿越南本德[①]，驶过密歇根湖以东的所有站点，经过托莱多[②]这个奇异而晦暗的城市，一个又一个湖泊在我眼前缓缓掠过。我一直紧抓着自己的布袋，坐在满是灰尘的座位上，听车轮一遍又一遍重复着："你就要安全了，你就要安全了，你就要安全了……"如果不是火车，那就是我的心在对我低声絮语。

我独自来到一个完全陌生的城市，口袋里只有可怜巴巴的几美元。世界是个完全敞开的避难所，我已经成为其中的一个囚徒。孤苦几乎占据了我的全部身心。一下火车，我就感觉到克利夫兰的当地人已经嗅到了我的恐惧，这会让热心相助的人为之却步。除了那几美元，我不知道自己还有别的什么资本。我的衣服已经磨得发亮，鞋子一看便知很有些年头了。这双鞋曾经是那么时髦漂亮，是我和安妮在格拉夫顿大道挑选来的，穿上它走在都柏林的人行道上，咔嗒咔嗒一路声响，我们俩都很喜欢听那悦耳的声音。这种境况下，我最好的财富要算是年轻，但当时的我自然还看不到这一点。

我四处游荡了多少日子，现在已经记不大清了。克利

①南本德，美国印第安纳州北部一城市。

②托莱多，美国的海港城市。

夫兰的街道上有成百上千个流浪者。我的最后一点儿钱很快就花得一文不剩。

第一天晚上，我是蜷缩在一片废弃的荒地上对付过去的，荒地紧挨着一家整夜喷吐烟尘的大钢铁厂，正好可以作为拍摄电影的外景场地。空气、河流、花园，到处都弥漫着钢铁的尘屑。最初几天，我简直不知道自己是混迹在魔鬼还是天使的行列。我的身体变得沉重不堪，就像是太空人困在一个地心引力超强的星球上。仿佛濒临死亡，又仿佛进入了奇异的来世。要说起来，克利夫兰每天都有人死去。一个雾气蒙蒙的早晨，我看见两个年轻的警察从公园里抬出一具尸体，那是一个穷困潦倒的老人到了生命的最后一息。他们小心地把老人裹在一张旧油布里，扔上一辆垃圾车。

我是个年轻的流浪者，此话一点儿不假。我甚至没有勇气去乞讨，虽然乞丐随处可见。在那段日子里，我很有可能被人杀死，谁也不会注意到。

如我所说，我确实还年轻。年轻可以标上价码。我可以用自己的身体换取几美元，但我还没到那个份儿上。有几个男人，看样子很有钱，不像是流浪汉，他们走到我跟前纠缠不休。每一条人行道上都有心甘情愿奉献自己的女孩和女人，操着上帝创造的每一种语言招揽生意。我还没到那个份儿上，但毫无疑问，那是我再往后必须要走的一步。

这段记忆结尾处是一片完全的空白。

醒来的时候，我发现自己待在一个陌生的房间里，还听到有人在说话，过了一会儿，我才看见方形的窗框里站着两个人影，明亮的阳光倾泻在他们头上，一片耀眼的光辉。短短的一瞬间，我还以为自己回到了都柏林城堡，父亲和两个姐姐正在照看着我。

原来，我昏倒在了卡蒂斯·布莱克先生，也就是卡西的父亲居住的那座公寓楼外面，是他出于善良的本性，把我抱了进来。“我本来不想把你带回家。”他后来这样对我说，用他自己特有的古怪、淡然而又充满友善的语调。当时，他把我放到自己的床上。“你让整间屋子臭气熏天，”他嘴里嘟嘟囔囔地说，决定把我一个人扔下一会儿也没什么大不了的，“我才不管你会不会死掉。”他说着，便一路走去谢克海茨找贝洛太太，把自己的女儿找来帮忙，贝洛太太是她的雇主。“告诉你，”布莱克先生说，“她不想让卡西出来。她付给卡西每星期四美元，可不是让她在外面跟老爸一起到处溜达的。”

不管怎么说，卡西还是马上跟他一起乘坐电车回到家里，发现我几乎都要饿死了，就喂我吃了些东西。平底锅在布莱克先生那个简陋的小煤气炉上好一阵乒乒乓乓。

接下来我一阵呕吐，迷迷糊糊不知道自己身处何地，就像葛丽泰·嘉宝在《瑞典女王》中扮演的克里斯蒂娜，死死抓住卡西不放。

她又给我吃了些东西，这次喂得很有节制。

再往后，我觉得自己睡了很久很久。

我听见卡蒂斯·布莱克在用排箫吹奏曲调。

“都是弗吉尼亚的老歌。”他说。

“我拿不准自己究竟信任不信任爱尔兰人，”贝洛太太说，我们三个——卡西，贝洛太太和我，站在她的厨房里，“信任在雇人方面非常重要。上个在我这儿干的姑娘，一直偷偷摸摸把我的亚麻布拿出去卖钱。我的亚麻布都是上好的爱尔兰亚麻布。她可能卖了个好价钱。”

贝洛太太的衣服像盔甲一样穿在她身上，昂贵的布料看上去很厚实，给人一种奇特的古板感觉，就像是一道绝缘墙。她自然是卡西的女主人，卡西正努力给我找个挣钱的营生。

“克利夫兰有那么多流浪的姑娘，我不能给她们每个人都安排工作。至少你有一点不同，你是卡西带来的。我不能不说，我很信服卡西对一个人的看法。的确是这样。有钱的好人到处都是，但是，没有钱的好人，那种你想留在家里的人，真是很难找。”

卡西从始至终都在微笑，只是微笑，宽宽的脸庞看上去那么满足，那么快乐。但她一句话也没有说。我想她心里非常清楚这条河是深是浅，里面有没有鱼。

“好啦，”贝洛太太说，“你可以在我这儿开始干。试用一段时间。我敢说，你会发现这份工作不那么容易。你个子很小，看上去也不怎么壮实。”

下了这句评语之后，她便回到房子前面去了。卡西用双手紧紧抓住我的肩膀，强壮有力的手指把我的骨头都快捏疼了。她把头来回左右摇摆。

“感谢仁慈的上帝。”她说。

她带我去看马车房上面归我们俩住的小房间。一张大铁床，墙壁四周到处挂着属于卡西的东西，一件宽松长袍，几顶样式很有趣的帽子，一个洗脸盆连同一个大罐子和一块粗糙的东西，可能是石炭酸皂，她零碎物件和小玩意儿放在一张快要散架的小桌子上，此外，还有她那口很深很深的大箱子。总的看来，整个房间非常洁净，但我要说，这房子自从刚一开始用淡黄色的油漆全部粉刷过之后——那应该是一百年前的事儿了，此后再也没有动过一下刷子。我看见墙洞里塞进了碎布，那肯定是冬天为了抵御渗漏进来的寒气才想出的法子。她有一面带镀金镶框的小镜子，金色的涂料一点点剥落下来，就像是营造出了一个小小的秋天。

她教给我怎么把锅烧开，在里面煮亚麻布，再把布拼命拉扯到洗衣盆里，就像拖曳死尸一般，然后搓出雪堆一样的肥皂泡，再使劲儿把布单拽进一个大洗衣盆里用冷水漂洗，用力把肥皂泡捶打出来，接着她用强壮的胳膊操纵起绞干机，就像是在摆弄一件武器，她摇动手柄，让可怜的布单从滚筒里绞过，冰凉的水随之倾泻而出。我们在圣维罗尼卡[①]掌管的行当里辛辛苦苦地做工，因为她是洗衣女工的守护神。干活儿的时候，她总是给我讲自己的故事，讲恋人初次见面时的情形，讲自己在诺福克[②]度过的童年，老卡蒂斯曾经在那里当过佃农，后来负债越来越重，最后便跑到北方来，就像是一个小孩儿被一个恃强凌弱的坏蛋反扭手臂，终于挣脱而逃。

“这些事情小孩子全都不懂。我实在是非常喜欢弗吉尼亚。一群群小鸡总是跑到我们住的小铁皮房子里，各种颜

---

①圣维罗尼卡，原是耶路撒冷的一个普通农家女孩。相传耶稣被处死的那天，她看到耶稣的脸上满是汗水和血迹，就跑过去，用自己的头巾（一说是手帕）给耶稣擦脸。后来她发现耶稣受难的容貌已神奇般地印在了面纱上。这块面纱自公元700年以来一直保存在罗马圣彼得大教堂内。圣维罗尼卡被称为洗衣女工的守护神。

②诺福克，美国弗吉尼亚州的一个海港城市。

色、大大小小的鸟儿成群结队飞落下来，还有各种各样的动物和植物，来了又去，就像是世间万物的大时钟。莉莉，你从来没有见过那么一大片美丽的田野，向四面八方延伸开去。”

接着，她使出用不完的力气，起劲儿地摇动手柄。

“我妈妈是被几个路过的流氓害死的。那天，她从镇子里买了鸡饲料回来，在一条乡间小路上遭到流氓袭击。卡蒂斯发现她躺在那儿，身子下面一堆乱七八糟的黄颜色东西，他们在凌辱她的时候弄破了装饲料的袋子。关于这些，他当时什么也没告诉我，只是说她到天堂里领取奖赏去了，听起来倒也不坏，虽然我非常想念她。那时候我只有五岁，什么也不懂。我觉得，打那以后，卡蒂斯连看也没有看过一眼别的女人。”

我通过了贝洛太太的考察，渐渐过渡到帮她干家务，卡西做的饭菜具有惊人的滋养功效，让我的身体开始变得强壮起来。卡西能让看上去最不起眼儿的蔬菜变得面目一新，容光焕发。食物也都非常热爱她，她一走进厨房，各种食物几乎都会纷纷站起来向她致意。

她的每一寸肌肤都那么美丽。你和一个人共居一室，不可能不把对方的每一寸肌肤都看在眼里。和她在一起，我在内心深处有一种安全感，每天睡在她身边，按照她的吩咐干这干那，这让我心里充满了感激。说真的，我就是因为喜爱卡西才开始热爱美国。也许对我来说，卡西就代表着美国，如果塔格从前的那个亚美尼亚伙伴见过卡西，我觉得他一定会非常骄傲地把她画下来。她是个高大丰满的女人，幸好我占的地方不多，否则我们俩怎么也不可能睡得下那张铁床。卡西整晚整晚像沸水一样翻腾，但我一点儿也不在乎。她流出的汗水就像是美国境内的尼亚加拉瀑布。

后来，我终于大着胆子把自己的故事告诉了她。从那以后，她每天天一亮做的第一件事，每天晚上做的最后一件事，就是扫一眼人行道，唯恐那里站着一个幽灵般的男人。

贝洛太太没有卡西漂亮。她是那种什么都视而不见，什么都不放在心上的女人，但话又说回来了，她嫁给了一个无知无识的男人，所以也怪不得她。她的钱是靠湖边的一家钢铁厂赚来的。有时候，我们夜里听见哭喊声，卡西总是把被单一下子拉到下巴颏，用手堵住耳朵，嘴里嘟嘟哝哝胡言乱语一气，这样就听不见了。

有一回，贝洛太太对我说，她的祖辈曾经拥有库雅荷加河岸上的第一座房子。她有一张保藏了几百年的地图，上面有一座方形的小房子，周围完全是一片荒野。这样看来，她兴许也能算是一种美国的缩影。

我在那座房子里一待就是十五年，这段漫长的时光足够让我学会卡西的所有食谱。

世界上有各种各样的恐惧，就连卡西这样充满生命力的女子也有自己的恐惧，那就是贝洛先生。他老是一次次引着卡西走进这座大宅子里的一个衣橱或者是一个空房间。

什么是人生？什么叫公民？为什么贝洛先生这样的男人可以随心所欲和卡西做他想做的事，而从来没有人说一句谴责他的话，上天怎么会做出这样的安排？渐渐地，我才发觉有什么事情不对头。最后是卡西在床上哭，一个人小声地啜泣，我求她告诉我到底出了什么事儿。

于是她把一切都说了出来。

“我知道，如果我告诉贝洛太太，咱们就完了。莉莉，咱们就会被赶出去，在美国灰扑扑的土路上流浪。”

“他这么对待你是不对的，亲爱的卡西。他不能强迫你那么做。咱们难道不能去找牧师，请他主持公道吗？”

卡西他们那里的人都是天主教徒，在弗吉尼亚的诺福克。

“这种事情，牧师是不会管的，”她说，“莉莉，你不明白。”

“为什么说我不明白，卡西？”

“你不明白，莉莉，就是这样。”

“他是个低贱的臭男人，跟一只小虱子没什么两样，”我不知所措，只是接着往下说，“告诉你，他是个十恶不赦的恶魔。”

“好吧，也许是这样。”卡西哈哈大笑起来，虽然满腹愁苦。

有时候，到了夜晚，从远处湖边的工厂飘来浓重的烟雾，这一群群不速之客浩浩荡荡涌到高地上来拜访我们，把新鲜空气驱逐到别处。湖水本身升腾起的大雾也是一样。隆冬季节，一切美好的东西全都冻结起来，足足有七重之深，这一年日子变得寒冷难耐，你会觉得永远也不会有冰消雪融的一天。接下来，整个地区从寒冬的束缚中松弛下来，进入春天的怀抱，缩头缩脑挤作一团的树木突然变成了一千个花枝招展的小姑娘，金黄色的头发系着丝带，一排又一排花朵绽放的树木摇曳生姿，把五颜六色涂抹在天空上。

记不清是在什么时候，我斗胆往都柏林给安妮寄了封信，只是告诉她我一切都好，不必担心。我还给了她一个邮箱号码，以便让她给我寄来回信。还好，我收到了一封写在蓝条信纸上的来信，我感觉自己都能说得上来她是在哪家商店买的信纸。她的字迹歪歪扭扭，就像一队蚂蚁在行进道路上碰到了阻碍。她的字里行间充满了温暖的亲情，但她也不得不告诉我父亲已经去世了。她说，父亲死在巴尔廷格拉斯乡间的家里，离世的时候非常平静，只是神志“有点儿恍惚不清”。父亲弥留之际她没能守在旁边。她说，父亲被安葬在医院的小墓园里，埋在几棵美国梧桐树下，上面立了一块简陋的石碑，因为父亲只有一点儿可怜的养老金，再没有别的钱能拿来体面地安葬他。这封信让我心里充满了伤感。在我看来，父亲的死非常令人悲哀。我还记得，当我坐下来读那封信的时候，感觉在自己身上发生了一件无比重大的事情，感觉自己背负着一个巨大的责任，却又无法承担，因为我不幸流落在外。

不幸背井离乡。

写信。名字，邮戳，地址。不怀好意的眼睛。

时隔不久，就发生了一件事情，让我不由得怀疑自己写信回去是不是犯了个愚蠢的错误。

贝洛太太每天都打发我上街去买她列在单子上的食品。春去秋来，年复一年，我反反复复跑了那么多趟，自己想起来都觉得简直不可思议。

她家的宅子坐落在街道尽头，路在这里到了终点。经常会有不知道的人一路驾车进来，结果不得不开到最高处的小斜坡上掉头，贝洛太太家的大门就在斜坡上。这里的每座宅子都有马车房和让生意人停放车辆的地方，人行道上看不到多少汽车，所以，这天我拎着几个沉甸甸的袋子走回家，发现路边的泥地上停着一辆破旧的汽车，就在林荫道尽头那几棵老橡树底下。有个男人斜靠在那辆破车上。我不知道他一直在干什么，但我感觉到，他一发现我从远处走来，便匆匆忙忙旋动门把手，坐进汽车里，砰的一声关上了松松垮垮的车门。接下来，在我走回家的一路上，他没再朝我看一眼，而是把脸转向那几棵低矮的老橡树，做出一副全神贯注的样子，很让人怀疑。我哆里哆嗦地来到大门前，拉开沉重的门闩，把巨大的铁门推开一个可以让自己挤进去的小缝，他还是没有把头转向我。

我看见他做了个小动作，把手伸向旁边的座位。我不知道为什么这个动作让我如此惊骇，恐惧横冲直撞而来，就像一大群老鼠闯进温室里。我想，这个时刻终于来了，他会转过身，钻出汽车，把枪对准我，我将要应声毙命。我把身体的全部重量死死地压在大门上，刚才推开的那个小小的缝隙只能容我一人通过，却仿佛要用一生一世才能合拢。我突然意识到自己有多么不堪一击，任何一个人有多么不堪一击，脆弱的血肉之躯，一颗子弹可以轻而易举地洞穿。我拼命用力关上那扇大门，我不知道自己为什么这么做，他有可能从车里跳出来，朝我连发十几枪。我为什么没有像发疯一般奔逃？人类的大脑实在不是一架合乎常理的机器。

老橡树下晦暗一片。六月的阳光十分慷慨，把手指伸进干巴巴的树叶丛中，这让树下的阴影显得更加浓重。莫名其妙的是，我用极慢的动作合拢大门，站在那里，回头张望。我闪过一个念头——这是夺去塔格性命的那个人吗？突然之间，我满脑子里装的都是塔格。塔格的一切一切，他在我身上留下的痕迹，他怎样活在我的记忆里，这些所思所想抹去了我此时此刻的恐惧。我胸中只是激荡着对塔格的爱。

我拎在手里的大包小包掉到了地上，我甚至都没有察觉到。我站在大门外，包里的食品杂货滚落在我脚边，大概是胡萝卜、糖、咖啡一类的东西。那个男人钻出汽车，站在树荫里。他头上那顶看上去又干又硬的帽子给他的脸孔和眼睛又笼上了一层阴影。我随即说了一句没头没脑的话，就连现在也摸不着头脑。

“是我吗？”我问道。我只说了这么一句话。我以一种异乎寻常的耐心等待对方回答。我看不清他的脸，但我能感觉到他在望着我。我记得清清楚楚，那天我穿着自己唯一的一条夏天的裙子，裙子上遍布着橄榄的果实和枝叶图案。卡西非常喜欢那条裙子，虽然它只是从匈牙利市场上买来的便宜货。然而，就在他望着我的时候，我感觉自己仿佛是赤身裸体，就像上学的时候我经常做的一个梦——梦见自己正坐在教室里上课，低头一看，发现自己竟然忘了穿衣服。我浑身上下很不自在，一下子变得笨手笨脚。我不知道怎样描述那种感觉。我觉得自己好像就要死在他面前。

如果他手里真的有枪，也并没有朝我射击，我也看不清楚他到底有没有枪。他突然一转身，钻进那辆破破烂烂的汽车里。他把车开走的时候，我看见车后是一块田纳西州1923年颁发的车牌照，虽然我为自己的惊慌失措羞愧得无地自容，但还是清楚地记住了这个车牌号。他一定开着那辆福特T型老爷车在深山老林里折腾了只不过七八年，结果就成了现在这副模样。我的胳膊仿佛没了知觉，几乎连地上的大包小包都拾不起来。用卡西的话来说，是我采办来的伙食。

可我还是回到了房子里，试图让自己恢复常态，平心静气地去干活儿。我觉得，我就是没有带着脑袋走进厨房，贝洛太太也不会感到有什么异样。也许她是个什么都不会察觉到的女人。我在厨房里碰上她甚至有些吃惊，因为一天里的这个时候她很少到厨房来，通常是待在自己的卧室里，把窗帘拉得严严实实。可是，这一天她整个下午都和卡西待在厨房，为一场慈善募捐宴会做了三个蛋糕。这样一来，我一直等到晚上才有机会把所发生的一切告诉卡西。话一出口，我就像一瓶塞子没拧紧的汽水，没完没了地往外冒泡。事情已经过了一段时间，足以让我充分地思前想后。晚餐我连一丁点儿也没碰，一口也吃不下。我就像本笃会修女一样沉默不语。这根本不像是我，因为不管生活中发生了什么事，卡西和我都喜欢一吐为快，跟对方噼里啪啦地说上一阵子，引得两个人哈哈大笑。平日里，我们俩总是叽叽喳喳，笑声不断。

天已经黑了很长时间，一天的活儿也都干完了，我们俩并排躺在大床上。她的体重在床面上压出了一个大坑，我就总是朝她那边斜过去，就像维克罗郡那种一面靠房屋墙壁搭建的单坡棚屋。我于是把那个小插曲讲给她听了。她坚决主张报告给警察。

“贝洛太太不会喜欢把警察招来。”

“我看她可不愿意让一个陌生人在这附近晃来晃去，莉莉，她不会不理不睬的。”

第二天早晨，她征得贝洛太太的同意，用走廊里的电话拨通了警察局。

下午，一辆警车从大门开进来，停在几棵正在争相绽放的杜鹃花树下面。

我的脑子里像是塞了一团乱麻。我本不想让卡西找警察，她打过电话之后，我思来想去，越来越感到惊恐。在芝加哥，我逃离了事发现场。所以我现在只需要告诉警察，有一个陌生的男人，一举一动非常古怪，这样听上去事情并没有到火烧眉毛的地步。如果他真是个杀手，不管怎样我都在劫难逃。他一定还会回来，从他在芝加哥出手那么狠毒来看，我觉得任何警察都无法阻止他。

所有这些念头在我脑子里转来转去，一直等到身穿警服的骑警走进屋来。

当然，那时候我还不知道他的名字叫乔·金德曼。

他对整件事情的态度非常认真，一副郑重其事的样子。在左侧的会客室里，我独自向他描述了那个男人的模样。我本来不想让卡西在场，我不想让她插嘴，因为她非常担心我，可能会一打开话匣子就收不住嘴。

“你不认识这个人?”那位警官问道。他手里拿着一个小笔记本，一支木工用的那种粗铅铅笔，他一要写字，就舔舔笔尖，飞快地舔上一下，像蛇吐芯子一样迅速。他嘴唇丰厚，上面有一道胡髭，跟恺撒·罗摩洛很有些相像。我和卡西在“星期六”电影院看过恺撒·罗摩洛出演的影片。如果我们俩是两个冰激凌的话，当时就融化在座位上了。

“我看不见他的脸。”这么说着，我突然感到一种来自儿时的恐慌紧紧地攫住了我的心——小时候，说谎是一桩让人非常提心吊胆的罪过。我很害怕面前这个人，他穿着紧身的制服，有一张刚硬的面孔。那个陌生人带着枪，这个男人也带着枪。我坐在贝洛太太的沙发里，那是一个有着粉色和绿色图案的沙发，乔·金德曼坐在一张配套的椅子上，我试图向他说实话，但又不能提及过去的任何事情——这情景让我感觉有些古里古怪。我想告诉他，我的父亲跟他是同行，但这话当然不能说出口。说起来，塔格也勉强算是个警察。我并不认为自己面前的这个男人是个爱尔兰人，但还是不能冒风险。也许他对爱尔兰和爱尔兰的政局一无所知。我试图以实情相告，但也只是吐露了很少的一点儿。他问我是不是爱尔兰人，当他得到肯定的回答时，脸上一时兴奋异常，我很是不解，因为在克利夫兰有一千个来自爱尔兰的女佣，甚至成千上万。

当我提到自己看清楚了车上有个田纳西州的车牌时，他顿时为之一振。

“如果你记得号码，亲爱的，我们就很有可能抓到那个家伙。”

“是77170，”我说，“我觉得大概是1923年的车牌。”

“我想你大概不知道是什么车型？女人通常不怎么注意

这方面。”

“是T型。”我说。

他轻轻吹了声口哨，或者说近似于吹了声口哨，不经意地带出一星唾沫。

“近两年来，在整个库亚霍伽县，有七名妇女遇害，”他说，“所以你自己要小心。”我觉得，他说这话一定是为了让自己恢复常态。

这时候我注意到他的脸色微微有些泛灰，跟钢铁厂的工人很相仿，我曾经见过有几个钢铁工人来找贝洛太太。在熔铁炉的烘烤之下，灰尘渗进了他们的毛孔。他们就像是一天到晚被烈火炙烤的锅，久而久之打上了火烧火燎的印记。不过，乔·金德曼并不是钢铁工人。

“这儿平常很安静，”我说，“从来看不到什么外人。所以他把我吓坏了。”

“那是当然。这儿也确实很舒服。高地。没错儿啊。我当然巴不得也住在这儿。”他哈哈一笑，就好像自己的想法跟点石成金差不多一样是绝无可能的事儿。“宜居之所。”他嘴里又蹦出一个词儿来，稍稍加重了语气。

我不由自主地喜欢上了这种别致的字眼儿。他有可能是从我父亲那里学来的——如果他们曾经相识的话。我打心眼儿里喜欢他，虽然对他有几分畏惧。我朝他微微一笑，他坐在那儿，频频点着头，手拍打着两膝。我心想，这就是无忧无虑吧。

然后他便起身走了，带着一股子信心十足的神气，脸色还是那么灰白。

他的靴子擦得锃亮，我都能在上面看到贝洛太太家的窗户，就连窗帘也清晰可见。

失去比尔的第九天

后来，乔·金德曼查到了那辆车的主人，那人名叫罗伯特·多尔蒂，远在千里之外的田纳西，和我们这里相隔两个州。如此一来，他认为那人只不过是个流浪汉，想找机会顺手牵羊罢了。他说，在美国，流离失所的人随处可见，一大家子一大家子流落在外。他还说，克利夫兰满大街都是流浪者，在这个城市要打听到任何一个人的下落都很不容易。不过，既然已经知道了那人的名字，他打算弄个一清二楚，确定那个罗伯特·多尔蒂已经不在俄亥俄州。

我了解到这些情况是因为有一天下午乔来约我去月神公园，他看上去要多随便有多随便。他说如果我愿意的话可以带上卡西。他停好车，悄悄绕到屋后来到厨房，确认贝洛太太不在才走进来，整个儿是警察的做事风格，无可挑剔。

我们一个月只放一天假，我和卡西通常会去谢克海茨，在各种商店外面的人行道上溜达，去公园里看看花什么的，卡西别提有多高兴了。有些地方不大欢迎卡西进去。不管怎样，我们总是收拾得干干净净，穿上自己最漂亮的衣服，大模大样地出门去。

与以往不同的是，这回是一个男人带我们去月神公园。我的脸上不由得堆上了微笑，因为这时候我才发现，卡西从来没有过任何一种类型的男朋友。卡西得知乔也邀请了她，很是发愁。她不想让乔・金德曼感到为难。但乔根本不在乎。他穿上便装显得风度翩翩、意气风发。

我们一起上了有轨电车，走到前面的座位坐下来，这样沿途的街景可以尽收眼底，可就在这时候，电车司机在乔耳边说了句悄悄话，问我们坐到后面去是不是感觉更好一点儿。

“不用费心。”乔说着，从胸前的口袋里掏出警徽亮给那人看。“我是这两位女士的护花使者。你面前这位是不折不扣的王室成员，就是她，”乔一边说着，一边指了指可怜的卡西，“她是黄金海岸的总督夫人。那就是她的房子，”说着，他又指了指我们正在经过的一座无名宅邸，“那是她的官邸，就在那儿。”

“我看她根本不像是什么女王，”电车司机不买账地说，不过他还是看了看乔的警徽，“我看这样吧，下不为例。不管怎么说，这里不是黄金海岸。总而言之一句话，大伙儿不喜欢看见黑种人在他们面前晃来晃去。”

司机信口胡说了一大通，可当时电车上别无他人。卡西表面上高高兴兴，但我非常了解她，我能感觉到她的痛苦。她希望自己远离这个司机十万八千里，甚至远远地离开克利夫兰这个地方。她也许还希望回到诺福克，对外面的世界一概不知，穿得光鲜亮丽去领受第一次圣餐。我知道那是怎样一种情形。就像上帝创世的第一天那样骄傲无比。在自己父亲眼里显得那么美丽，那么光彩照人。

卡蒂斯·布莱克已经搬到五十五街，永远离开了水边。原因大抵也是一样。在克利夫兰，一切都七零八落，就像是一盏没有调好的酱汁。

我脑子里正想着这些，乔·金德曼冷不丁伸手扼住了司机的脖子。他确确实实扼住了那人的脖子。电车司机说的那句话大大激怒了他，这是所有人始料未及的。他的一双大手掐住电车司机的脖子，狠命摇晃那个骨瘦如柴的家伙。

“你这个人渣。”他一字一顿地说，简直像是在朗诵一句诗歌。

电车司机正想紧急鸣笛求援，乔立刻松开了双手。他抚平了那个家伙的领带，点了点头，小声说了些什么。

“好啦，对不起，老兄，不过，你千万不要在女王陛下面前说这种大不敬的话。”他脸上绽开了一个乔·金德曼标志性的笑容，露出一口漂亮的牙齿，修剪整齐的胡子弯弯地翘起来，呈现出一个圆弧。

“你给我下去，”电车司机说，“我才不在乎你是不是警察。”

于是我们在下一站下了电车，一路走向城市的低地。远远地，可以看到高高隆起的游乐场惯性车道，那是非常有名的城市景观。

乔·金德曼此时更是脚下生风一般，他的血肉之躯，他的刚硬，仿佛在尘世之海上漂浮，显得那么逍遥自在，我觉得不光是我，从他身边经过的每一个人都对他一见倾心。

乔说，居住在那一带的意大利人确实很多，他干警察这个行当经常和意大利人打交道。有经营玉米葡萄糖的阔佬，有烧杀抢掠，无所不为的恶棍一类的家伙，但也有成千上万的普通人，早先因为在自家院子里开酒厂而惹上麻烦。事情虽然早已成为过去，但是乔的面孔曾经出现在十几户人家里，所以总是被人认出来。他顺着林地大道往前走，似乎颇受欢迎。虽然隔着街道，那些人还是很乐意跟他打招呼。

“嘿，警官，现在我们过上好日子了。”

“你好啊，索尔罗先生，很高兴见到你。”乔寒暄着，在自己营造的空气中飘然若仙。

写下这段文字让我感到无比快乐，因为这是一件快乐的往事，这是一个让卡西感到快乐的日子。

乔买了门票，陪我们一道走进月神公园的大门，似乎仍然在护送着一小拨身份显赫的王室贵族。这时候，天气决定不再和我们过不去——早晨的薄雾一直笼罩着整个城市，不肯隐退，突然之间便消失得无影无踪，慷慨的天空张开所有的手臂拥抱我们，拥抱金灿灿的工厂，还有向四面八方伸展开去的熙熙攘攘的街道。如果说美国有可能是一座天堂的话，这座天堂此时仿佛展露在我们面前，取代了第一批白种人当年发现的那个完好无损的领地——这段故事是迪林杰先生讲给我听的。这美妙的天堂驱散了一切：白种人定居美国之后随之而来的痛苦和恐惧，贝洛太太声称由自己的祖先建造的第一座小木屋，还有那第一个杂乱不堪的村落，再后来，房屋像洪水一样在高低不平的田野上蔓延，形成了一个镇子，然后又制造出城市的喧嚣——这一切仿佛都消失了。游乐场远处是库亚霍伽河，有时候，它就像是一头虚弱的动物正在偷偷摸摸地溜走，庞大的躯体散发出一股恶臭，就在突然之间，简直像被施了魔法一样，河水又重新焕发出昔日的美丽光彩，世界伸出的巨手并没有把肮脏晦暗的河水改变多少。如此一来，它污秽不堪的外表只不过是一件滑稽的外衣，掩藏了它宝石一般的光彩，黄色那般奇异，绿色那般亮泽，棕色如同爱尔兰的沼泽一样可爱。我的心一阵欢悦，就像雏鸡从灌木丛里腾空飞起，眼前的美景让它目瞪口呆，又惊又喜，不由得张大了翅膀。

我们接着往里走。乔·金德曼躲开卡西，悄悄对我说，过去有一段时间，“黑种人”是不允许进入游乐场的，免得让上等公民感到不悦。他用热辣辣的目光看着我，这让我开始感觉和他越来越亲近。我也开始一点点了解他。那天，卡西穿着自己最体面的衣服，一路上汗水淋漓，沉浸在梦幻一般的幸福中，脸上闪着动人的光彩，我很不明白她怎么会让人感到不快，更不要说妨碍别人了。她使城市、公民和天堂之门合而为一，正如约翰·班扬在他那本古老的书里所写的那样。她就像是童话故事里的人物，任何求婚者都配不上她。她的胳膊粗壮有力，光泽的小腿曲线优美，她的胸脯那般坚挺，任何一个老水手都愿意让她站在船头增添光彩，引领船只奇迹般地穿越风暴——这些在我看来，都是无与伦比的人类之美。

乔·金德曼在那天制定的唯一的法则就是要求我们必须玩遍所有的游乐项目，一个不落，不管我们害不害怕，愿不愿意。他买来一大把入场券，攥在手里，就像握着一小束花。他神气活现地领着我们俩从一个场地走到另一个场地，看样子对每个项目都了如指掌。我和卡西对椰子发起轰炸，就像亚马孙族的古希腊女战士把区区几个男人打得落花流水。我们领取了两个泰迪熊，小心翼翼地抱在怀里，就像抱着我们俩的奇异婚姻产生的两个新生婴儿。我们绕了一圈又一圈，迂回接近园区中间最吸引人的项目，它仿佛是一个罪恶的念头盘旋在我们头顶上，曲里拐弯，错综复杂。到底是天堂还是地狱，我们不得而知。

我们已经领受了世俗的欢悦，就要体验天上的极乐世界了。

“有没有人从这玩意儿上摔下来过?”乔问检票员，他说这话的目的不过是想让我感到更害怕。检票员留一把长胡须，梳理得整整齐齐，胡子梢还系了一根白线绳，他的耳朵在脑袋上显得怪模怪样，大概是上帝忘了给他安装好。

“从没有一个人掉下来过。除非你自己往下跳，否则根本不会摔下来。”

“好啦，乔。”我插了一句。

“我听说，有好多人在乘坐这种游乐设施的时候从上面掉下来，美国到处都有这种事儿发生，是不是这样，老兄?”

“在我们这种正规的地方没有这种事情发生。这可是全美国最棒的游乐场。”

“老兄，你是哪里人?”乔用最亲热的口气问，他不想让对方感到不快，“听你的口音不像是本地人啊。”

“斯莫基山。去过那儿吗?”

“我从来没去过，”卡西说，“不过那是在弗吉尼亚。我是从弗吉尼亚的诺福克来的。”

也不知道那个检票员是对诺福克不感兴趣还是另有原因，总之他不再开口说话了。一列车厢从轨道上当啷当啷地开过来，他让我和卡西坐在前面，乔坐在我们后面一排。座位是用某种粒状金属制成，哐啷一声，一根铁条落下来，拦在我们的腹部，以免乔讲的那些故事发生在我们身上。卡西那宽厚丰盈的身躯紧紧抵在铁杆上。这个世界一般来说是为更渺小的人量身定制的。

“进入滑轨。”乔故作诡秘地说。

我们快快乐乐地出发了，远处的车头像钟表的发条一样发动起来，显得那么玄妙，随着我们越升越高，从未领略过的城市美景越来越多地呈现在我们面前。当我们就要到达轨道的第一个高点时，阳光不失时机地躲到黄铜色的云朵后面，高高地凌驾于河流之上，然后又突然闪身而出，光线如狂风暴雨一般直泻而下，让足有爱尔兰国土那么大的一片光亮像瀑布一样倾洒到水面上，河水霎时分为黑暗和光明两个部分，你简直会怀疑是不是有个更加神秘莫测的检票员，躲在某个地方，在天堂的群山之间拉动天空的开关。

我们盘旋在空中，三颗心怦怦直跳，三个灵魂带着各自平淡无奇的人生故事，三个纯粹的朝圣者，在克利夫兰的一个游乐场里，我们是彻头彻尾的无名氏，完全无人知晓。阳光恣意倾泻在河面上，制造出一场美妙的灾难；轨道的运行变化不定；我和乔的相识，如同幸福从天而降，他巧妙地向卡西表达善意，他的目光像鱼群一样朝我涌来，我能看到他，我能看到他把目光投向我的脸庞，我的身体，充满好奇，充满探询，他的眼睛闪闪发亮——不仅仅是奇异的天气，还有他内心某种不可捉摸的东西，把他的眼睛点亮了，他那凝注的目光，就像一个年迈诗人的照片，正如你在杂志上时常见到的那种，一切都变得和谐美好，构成一个完美时刻，一切往事仿佛都被抚平了，从某种意义上来说，到此刻为止，这是一次相当不错的出游；塔格被谋杀，我自己背井离乡，父亲和姐姐都不在身边——所有这一切伴着微风的浅吟低唱不停翻转，飞旋，穿过游乐车上的镂空图案，向着天堂飞升，几乎抵达天堂，我朝身后的乔望过去，他脸上一副狂喜的表情，几乎可以说是心醉神迷，几乎可以说是令人惊骇，他的头向后仰去，紧闭双眼，龇牙咧嘴，甚至有可能在哈哈大笑，如果不是翻滚的机械装置把我们带到倾覆的临界点，带着我们——我、卡西和乔，带着我们高高地、高高地在空中飞旋，我们来了，啊，克利夫兰的天堂，啊，受苦受难的美国，充满苦难和荣耀的漫长历史，连同我们自己那些无足轻重的小故事，全都献给天堂，献给天空和河流，献给房屋、街道、正在流逝的几十年光阴，和令人忧虑的未来，写进它们的故事，然后，噢，噢，我们越过了顶点，被抛向前方，我们的重量和加速度串通一气，拼命把我们往下撕扯，仿佛上帝曾有一刻宽恕了我们，但又随即开了个极其过分的玩笑，将我们一把丢弃，转瞬之间，我们飞快地向下坠落，紧接着越来越快，越来越快，我看见卡西的脸颊朝耳朵方向拉扯过去，急遽飘摆的耳郭像煮沸的开水一样翻腾，在一路跌落的轰响中，我听出乔并不是在开怀大笑，而是在呼喊、尖叫，他在喊叫些什么我听不分明，那是充满野性和狂喜的呼号，而我只感到恐惧和恶心，各种念头像成群的野兽四处惊逃，直到、直到我们开始垂直向下坠落，蓦然回到起初的高度，到达最低点，卡西一个劲儿哭啊哭啊，她紧紧抓住我，用她坚强的臂膀环抱着我，我也伸出手臂想要把她揽进怀里，虽然力不从心，我还是紧紧地搂住她，搂着我心爱的卡西，她哭着哭着，又开始哈哈大笑，哭一阵笑一阵，笑一阵哭一阵，仿佛在短短的两分钟里我们过了整整一辈子——两分钟的自由落体和放声哭泣，我知道在我身上所发生的一切都是公平的，因为我由此才结识了卡西，这是给我的报偿，卡西的友情让我一生一世受之不尽。

我们出了游乐场走向大门，门上黑白相间的方格图案就像一面赛车旗。一个高个子男人迎面走了过来，穿衣打扮跟乔很相似，只是他看上去更时髦，身穿一套浅色亚麻西装，头戴一顶带檐的帽子，油光水滑，仿佛是从海豹后背上揭下来的毛皮。他身边陪着三个花枝招展的女人，一路上嘻嘻哈哈。他一看见乔就张开手臂，招呼道：

“约瑟夫，该死的约瑟夫·克拉克。”

“对不起，老兄，我可不是什么约瑟夫·克拉克。”乔·金德曼哈哈一笑，说，“你把我当成别的什么人了吧。”

“哦，我想也许真是这样。抱歉啦。”男人一脸迷惑，话里话外透出将信将疑的意味，语调也带有几分不相信。

不管怎样，我们三个继续朝前走，穿过正方形的门框，融入隐隐约约的城市喧嚣声中。随着时间临近黄昏，光线也开始变得衰微，不过我们一路走去还是兴头不减。

那天晚上，卡西躺在床上说，她打算把耶稣基督的名字从《新约》中抹掉，用“乔·金德曼”取而代之。哎呀，她不光把乔当成耶稣基督，而且简直把他视若圣父本人。也许再加上圣灵也不为过。

几分钟前，我不得不搁下笔。暗夜里，有人拉响了门铃，我惊得跳了起来，身上穿着这件裙子，真真地跳了起来。刚才我还停留在游乐场，突然从高处坠落到最低点，身边有卡西和乔，这蓦地一惊让我回到了自己这座小房子里。几场短暂的阵雨铺天盖地而来，整整一天没有间歇，门铃声倏忽把我拽回到现在，我突然闻到一股马铃薯幼苗的气息，从我和大海之间的田地里漫卷而来，我想它们一定正在雨水的浇灌下蓬勃生长，当然还有春天的暖意。我抱拢双臂，对着大大的账本，写下一行行潦草的字迹，让我很是吃惊的是，我居然需要这么多张纸，一开始我还以为顶多二三十页就打住了。我甚至不知道自己为什么还保留着这个账本，自从我给沃洛翰夫人订购来之后，就一直搁在抽屉里，确切地说，这是属于她的东西，而我是在她的账本上写下这些零零碎碎的胡话——这么说恰如其分。

我还是站起身来，感觉身子僵硬到了极点，就像先前的幸福一样无穷无尽。我慢慢走到黑漆漆的走廊，挂在墙上的照片笼罩在奇特的光亮中，眼睛闪闪烁烁。我哥哥威利的照片是莫德生前从都柏林给我寄来的，她觉得我大概会万般珍爱这张照片；乔·金德曼一身克利夫兰警察的装扮，看上去神气十足；身穿军装的埃德，还有比尔——也是一身戎装。他们的神采并不是此时我眼中所见，而是时时刻刻映在我心里，那么活灵活现，那么鲜明生动。

门口来人是尤金尼德斯先生，他提着一个盖得严严实实的篮子。我打开门廊的灯给他照亮，他默默地站在那儿，一只手拎着篮子，另一只手举起自己那顶做工精细的软呢帽，毕恭毕敬，这是他一贯的风格。

“布里太太，我没有打扰您吧。我妻子说，把这个给莉莉·布里送去。这可不是随随便便的什么东西。这可是尤金尼德斯太太最拿手的炖肉。她知道你是个行家，可她说，莉莉不会介意的。我说，她当然不会啦。我们等于是把猫头鹰运到雅典，[①]我希望这不会惹得你不高兴。”

我非常感激地接受了他的礼物，他顿时一脸喜色，异常兴奋。

---

①因雅典盛产猫头鹰，希腊神话中雅典守护神的标志是猫头鹰，所以这个俗语的意思是多此一举，徒劳无益。

“到厨房来吧，”我说，“等会儿我把篮子还给您。”

“不用，不用，”他说，“别费心了。这篮子我足有五十个呢。我进的希腊土产，就是装在这种篮子里运来的。从萨摩斯岛运来的，在一个土耳其海湾的怀抱里沉沉入睡的萨摩斯岛。好啦，你就留着吧，这样你家里就能有点儿东西让你想到那个古老的国家。尤金尼德斯太太说，这炖肉虽然并不是传统的希腊菜肴，但她是从自己最好的朋友那里学来的，她希望能传授给你。她那位朋友住在新泽西州的五月角，已经过世了。她把菜谱都写下来了，你瞧。”

“真是太好了。”

“她希望这个菜谱能传给你。”他言语中仍然带着按捺不住的兴奋。

“好啊，这就是做厨师的目的。最美好的目的。一切都是为了友谊。”

“妙极了[①]。”他叫了起来。我能听懂的希腊语微乎其微，不过这个词儿我了然于心。在他的商店里，我曾经无数次听到过，他几乎时时把这个词儿挂在嘴边：“晚安，布里太太，晚安。”

“晚安，尤金尼德斯先生。”

---

①原文是希腊语。

我尝了一点儿炖肉，吃起来非常可口，里面加了坚果，还有奶酪，味道简直无可挑剔。尤金尼德斯太太那位远在新泽西州五月角的朋友原本和我素不相识，有那么一刻，她似乎浮现在我眼前，就像是她的灵魂和她的厨艺永久相依。

失去比尔的第十天

沃洛翰夫人是个凡事说到做到的女人，而且有过之而无不及。她一大早就来了，提醒我说，她要带我去吉拉德那儿理发，这个我当然已经忘在了脑后。我甚至根本不记得听她说过这档子事儿。她也许曾经提起过吧，不管怎么说，我想不出一个理由拒绝她的好意，就收拾好手提包，换上外出的鞋子，跟她一起出了门。

“天气真是好极了，”她说，“早晨六点钟我游了个泳。是早晨啊。”

“在游泳池里？”我问。

“是在大海里。我一个人去的。那儿连一个人影也看不着。我悄无声息地滑进海水里。感觉真是妙极了。”她一边说着，一边砰的一声关上自己那侧的车门，把车从路边开出来，嗖的一声冲起一小股沙尘，“然后我就回到家，吃了点儿草莓和乳酪。凯瑟琳·曼斯菲尔德[①]在她的一篇小说里描写过一个女人，说她在吃乳酪的时候，‘心醉神迷，飘然欲仙’，写得真是太棒了。恰如其分。”

沃洛翰夫人这辈子经历过无数命运的变化无常。一次次拯救她的不仅仅是她非凡的勇气和坚定的信念，人活在世上总会有点点滴滴的快乐，而她总是能沉浸其中，这也时常让我感到快乐，在我为她烹制菜肴的那段日子。一个暗沉沉的冬日，当她面前摆上我的拿手菜惠灵顿牛排，接着上的一道秋梨馅饼却简直让人大失所望时，沃洛翰夫人的喜悦之情总是溢于言表，她总是发表一个小小的演说，来纪念这个时刻——不管当时自己身边发生了什么事情，也不管有什么毁灭性的历史事件呈现在眼前。沃洛翰夫人并不知道，惠灵顿牛排其实是卡西传授给我的一道菜肴。她的全部哲学就是活下去，恰如一个士兵，一路上不断失去战友，满怀着友爱和思念掩埋他们的尸体之后，士兵还要继续前进，前方还有任务必须由他去完成。纵观她的一生，我总觉得，她能够做到这一点简直是个奇迹。正是由于这个原因，我不能不热爱她。

---

①凯瑟琳·曼斯菲尔德（1888—1923），出生于新西兰，短篇小说作家，被称为新西兰文学的奠基人。著名作品有《园会》、《幸福》和《在海湾》等，被誉为新西兰最有影响力的作家。

她比我年轻得多，我开始给她母亲做工的时候就已经快五十了，没过多久，她结了婚，我又开始给她干活儿。我退休之后又过了这么多个年头，她一直照顾我，保护我，我说不上是为什么。这座小房子本来可以派上一百个用场，她为什么让我白白住了这么长时间，这对我来说一直是个谜，说真的，这座房子直直地挺立在小院里，如此紧邻大海，价值一定不菲。

她是个身材高挑、颇为骨感的女人，异乎寻常的是，随着一天天变老，她一天天变得更加美丽动人。她的一个姐姐是个公认的大美人，不过现在的沃洛翰夫人也称得上美貌出众，就像歌剧演员到了四十岁嗓音才发挥到极致。她五官清秀，眼睛湛蓝纯净，平日里穿着式样简单的裤子和衬衫。她有好多高级时装设计师为她量身定做的套装，全部排起来足有十码长的一列，分别挂在几个衣橱里，这些衣服她只穿着去出席慈善活动、晚宴一类的场合，别的时候她并不怎么讲究，不过我确信，这些看上去似乎并不昂贵的衣服其实价格不菲，都是从第五大道买来的。

她的汽车是一辆普通的中档车，没有任何时髦可言，我喜欢跟她一道开这辆车出门。每当我和沃洛翰夫人挨坐在一起时，她说起话来总是滔滔不绝。她的言谈举止里有一种东西，用我父亲的话来说，就是让你明明白白地感觉到她“有时间陪你”。这让我感到很是惬意自在，整个人处在一种最佳状态，和她在一起的时候，我从来不感觉自己是个老太婆，虽然我们俩中间一定差了三十年的岁月。她还是个年轻姑娘的时候我就认识她，我为她工作的时间，加上我在她身边生活的时间，有四十多年。我们从来没有说过一句让对方不快的话，这在我看来非常难能可贵。

现在回想起来，她母亲一开始雇用我的时候，其实是沃洛翰夫人对我进行面试，那时候她还非常年轻。时间大概是在1950年，年纪这么小的一个姑娘向自己发问，让我感觉有些奇特。不过，她一言一语都那么温文尔雅，表现出的成熟稳重远远超出了她的年龄。我来自爱尔兰，这一点自然让她感到很高兴，因为她自己本身也是爱尔兰人后裔，她深爱自己的故国，小时候还曾经去过多次。人们热爱爱尔兰，因为他们永远也不会真正了解这个国家，就像一个处在圆满婚姻中的人。我自己也有点儿类似这样的情形。爱尔兰几乎把我吞噬、毁灭，但我依然热爱她，至少在这个雾气弥漫的时刻，过去的岁月变得模糊混沌，不再像以往那样令人惊心动魄，我的爱尔兰身份带来的种种恐惧曾经久久地缠绕着我，现在也已经成为过往的记忆。我尽可能多地向她讲述了自己在美国的经历。我记不清当时有没有提到塔格。我依稀记得说起过这段故事，她对塔格的命运惊愕不已，但事实上我真不知道自己当时有没有那么大的勇气向她诉说一切。在我的脑海里，我真真切切地看到了她那张单纯、专注的面孔，还有当她得知一个年轻人在如此猝不及防的情况下被谋杀时，脸上流露出的震惊和恐惧。关于乔，我没有原原本本地告诉她所有的细枝末节，我怎么能说出口？不过，我觉得她能猜得出来我有自己的难处。最让人大松一口气的是，我有个五岁大的孩子并没有成为她们雇用我的障碍。埃德那时候整天围着我的裙子转来转去，就像是女巫差遣使唤的小精灵。沃洛翰夫人的母亲经常夸赞他是个“规规矩矩”的孩子。如果不是这样的话，我根本不可能在那儿干下去。为此，我非常感谢他。可是，但凡小孩子总会时不时惹下点儿麻烦，还好他闯的祸都在可以容忍的范围内。埃德最臭名昭著的事件是把一个非常稀罕的伯利克陶器拿下来玩，结果毁坏得非常彻底，再也没能摆回架子上。那件陶器上面的图画是荒野中的一座爱尔兰城堡。还好没有引起轩然大波。沃洛翰夫人的母亲说，如果再发生一次，就把他的一条腿拴在餐桌上，就像拴一条乡下的土狗，幸亏这个决心从来没有接受过考验。

我述说这一切是因为我想把自己的感激之心记录下来。感激占有一席之地，怜悯和哀悼也是同样。呜哇，呜哇，在维克罗郡，年老的哭丧人围着棺材号啕大哭。

杰拉德的美发厅开在主街上，平日里一贯忙忙碌碌，因为他们店里能做出一千种精心设计的发型。今天早上我们走进去的时候，他正冲一个姑娘大声嚷着什么。沃洛翰夫人在门口停留片刻，我跟随在她身后。她转过身来会意地朝我看了一眼，好像是说，他是个了不起的艺术家，我们必须宽容他的个性，又像是在示意我，洞里到处都是狮子，可我们无论如何也得进去。

另一个被训斥来训斥去的姑娘牵起我的手，领着我来到水池旁，好给我洗头。哎呀，我的头发稀稀拉拉，下水一洗看上去更是光秃秃的，惨不忍睹。所以我怎么也不会主动去理发。不过，那姑娘倒是很体贴，她在我乱蓬蓬、不堪入目的头发上围了条毛巾，如同岩石上垂挂的海草，然后带我来到杰拉德身边。

“布里太太。”杰拉德只招呼了一声，好像这个名字本身包含千言万语，不用再多说什么。可他有什么想法，有什么暗示，我一概不知。他揭下毛巾，丢在地板上，动作娴熟敏捷，近乎残酷。他把我可怜巴巴的头发抓在手里，用手指梳理了一遍又一遍，我的头皮都开始有点儿发疼了。沃洛翰夫人走过来站在他身后，没有看我本人，而是看着镜子里我的影像。

“布里太太想让你给她做个精神点儿的发型。”

“当然。”

“做个能让她高兴起来的发型。你觉得能办到吗?”

“没问题,”杰拉德一口应承,声调里却带有一丝意想不到的伤感,“没问题。”

“你觉得她是不是该染点儿颜色?”她说。

“噢,沃洛翰夫人,布里太太不让我给她的头发染颜色。我劝过她,可她说,您是怎么说的,布里太太?”

“我对白头发很满意。”

“您瞧。”

“好吧,我不会试图影响她什么。她有自己的主意。”

“我最欣赏的是你的骨骼,”杰拉德说,“你的骨骼外形很好,布里太太。我就是给你把头发全都剃掉,你看上去也很不错。”

“不过,”沃洛翰夫人用最沉稳的声调说,“还是别给她剃发。”

“眼下在曼哈顿很流行。”

“还是别这样。”

“当然。”杰拉德说。

他动手理发的时候,沃洛翰夫人一直待在我身边。她似乎越来越沉浸在自己的白日梦中。她不知不觉抬起手,搭在我的右肩上。她以这个姿势站了很长时间。她站在那儿有点儿碍事，但杰拉德只是设法绕过她给我修剪头发。谁知道她在想什么？我时常觉得她有很多事情可以思索，如果她愿意去想的话。如果她不把这些事情排斥在脑外的话。她对美食的偏爱大概就是一种努力，努力不让自己老是想那些坏事情。努力活下去。终于，她长长地叹了口气，拍拍我的肩膀，然后便拿开了自己的手。

她开车带我回家，我的头发修饰一新，或者说杰拉德已经尽力而为，已经把自己的手艺发挥到了极致。车里静默无声，因为沃洛翰夫人一言不发。我心想，我认识她已经有好长好长一段时间了。我简直就是住在护墙板里的老鼠，可以把她这一生经历的所有故事娓娓道来，但也只是从一只老鼠的视角讲述这一切。她真实的恐惧和痛苦，不是我能切身体会的。但我确确实实目睹过她一次次战胜命运。

她刚刚开车带一个老太婆出门去理发。真是老啦，时间不饶人。我想，自己看上去一定可笑得很，而且一副老态龙钟的模样，但不管怎么说还是鼓起了点儿精神，就像沃洛翰夫人早就想到的那样，总算有了点儿劲头儿吧。

数着念珠，一遍又一遍。这是一首古老的诗歌还是民谣，我记不清了。

虽然我可怜的脑瓜里如同一片混沌的泥沼，但有些事情仿佛历历在目，然而，如果非要我历数每件事情到底发生在什么时候，那会让我一团慌乱。感谢上帝没有向我提出这样的要求。我只是坐在这儿，把自己的故事讲给自己听，我的感觉大抵就是这样——陈年旧事被抓在记忆之手中把玩，就像家传的一串念珠上那一颗颗年深日久的珠子，一辈子的祈祷把它们磨出了光泽，祖祖辈辈传下去，从一个人手中传到另一个人手中，慢慢地，慢慢地，它们无疑会磨损、变小。小时候，父亲偶尔会兴致大发，念诵起《玫瑰经》[①]，于是，一连几个星期，每到吃下午茶的时候，我们便用纤弱的膝盖跪在地上。随后，这种热诚会消失很长一段时间，他的生活中到底发生了什么，让他一次次迸发出如此热烈的虔诚之心，连我们也不得不参与其中——我当然说不上来，不管是当时还是现在。也许只是一个人生命中一个个普通的驿站罢了。

不是我的父亲，不是我的母亲，主啊，是我急切需要祈祷。[②]

不过，有一个不同寻常的事件，让我起码还能时常记

---

①天主教徒的虔修方式，即反复数算念珠祈祷。

②引自《主啊，是我》（*It's Me Oh Lord*）这首歌的歌词。

起自己结婚那年。你可能会觉得，一个人无论如何也会记得这个特殊的日子，不管他们后来是不是希望彻底忘却。但我是不得已记在心里的，因为就是在那一年，俄克拉何马连同其他地区发生了一起巨大的灾难。如果说这个国家是希望和痛苦的结合，这桩婚姻中的一方突然人间蒸发，神秘地失踪了。或者说，在一场大火中，希望被焚毁殆尽，而人们发现痛苦是不可摧毁的。

啊，我如此轻易就将卡西·布莱克的命运一笔带过。这么轻易，连我自己都始料不及。但我现在还是要写下这段故事。

用乔·金德曼的话来说，他“追”了我两年。我猜，他大概觉得这是一个必要的过程，也许是出于他母亲给他的一种奇特的言传身教。他并没有提起过自己的母亲，或者说，只是含糊其词地提起过，之后在另一个时间又会说些关于她的话，听来竟像是一个迥然不同的女人。

一天晚上，当我们漫步在贝洛家附近的公园里，浸润在盛夏时节各种美好的气息之中时，他给我讲了一个非比寻常的故事。公园大门早已关闭，看门人摇着铃，铃声尖锐刺耳，乔虽然是个警察，但他并不觉得自己先攀上栏杆，再把我拉上去有什么不妥。花园里，我们俩如同悄无声息的狐狸，在低矮的树枝下闲逛，经过漫长一天的烈日炙烤，空气开始变得凉爽起来，每一处绿色都发出深深的感叹，倾诉感恩之情，俄亥俄州的各种鸟儿在树篱和矮树丛之间轻快地飞来飞去，成群结队的夜蝇肆无忌惮地尾随在我们身后。月亮燃烧着一盏温柔的火焰。

“听我说，莉莉，我的曾外祖父当年住在俄亥俄州南部，在一个乐队里吹吹打打。我说的大概是十九世纪六十年代的事儿，甚至更早。当时，他们在修建一条大隧道，足有一英里长，要建成一段运河，和俄亥俄运河连接起来。这条运河会给整个地区带来幸福和繁荣。隧道开通的那个大喜日子，我的曾外祖父就被安排在本州第一条将要驶过隧道的船上，他的名字叫尤尔根·尼特伯姆。他和伙伴们奏起了高亢的乐曲，声音越来越响亮，长号、大鼓、双簧管，鼓乐喧天，老天爷做证，就在这个节骨眼儿上，隧道顶上的一块石头突然松动了，轰隆一声掉下来，挡住了他们的去路。伙计们拿着榔头、铁镐一类的玩意儿跳下去，拼命敲砸那块大石头。可是，尤尔根早就定下来当天下午要在前方的镇子里举行婚礼，也就是他当时居住的那个镇子。他是要和我的曾祖母海蒂完婚。把那块大石头砸碎，得花上好大一阵子工夫才行。最后，他大喊一声：‘伙计们，我快来不及了。’说罢便纵身跳进水里，一身行头还穿在身上，就不管不顾地一口气游到隧道的另一头，浑身湿淋淋地赶到教堂，跟他心爱的海蒂完成了结婚仪式。我真觉得他身上有一股子荷兰人的劲头儿——我的母亲的母亲的父亲。”

空气一直在树丛间游动，就像一群模模糊糊的人影，在侧耳倾听着，倾听着。

“尤尔根·尼特伯姆是个传奇人物，据人们说，他到了九十多岁，已经是个垂垂老者，还总喜欢走到一座运河桥上琢磨事情。那年，俄亥俄河暴涨的时候，他正站在桥上，第一股洪流一下子打中了他。洪水顺着运河河道倾泻而下，一路上冲毁了所有的闸门，所到之处，一切都毁于一旦，代顿陷入一场可怕的灾难，上万人在洪水中丧生。整座整座城市被洪水吞没。所以说，水最终还是追上了他。不过，也有人说，他远还没到垂暮之年，就因为偷马，被人绞死在得克萨斯州。随便你接受哪个说法吧。”

“这么说来，你的祖先是从俄亥俄州来的，稍微靠南一点儿？”我轻声问。

“不，我不这么认为。”

山茱萸的叶片轻薄如纸，一丛丛一簇簇聚拢在一起，在黑暗中飒飒作响，低声絮语着：美国，美国。

“这是个美妙的故事，一点一滴，一直到最后。”我说。

“你这么觉得?”

“是啊,”我说,“很浪漫。”

“浪漫,”他说,“我想算是吧。照我看,他那件制服湿淋淋的,要恢复原来的模样,得花好大力气。”

“我看也是。”我说。

人们在闲谈这类话题的时候,往往是任何言语都能让他们兴味十足,因为他们的话语,一切话语,所要表达的真实意思是:就这么走下去,一路谈天说地,我觉得这是世界上再美好不过的事情了。

所以,我无法确定他到底来自美国的哪个地区,但在当时,这类事情说得不清不楚反而让我感到庆幸。我没有刨根问底。还有一次,他真真切切地告诉我他是犹太人,但实不相瞒,在和他做爱的时候,我发现他并没有割包皮,这一点是我起码可以断定的。

“乔。”见此,我本想问个究竟,却欲言又止,我心里有种种顾虑,尤其是不想让他感到难堪。不明就里是一种折磨,但对情人来说则是个例外。

情人。每当我想到贝洛先生,想到他的五短身材,想到他因为把头发剃光而显得窄小的脑袋,想到他对卡西纠缠不休时,“情人”绝不是跃入我脑海的那个字眼儿。

根本不用去想,我就能断言,他一定认为卡西可以任凭他玩弄于股掌之间。我也确信这是个事实。我想到美国所有饱受痛苦煎熬的仆人和女佣，任由主子蹂躏和践踏，如果这类事情不是在遮人眼目的情况下偷偷摸摸进行，就会呈现出一幅巨大而可怖的战争地图。在很久以前的美国。至少，我的确希望如此。我为此而祈祷。

贝洛先生总也不肯放过卡西，虽然卡西说，“如果用家禽来比的话”，她已经不是“小雏鸡”了。

“他会厌倦我的，”我曾经恳求她把事情告诉贝洛太太，她这么回答道，“你瞧着吧。”但是他并没有罢手。我几乎脱口而出，说我并不恨他。但其实我非常恨他，恨之入骨。我也恨自己。当时我说的做的都远远不够，我真应该再做点儿什么，说点儿什么。如果不是那样一个结果，卡西会有怎样一番故事？我们现在兴许成了邻居，她兴许在萨格收费公路边上有自己的房子，我们可以坐在我家的阳台上聊天，一直聊啊聊，聊到下巴脱臼。

然而，然而，在卡西真实的故事里，他让她怀上了孩子，她无法承受这个事实。

那时候，我满脑子都是些愚蠢的主意。我说，她可以跟我和乔一起离开那儿，我们可以组成一个特殊的家庭，那个孩子将来可以绕着我们的脚跑来跑去，我们会幸福的。

她一想到肚子里的孩子就受不了。她是个内心强大的女人，觉得自己非常清楚必须如何了断。

她去了伊利湖边，开始在酷寒的湖水中游泳。

她以优美的仰泳姿势游了出去，水波在她周身闪闪烁烁，太阳把爱慕的光芒尽情抛洒在她身上。这一幕纯属我的想象。我看罢她留在卧室里的字条，就搭上有轨电车一路风驰电掣前去找她，但是湖面上什么也看不见，只有无数道光线密密匝匝交织在一起。

卡西一定是在湖底磨来蹭去，足足过了一个星期，才浮上水面，我们能够找到她也算是个奇迹，她被水流冲上了我们过去经常光顾的一个小小的海水浴场。我和她的父亲卡蒂斯·布莱克一起安葬了她。她父亲身无分文，不过，老人家总算在湖畔公墓的穷人区为她找到了一块安身之地，他郑重申明卡西是天主教徒，并不如人们可能会假定的那样是个浸礼教徒，一个好心的牧师接受了他的请求。与此同时，让牧师大松一口气的是，我们不会在葬礼上打开为卡西找来的那副棺材，因为把一个黑人妇女和其他死者安置在一处，让他感到很伤脑筋，这块墓地里安葬的大多是爱尔兰人，墓碑只是一块块木头，多数已经日渐腐朽，其中很多坟墓只不过是一堆泥土罢了，别无他物。

卡西悄无声息地进入了钢铁一般冰冷的泥土里。

卡蒂斯·布莱克呆呆地望着坟墓边缘，眼睁睁地看着自己的女儿入土，眼中一片骇然。他脸上充满悲伤，就像是一个受难的圣徒。我知道他事先把排箫放进了胸前的口袋，但他从始至终也没有掏出来。排箫在他胸口微微隆起，随着他的心跳起起伏伏，如同他的第二颗心脏。

卡西往下沉去，几个掘墓人慢慢地把她放入墓穴，他们的衣服龌龊得简直让人难以想象，就算是对掘墓人来说也太过肮脏了，其中一个嘴角叼着一支香烟，说来也怪，我居然还注意到是“百乐门”牌[①]的。

一个爱尔兰人中间的女神。我从此失去了自己的朋友，永远失去了。哭啊，哭啊。我一连七天哭泣不止。

贝洛先生走来走去，看样子很是忐忑不安。但他的滔天罪恶无人提起。命运女神也没有对他嗤之以鼻。他没有付出任何代价，除了跟火柴棍一样可怜的一丁点儿的灵魂，燃烧啊燃烧，烧成一缕灰烬。

这样一来，贝洛太太失去了我们两个人。我不知道，我说不上来她实实在在拥有些什么。我还是一走了之，随她自己听天由命吧，不管她命运如何，如果说我曾经有过犹豫不决，现在我终于打定主意和乔结婚。

---

① “百乐门”牌，1913年，瑞士菲利浦莫理斯烟草公司出品了一款高档烟，命名为PARLIAMEN。在中国，按照英文发音，以1930年左右旧上海四大舞厅之一“百乐门”来命名。

我们在克利夫兰的爱尔兰教堂里举行了婚礼，乔在警察局的搭档麦克·斯科佩洛充当他的伴郎。牧师说，把我嫁给一个自己不明身份的人要比嫁给一个对自己知根知底的人便当得多，由此看来，乔是合适的人选。乔随即带我去了纽约，我们在那儿待了整整一个星期，慢慢适应新的生活状态。我的身份从此便成了金德曼太太，乔的妻子，这个男人也许是犹太人，也许根本不是，也许曾经是天主教徒，也有可能跟天主教毫无干系。

我们住在一家小旅馆里，第一天早晨，乔刮胡子的时候，我听见他在哼唱一首流浪曲，歌名叫《迦南》。至少他认为那是一首流浪汉或者落魄者的歌曲，因为据他所说，他听到有人唱这首歌，是在他刚到克利夫兰那阵子，当时他很不走运。关于他的过去，这是我第一次听到一点儿可信的说法。

那时候，整个美国变得乌七八糟，名不符实，除非你撞上大运，成了腰缠万贯的主儿。乔当然会紧紧抓住自己那份工作不放。

“我这个差事，有时候纯粹是魔鬼干的活儿，也有时候甚至可以说是上帝的工作，不过，莉莉，干警察总能让咱们的餐桌上有肉吃啊。”

说这话的时候，他正坐在纽约的一家小餐馆里吃得尽兴，他在餐桌上的言谈举止出奇地文雅。

乔的皮肤依然是灰白色，除此以外，他在相貌方面无可挑剔。乔个子高高的，跟他的警察职业很相称，他四肢修长，而且有一口整齐的牙齿。我多想写封信，把这一切都告诉父亲，但想来他正在天堂的邮局里“存局候领”。我按捺不住自己的冲动想要告诉安妮。我得知了莫德结婚的消息，那为什么我不能凑个热闹？但是不行，我非常清楚不能这样冒失，不管怎么说眼下还不行。那个躲在阴影里的男人让我心存犹疑。我开始猜测，他是不是一直在跟踪我？他是不是就像一个隐秘的丈夫，总是偷偷摸摸潜伏在我身边，探听关于我的琐细消息，伺机前来寻找他的猎物？那天他本来可以朝我开枪，当时我束手无策，但他没有动手。我透过大大的平板玻璃注视着窗外人潮汹涌、车水马龙的街道。上百万盏各种形状、各种颜色的灯就像创世之初地球上形形色色的人，蜿蜒曲折地朝四面八方涌动。我仍然能感受到美国那奇异的尘土气息，我还没有成为一个地地道道的美国人，以至于觉察不到。正是这一点让我保持着外来人的感觉，一个旅行者，对游历之地怀着深深的爱恋。乔正当年轻，他为我们俩制订各种计划，他吃东西的样子，仿佛是要把白盘子上的污渍一点点清除掉，他一刀刀切下去，动作有条不紊。有板有眼的乔。

我们回到旅馆，占领了那张铺着亚麻布床单的大床。两人都没表现出太多拘谨。赤身裸体相见让我们感到很快活。我们最隐秘的部位相遇、融合在一起。它们相互执手，它们疯狂做爱。他用了一个钟头亲吻我的嘴唇。他用了一个钟头亲吻我的双腿。他用了十五分钟亲吻我的左耳。整个过程仿佛是一次长长的火车旅行，我就像是一个村镇，有着各式各样的车站。真搞不明白人的身体是怎么设计的，有时候纯粹就是为了和铺着白色亚麻布的大床缠搅在一起，不光是在纽约城，世界各地到处都有爱侣缠绵在铺着亚麻布的床上，渴求进入对方的身体。人真是奇特而又奇妙的动物。

这辈子能得到他的爱，带给我无尽的快乐和感激。我爱他，并不需要清楚地知道他来自哪个地方，也不需要他有一个故事或者一段历史。他只要是乔就足够了，他的身份来历无关紧要。什么都无所谓。一切事情，一切问题，无论他来自何处，都不是障碍。神秘莫测的乔。英俊潇洒的乔。

身为美国人的乔。

我爱他。

我为卡西心痛不已，但转念一想，我身边的这个男人热爱卡西，他见过卡西，卡西的音容笑貌映在他的眼眸里。我可以亲吻他的眼睛，因为这双眼睛曾经看到过卡西。当时我有很多愚蠢可笑的念头，因为我正沉浸在爱情里。

那是一段无比宝贵的时光，其中的一天，我们去看了《芝加哥大火记》[①]。唐·阿米契[②]饰演一个爱尔兰人。我们眼里映现着1871年的芝加哥在烈焰中燃烧，心里洋溢着幸福和满足。

当天晚上，我们俩又一次躺在旅馆的房间里。做爱的时候，乔戴上了避孕套，这让我稍稍感到有点儿纳闷，如此而已。

早晨，我们醒来的时候，房间正笼罩在微微泛红的光线中，煞是诡异，窗外的红色和黄色光晕更加浓重，也更加诡异。一阵大风从城市的街道上呼啸而过。整个房间覆盖上了一层尘土，床上，我们的胳膊和腿上，到处都是。躺在我身边的乔，脸膛呈现出奇怪的棕色，仿佛尘土与昨晚的汗水和在一起，烘干后凝结在他的皮肤表面。他看上

---

①《芝加哥大火记》(*In Old Chicago*)，1938年奥斯卡经典灾难电影，创当时最高制作成本纪录，以伤亡惨重的1871年芝加哥火灾为背景的故事片。

②唐·阿米契（Don Ameche），美国电影演员，生于威斯康星州基诺沙。原名多米尼克·阿米西，有意大利、德国和爱尔兰血统。

去就像是伏都教[①]的跳舞者，只不过得倒过来说。他几乎成了黑人。时隔多年以后，来自田纳西山区的诺兰先生用一句爱尔兰语“cailleachai doite”来比喻，意思是成年累月坐在炭火边上经受烟熏火燎的老妇人。诺兰先生零零星星会说一点儿爱尔兰语，他甚至都不知道那其实是爱尔兰语。他说，我们最好在今生今世及时行乐，尽可能获得所能拥有的幸福，因为很快我们全都会变成“cailleachai doite”。Cailleach本来的意思是丑老太婆，我觉得这个词现在用在我身上很合适。不过在那时候，我正当盛年，心中满溢着爱情，在变得怪模怪样的乔身边醒来，那时的我可绝不是个丑老太婆，而是一个还算年轻的女人，生命如花般绽放。纽约一定要当心，否则我会一口把它吞下。当时的我，爱情正如日中天，并没感到多么惊恐。

惊恐过后接踵而来的是藐视，其实二者形同姐妹，只不过是恐惧自身换了一副新面孔。看到乔的模样，再从镜子里瞥见自己的脸容，让我一下子回到了先前的正常反应——从世界简单的悲哀中油然而生的恐惧，因而也是无法逃脱的恐惧。

风暴刮了整整一天，把凄惶的尘土四处抛撒，覆盖了

---

①伏都教，又译“巫毒教”，源于非洲西部，是糅合祖先崇拜、万物有灵论、通灵术的原始宗教，有些像萨满教。

所有的东西，所有的人。风暴过后，尘土一定还留在那座城市，日复一日，年复一年——混在合成水泥里，落入人行道的缝隙中，沉积在市民的记忆深处，也掺入了DNA里面——迪林杰先生总爱把这个时髦词儿挂在嘴边。那一天，沙尘滚滚，飓风裹挟着沙尘，从俄克拉何马州一路席卷而来，行进六百多英里，进入纽约。命中注定，我会踏上一段漫长的旅程，来到芝加哥和克利夫兰。沙尘中弥漫的是人们的梦想，是农场，是俄克拉何马流动雇农的闲谈，是摇篮曲和恋人的誓言，是美国的血和汗。这一切随风而来。耶和华却不在风中。①

我结婚的日子，才刚刚过去。

我们在镇子里爱尔兰人聚居的地方找了一处小房子住了下来，这样一来，我必须时时处处对邻居们避而远之。身边萦绕着这么多爱尔兰名字，让我不由得担惊受怕，不过，大部分家庭都是第二代或者第三代爱尔兰裔美国人。他们对我的爱尔兰了解得并不多。当时，我自己其实也知

①见《圣经》列王纪上第19章11—12节：耶和华说，你出来站在山上，在我面前。那时耶和华从那里经过，在他面前有烈风大作，崩山碎石，耶和华却不在风中；风后地震，耶和华却不在其中；地震后有火，耶和华也不在火中；火后有微小的声音。

之甚少，现在也一样。我无法想象它的模样。它就像是一个偌大的墓园，我的父亲和两个姐姐就埋葬在里面。多年来，我的头脑变得越来越一片空白。有人一直在用油漆涂抹掉往昔的情景。白色的油漆覆盖了一切。当然，威利是埋葬在皮卡第。

乔很喜欢婚后的生活。一天早晨，他告诉我说，到了六点钟他该回到家的时候，一定要站在人行道上等他。我穿上自己最漂亮的衣服站在那儿，心想可能要有什么不寻常的事儿发生。那是个刮风的日子，我站在屋外，感觉很不自在，我身后就是我们的家，一个隐秘的世界。光线黯淡的小厨房只有一扇小窗，朝向邻居家的院子，起居室跟猫便盆差不多大，走上狭窄的楼梯便是我们的卧室，用乔的话来说是个“摔跤场”，我们在里面“代表库雅荷加县进行较量”。

当时大约是夏天，黄昏时分，在飞扬的尘土中，开过来一辆崭新的大汽车，硕大的车轮是白色的，如今已经见不着了。沃洛翰夫人的汽车要是和它并驾齐驱，会显得是个小不点儿。我真想不明白他们怎么卸掉那么大的轮胎。车灯巨大无比，上面的镀铬金属装饰板光华四射，一看到乔正端坐在方向盘后面，我简直兴奋极了。他一定是在上班的时候带上了便装，因为他身上穿的是去教堂做礼拜的那套西装，头上戴着那顶系着黑色粗缎带的白礼帽。他说那是他的“黑帮”礼帽，那顶帽子确实是他认识的一位意大利先生送给他的。

“怎么样，莉莉，很棒的车吧？上来吧，莉莉，咱们去兜一圈。”

我们沿着湖岸开出城外，又开回城里，接下来顺着林地大道加速行驶，开过月神公园那些奇形怪状的城堡，然后他又开到谢克海茨，巨大的发动机一路轰鸣，一路颠簸颤抖，经过通往贝洛太太家的那个拐角，这是我多么熟悉的地方啊。不过，我们已经跟这里毫无瓜葛了，我们正在把面孔转向未来。

“往事就像是一个哭泣的孩子，这毫无疑问，”乔说，“不过，将来一切都能得到补偿。没问题，老兄。”

乔总爱说些谜一样的话，正如此时此刻。这让他感到振奋。

失去比尔的第十一天

我还清楚地记得乔的搭档麦克·斯科佩洛来看我的情景。那时候我们已经结婚大约三年了。在此之前，有人进入克利夫兰警察局，开始着手把一切查个水落石出。乔说，克利夫兰涉及的黑钱数目大得不得了，好多警察和警探都从意大利人手里拿过钱。麦克是意大利人，而且还是西西里人，不过他是来自西西里岛的东北部。他头一次来吃饭的那天晚上，我的厨艺让他大吃一惊，他说那是他品尝过的“最好吃的鱼”。他给我看了一张破旧的照片，看得出来那是他的珍爱之物，照片上有他的爷爷奶奶，还有他们家祖祖辈辈在那里居住了几百年的老农舍。

“我说不好，莉莉，”他说，“也许现在已经成了一片废墟。我听人说还算过得去。”

麦克不大喜欢墨索里尼，不过此人乃是意大利人崇拜的偶像。我们开车穿行在小意大利，总会看到印着这位大人物肖像的旗子。甚至还有人希望墨索里尼到美国来。他们说，墨索里尼将会让意大利重获罗马时代的辉煌。总而言之，这位遥远的领袖让他们内心充满了骄傲。

“不管有没有墨索里尼先生，老房子大概都会变成废墟。”麦克这样说道。的确，他不喜欢这位先生。“我不喜欢那些花里胡哨的表演。”他说。不过他毫无疑问非常喜欢我做的鱼。

麦克也很喜欢乔。他们一起参加过两次枪战，是和黑帮发生的冲突。乔说，他们不断推陈出新，寻找违法犯罪的巧妙手段。所有上了年纪的酒厂老板，所有靠甜玉米生意过活的家族，还有所有靠这门生意赚来的钱穿衣吃饭、上学念书的孩子，他们现在已经长成了年轻小伙子，也想自己试试身手，发一笔财。

“这就跟你把蝙蝠从自家屋顶上赶出去一样。”那是一个夏天的傍晚，乔坐在落日余晖中这样说道。从我们的小房子里能勉强看见一角湖景，可你得伸长脖子才行，从窗口望出去满眼都是工厂和码头，但它就在那里——一汪湖水。那湖水有一股独特的芬芳气息，是掌管这个湖的神灵用一百种原料调配出来的。那气息给人一种莫大的抚慰。我不想远离它，有时候我们沿着湖滨朝北开去，那里有些地方可去，餐馆一类的去处，这倒也不错，然而，每当乔开着那辆大汽车插入内地时，我总是不大高兴。他喜欢城市，他想去看看托莱多，也许甚至还想去看看芝加哥，但我很不情愿，不想沿着闪闪发亮的火车轨道重回那座城市。

我给乔讲了自己的经历，只是未敢和盘托出。我终究还是把塔格的遭遇告诉了他，但我没说自己当时就在现场，我向仁慈的上帝祈祷，但愿乔不会去调查这个事件。我觉得自己对他隐瞒了太多实情，心里着实愧疚。并不是说我这样煞费苦心似乎换来了他多少真话，而是说也许我和乔之间还没有到彼此毫不隐瞒的份儿上。

“你的这个故事。”乔接过了话茬，他躺在床上，两条长腿从床的另一头伸了出去，他裸露着上身，只穿了一条带条纹的宽松睡裤。他大大的右手里夹着一根香烟，抽烟的样子很惬意。他对烟草情有独钟。“你讲的那个故事，关于你的爱尔兰朋友，让我想起了一件事。麦克会给你讲得更清楚，可他不在这儿……有个意大利小女人，是从西西里南部来的，很年轻，也很漂亮，身上有那种意大利人特有的风韵，一头乌黑发亮的长发。总而言之，有人发现她被杀死在湖滨大道，身上满是子弹和霰弹弹丸打出的窟窿。这大概是五六年前发生的事儿。调查结果是她的兄弟杀死了她。他们几个同时开枪射击，因此在这起枪杀事件中每个人不多不少都有份儿。好像总共有五个小伙子。我从来没见过他们。还没等像我这样的人搞清楚他们的所作所为，他们就已经乘船回到了意大利。不过，有个家伙给我通风报信，他是个小偷小摸的毛贼，”他长长地吸了一口香烟，让滚烫的烟丝嗞嗞作响，又从嘴里徐徐吐出烟雾，“是的，就是那个家伙，我逮住了他，他供出了背后的故事。那个小女人在西西里长大，一心想成就一番事业。她的兄弟们给她选好了丈夫，但她不想接受那个男人。于是她就偷偷乘船溜走了，最后来到克利夫兰。在美国，她千不该万不该逃到这个该死的地方来。到处都是意大利人。她家里的人很快就打听到了她的下落，派她的几个兄弟来了结。他们杀死了她。杀死了自己的亲姐妹。”

乔很长时间一句话也没说，直到烟蒂燃到只剩一个纸圈。

“麦克不会那样。他是个好人。”

乔躺在床上，左脚在黄铜床架上轻轻敲打着。

“不知怎么的，你的故事让我想起了这件事儿。”

“是有点儿像。”我嘴里说着，心里一下子紧张起来。我不想再继续谈论这个话题。我不想让乔和一个影子结婚，虽然他自己也是个影子。这类故事让我心惊肉跳，我的故事，那个可怜的女孩子的故事。

不管怎么说，麦克不是那样的人，他只是为自己家的老房子感到惋惜和悲哀，只是对墨索里尼深恶痛绝罢了。我很高兴为他做了一道鱼肉菜肴，虽然我事先并不知道他的家乡是一个海边的村子。他走到哪儿都随身带着那张老房子的照片，仿佛那是一件圣物。从照片里可以看到陆地尽头有一道长长的黑色岩石，一直延伸到水里。我感觉自己几乎可以听到水声，真想知道那海水是怎样的气味，掌管那片水域的神灵混合出了怎样的气息。

打那以后，又过了几年，我和麦克已经十分相熟，有一天他来看我，乔却没有和他在一起。那是下午三四点钟光景，我刚从商店回来，正在把马铃薯泡在沸水里去皮，打算给乔做煎马铃薯，再配上一块警察的薪水能买来的最嫩的牛排。麦克·斯科佩洛通常对任何与烹调相关的事儿都很感兴趣，但今天不同。他把自己身上的零碎物品一件件取下来，甚至把手枪连同背带也摘下来放在我的餐桌上，因为他长了个大肚子，坐着的时候，手枪抵在肚子的肉褶里，很别扭。

“我们正在进行一个调查，”他说，“只是例行公事。我想问你几个问题。”

“关于什么事儿？”我问道。我觉得自己对任何事情都一无所知，只是安安静静地隐居在这里，不过我愿意帮助他。

“你知道，关于乔的车，他那辆挺棒的汽车……”

“关于乔，我不想回答任何问题。”我沉吟片刻，这样说道，我举起一只手里恰好拿着的一把锅铲，正在往下滴油。热油溅在我的手背上，有轻微的一丝灼痛。麦克跳起来，抓过一块抹布，放在冷水龙头下。

“你没事儿吧？”他说，“你烫着自己了，莉莉。”

“没伤着，我没事儿。”

“好吧。”他说着，坐回了原位，这时候我才注意到他带着谨小慎微的神色，有点儿不同往常，也许是在试图琢磨出一个恰当的方式提出一些问题。

“我很爱乔。”一阵短暂的沉默之后，我说。

“那是当然，”他说，“我也爱他。我只是需要问几个问题。这是例行公事。我们现在有一整套新的流程。每件事儿都得追查到底。我们在过去的三年里开掉了四十三个警察。四十三个。现在我们是一个干干净净的队伍了。我只是需要问几个问题。”

“但我不会回答关于乔的任何问题。”

“我并不是说他做了什么错事。我只是要澄清一些情况。”

“等乔回来，我不介意回答你的问题。”

“如果乔在这儿的话，我就没必要问你什么了。说实在的，我真不想惹得他心里烦躁。他是我的搭档。他总是帮我摆脱各种事端，有好多次。这个城市有时候很邪恶。总有些家伙想害人性命。乔一直都在替我留心危险。他是局里最可靠的搭档，大家都这么说。甚至在有些年轻人拿黑钱的时候，大笔的钱，乔也从来没有干过。这不是关于钱的问题。”

“好吧，”我说，“那是关于什么事儿呢？”

“是关于他的那辆车，他有时候是不是会深夜开车出门？我的意思是，有些人会这么做。开车出去发泄一通。我总能碰上这样的人，开车到处转悠。我说的甚至都不是在市场里开车乱逛，完全不是那样。也许他也有这种时候？在某些晚上？”

我知道乔确实有时候深夜开车出门，但并不经常，只是偶然。他把这叫作“偏离”。他曾经在词典里查过“偏离”这个词，了解到词义是“离开确定的路线或方向”，另外还有几个别的意思，他还为此感到有些迷惑。

“你最好还是问乔吧，”我说，“现在差不多快到六点了。他一会儿就回来。”

“咱们以后再谈吧，”麦克说着，站起身来，开始把零碎物件重新组装到自己身上，他熟练地挎上手枪背带，再把看上去给人以钝拙之感的武器插进枪套。

“我可不这么想。”我说。

“莉莉，过不久我还会来找你。如果你不对乔说起今天我来过的事儿，我会非常感激。真的非常感激。这本来是小事一桩，我不想让他认为是什么了不得的大事儿。”

“你需要直接跟他说，两个男人开诚布公，面对面地说个明白。”

“这种事情不能采取这样的方式。我先走了。”

他走出门去，两条粗壮的腿在大腿处相互摩擦着。

从那以后，我不由自主开始稍稍留意乔的行踪。这等于是在高墙之下埋藏了一个隐患，从根基里取出了几块石头。诺兰先生过去常常提起一句话：“千里之堤，溃于蚁穴。”他说这话的时候，兴许正抬头瞧着一个有点儿摇摇欲坠的檐槽，紧接着他会马上取来自己的梯子和魔法箱。可我们没有勤杂工替我们操心。天国里的勤杂工倾向于置之不理，让房子整个儿塌掉。

第二天早晨，乔在狭小的浴室里进行他的洗浴仪式，我便在一旁暗暗观察，看他狠命地把水往脸和脖子上泼洒，他兴致很高，用鸟儿一样的颤音哼唱着：“小鸟儿，小鸟儿……”刮胡子对他来说从来都是一种痛苦，因为他皮肤脆弱，很容易出现红色的斑点和小小的伤痕，几乎看不出来，所以，他唱一句歌词“小鸟儿，小鸟儿”，就有可能发出一声号叫，然后再接着唱“你为什么飞得这样高?”。与此同时，他还在英勇无畏地继续刮着脸。对于一个他这样的男人来说，每天早上刮胡子，确实需要一定的勇气。接下来，他开始涂一种药膏，我不知道那玩意儿有什么药性，不过我确实记得小锡盒上有“银桦香脂”几个字。他把从药房里买来的分成一小包一小包的什么东西放在研钵里，用一根小杵搅拌，到底是什么我无从知晓，他也从没说过。他把一丁点儿水滴进去，一股刺鼻的味道随即飘散出来，那是一股不好闻的，让人揪心的气味。当他把调制好的东西涂抹到自己那张可怜的擦破了皮的面孔上时，我不免为他感到心惊肉跳，生怕他把自己的脸颊给烧毁。然后他又开始大洗一番，把水大捧大捧地撩到脸上，那是美国这片土地上无比美好、无比清爽宜人的水流；他摇晃着脑袋，从始至终都哼唱着那首小调，时断时续，唱词、空白和疼痛的哼叫声连缀成一串：因为我是——（空白）——一只真正的小鸟——（空白）——不害怕死亡……洗漱罢了，他把我尽妻子的本分熨烫得平平整整的制服扔到床上，方才那里正是我的观察站——在我投入一天的忙碌，开始给他煎鸡蛋和面包之前的观察站。我亲爱的乔，他从衣架上一把扯下整套制服，稍一用力扔到床上。他正把双腿伸进裤管，穿好马甲和裤子，抖擞了一下身体。这个晨起更衣的男人，血气方刚。我的丈夫。我的爱人。我真心爱恋这个男人。

我本来可以问问他，对于麦克·斯科佩洛专程来找我谈话这件事儿，他是怎么想的，但有一个原因让我欲言又止。

并不是什么特别的事情。不是因为他擦涂的药膏或者那种奇怪的、有腐蚀作用的混合粉末，也不是因为他抖擞身体的样子，或者他作为一个男人的英俊外表。没有任何特别的事情。

有个男人曾经捍卫过卡西·布莱克的尊严，他就是乔。在卡西眼里，除了她的父亲以外，那个男人胜过她认识的任何人。

他就是那个男人。

麦克·斯科佩洛没有再上门来说一些迫不得已的话，打扰我们的生活。一切风平浪静，一直到欧洲战争爆发。这场新的战争让我头脑里又清晰地映现出对威利的记忆，还有所有的士兵，成千上万个年轻的生命，我想象着，当生活在不同地方的他们离开各自的安乐窝，投入到战争中去的时候，他们从童年起一直居住的房间窗外是怎样的天气。你所能想到的大概从来都只是某一个奔赴战场的士兵，他离开家，离开深爱他的那一方水土，从此踏上征途。他参军入伍的时候，不仅背负着沉重的行囊，还背负着沉甸甸的爱。慢慢地，爱的负担变得越来越重，他无法摆脱对家的思念，不管他多么希望，或者说多么需要挣脱出来，仅仅是为了扣动扳机，让自己保全性命。这是比尔告诉我的。他说，家的牵绊让他和同在沙漠中的战友备受煎熬。他们试图拼命斩断这爱的束缚。用啤酒，用音乐，用诳言乱语。他们在无边的死寂中等待战斗，而战斗似乎永远也没有到来；友谊缠绕着痛苦，滋生得越来越深厚，如同疤痕组织一样。

他说，乡愁，就像是通入死刑电椅的电流。士兵恰如坐以待毙的囚徒。

那段时间，乔晚上经常出去担任防火监督员，仿佛他们预计德国的飞机和火箭马上就会来轰炸克利夫兰。他整晚整晚挨家挨户敲门，告诉大家在灯火管制期间不要开灯。他说，这些平民百姓简直蠢透了，触犯法规就像基督徒撕开面包一样稀松平常。有时候，他凌晨时分才回到家，整个人狼狈不堪，脚步重重地踏在狭窄的楼梯上，用他的话来说，他是被克利夫兰人愚蠢透顶的违法行为折磨得一身疲惫。但在当时，战争似乎还很遥远，直到后来一些家庭开始被迫把自家的儿子送上战场。

意大利人投入了战争，麦克·斯科佩洛是奔赴战场的第一批意大利人，虽然他们的国家是敌对的一方。爱尔兰人也投入了战争，虽然他们是和英国在同一个阵营。波兰人、德国人投入了战争，日本人也想走上战场，还有南斯拉夫人、教友派信徒、印第安人、荷兰人——当时，所有的人都是美国人——彻头彻尾、明明白白的美国人，他们全都投入了那场战争。乐队为他们送别，上帝的巨石从天堂的屋顶坠落下来。战争恰如一场地震，疯狂地扑向美国人家的儿子，要把他们全部吞噬。那么漂亮、那么甜美、那么英俊的儿子；母亲辛辛苦苦把他们抚养成人，亲吻过他们，尖声斥责过他们；他们睡在婴儿床里的时候，父亲曾经目不转睛地凝视过他们，想从自己的小宝贝身上看到自己的影子——他们就像是奇妙的镜子呀。

如果那时候我就已经认识迪林杰先生，他大概会跟我提起修昔底德[①]和希罗多德[②]，正如多年之后，比尔就要奔

---

①修昔底德（Thucydides，公元前460—前400），古希腊历史学家、思想家，以《伯罗奔尼撒战争史》传世，该书记述了公元前5世纪斯巴达和雅典之间的战争。

②希罗多德（Herodotus，约公元前484—约前425），伟大的古希腊历史学家，史学名著《历史》一书的作者，被称为“史学之父”。

赴战场的时候他说的那番话。他大概会感叹战争有多么古老。

“一切人性的开始，”迪林杰先生还可能会说，“也是一切人性的结束。”

麦克·斯科佩洛在战争中得以幸存，返回了家乡，但他没能回到原来的工作岗位，当一名正式的警探，而是开始做起了私家侦探，主要为那些心头缠绕着战争阴影的贫困退伍军人做事，比方说替他们监视妻子的行踪这类让人心情阴郁的差事。我们一起出去过几次，我和乔，连同麦克和他的女朋友，但我总觉得有什么事情在困扰着麦克，显而易见的是，他的言谈举止不再像原来那样充满热情。乔认为这是战争给他造成的伤痕——在他内心深处的某个地方。乔也为他自己没有必须应征入伍感到懊丧。虽然他跟山羊一样健壮，但医务处却检查出他在某方面不合格，乔没说具体是什么。在他看来，麦克能够奔赴战场，为了世界的和平与安宁让自己的生命悬于一线，绝对是个了不起的大英雄。同时，这个想法也刺痛了他的心。如果说一个人能够对另一个人充满妒忌，同时又满怀敬爱，这大约就是乔对于麦克的情感。

再说我自己，就是那时候，我怀孕了。

我欣喜若狂。我必须承认，当乔从老施瓦兹医生的诊所回来，把这个消息告诉我的时候，他并不如我所希望的那样喜气洋洋。我已经四十三岁，就在我开始确信自己再也不可能怀孕的时候，奇迹发生了。有的女人碰上自己的丈夫对这类事情不冷不热，就认定那是因为丈夫不爱自己，我并不这么想。我知道乔是那种不按常理出牌的人。就像是有人专门为他草草写下了一套特殊的规则。我心里明白。但我希求快乐，希望给他带来快乐。他确实说过自己为此感到高兴。他的用词很妥帖。但我知道他并不高兴，因为他每天早晨摆弄刮胡刀和药膏的劲头儿似乎又加了一倍。我觉得他都要把自己那张可怜的脸给磨损光了。

日子开始变得古怪而令人困惑。并不是因为世界大战这场宏大的戏剧，而是在克利夫兰一处小房子的角落里上演的一场微乎其微的战争。那段日子，我不管身处何地，脑子里都乱糟糟的。

麦克·斯科佩洛又一次独自登门造访，他大概是特意选择了一个据他所知乔要外出工作的时间。在他经历的那场战争中，他的体重减轻了许多，浑身上下瘦得皮包骨头。如果他还得再穿上自己原来的警察制服，那就不得不改小一些了。他变得干硬、瘦削。他给我的印象一直是非常诚实可信。现在的他依然透射出一股正直的力量，只是在我眼里也许没有当初那么讨人喜欢了。但他不是那种男人——对世界充满绝望，认为万物真真切切处在魔鬼的掌控之中，邪恶无处不在，因此开始渐渐淡忘天使的存在。乔对我说，麦克现在经常去教堂做礼拜，还非常乐于捐资举办教会的节日。在上次游行活动中，他还帮忙抬着圣母玛利亚的彩车穿过小意大利。

“麦克，你什么时候来我都很高兴。”嘴里这么说着，我心里当然希望这只是一次普通的来访，虽然除了上次以外，他从来没有只是随便来看看。我没跟乔提起过我和他的谈话，事情接二连三地发生，我又怀了孕，况且还经历了一场世界大战，那次谈话飘忽而去，成了久远的往事，这倒是件好事儿。然而，此时仿佛有什么东西猛地攫住了我，一种征兆，就像把一滴柠檬汁滴入一罐牛奶中，让它变酸，好用来做苏打面包。

“你会觉得我是个死不甘心的混蛋，”他开口道，“混蛋”两个字他说得很快，而且含混不清，听起来不那么刺耳，“总有些事情折磨我，困扰我。有时候我晚上睡不着觉。贝基让我去睡在沙发上。莉莉，沙发可真不舒服。我翻来覆去睡不着。”

我再一次用沉默作为最好的逃避，礼貌的沉默。我向他尽可能展露出最甜美的笑容，想要抵挡他将要汹涌而来的一席话。

“你还记得我来过一次吧。我来找你是因为乔那辆很棒的车，他过去那辆……”

“他现在还在开那辆车，”我说，“光泽褪去了一点儿，但开起来还是很不错。”

“好吧，听我说，那段时间，发生了一连串凶杀案。先是发动袭击，然后置人于死地。你是知道的，受害者都是女人。我们不断得到对凶手的各种描述，可有时候说是黑人，你是知道的，有时候又是个……”他停了一会儿，似乎在寻找一个字眼儿，“是个白人。后来，有两次，有两次这辆车被人发现停在某个凶杀现场。其中一个警探注意到了这个情况。当时他正在把所有的车牌号都记录下来，你是知道的，为了努力摸清真相。因为我们不知道这些恶行是谁干的，我们连一条线索也没有。后来，布莱迪警探发现了两个车牌号，同一辆车的车牌号，而且那辆车停在城里两个方向完全不同的地点，中间相隔一英里多，都是在湖滨地区。于是他查找车主的名字，结果居然是乔·金德曼，这确实非常非常奇怪，因为乔本人也在调查这些杀人案。那么这到底是怎么回事儿？乔从来不开车上班。他怕车停在大院里被人刮上划痕。他从不开车，平常都是坐有轨电车。所以我来找过你一趟，看到你那么心烦意乱，我想，我当时的确是从好的方面着想。我相当于撇开了整件事情，布莱迪也没再说什么，然后战争就爆发了，你是知道的。”

他坐在小餐桌旁。我给他端来的咖啡杯搁在光滑平整、擦洗得干干净净的木头桌面上，他连碰也没碰一下。他对着杯子连连点头，就像是对杯子说的什么话表示赞同。

“恰恰在这个月，我正调查一个案子，事关一个惹上了很多麻烦的家伙，我让一个我认识的警官偷偷给我弄到一些内部材料，你是知道的，为了手头的案子，我仔细查看了那些材料，我发现其中提到了一些在战争期间新发生的谋杀案，我是说，在那场该死的战争还在进行的时候。那段时间，我没有看过一份报纸，也许你读到过相关的消息。记录下那些材料的人，认为作案者和几年前的犯罪嫌疑人似乎是同一个人，所有这些新的谋杀案都发生在晚上。调查这类事情是有办法的，我就不细说了，不过这确实很可怕，毫无疑问，天啊，我脑子里乱糟糟的，耳朵都竖了起来。至于乔，你是知道的，那段时间他在做什么？他是个防火监察员。我心里一直放不下这件事儿。”

“麦克，你吓着我了。”

“噢，我知道。对不起，莉莉。你正怀着孕，还有很多杂七杂八的事情。我都明白。跑来告诉你这件事儿让我心里很不好受。我只是需要问你几个问题。你见没见过乔身上有血迹？见没见过他慌慌张张或者为什么事儿烦恼？他有没有过非常晚才回到家，你也不知道为什么？他有没有过什么奇怪的举动，也许甚至于——你是知道的，我也说不好，甚至于对你动粗？”

“没有，从来没有。”

“好吧。”

“麦克，你看上去很疲惫。也许你需要休息休息。麦克，乔非常敬爱你。我的意思是说，你是他心目中唯一一个能打满分的，作为一个人来说。他觉得麦克·斯科佩洛就是太阳升起的地方。”

麦克听了不再点头，而是摇了摇头。

“我知道。”他说。他突然开始大哭起来。他哭了好一会儿，泪水从他疲倦的面颊上蜿蜒而下。然后，他用一块手帕擦干泪水，擤了擤鼻涕，声音很响亮，微微带有一丝滑稽感。

“对不起，我竟然哭了起来。这不是因为乔。是因为那场战争。”

“我知道，麦克，”我说，“你表现得非常勇敢。你在意大利获得了一枚勋章。你在那里都做过什么，麦克，让你得到那枚勋章？”

“开坦克。负过几次伤。算不了什么。”他说。麦克在战争中的英勇表现为他赢得了一枚紫心勋章[①]，这件事从他嘴里说出来只是轻描淡写，一带而过。

“我还记得跟你说过一次，让你去跟乔开诚布公地谈一谈。他现在都快要做父亲了，”我说着，拍了拍自己的肚子，“乔就跟传教士一样正直，你需要知道什么他都会告诉你的，让你从此放下心来。”

“你可能是对的。我不该打扰你。我去和他谈谈。你说得没错儿。是啊，莉莉，我并没有亲眼看见他杀害了九个女人。我没见过他杀死任何人或者任何动物。只是，当所有这些迹象呈现在我面前，我就禁不住思来想去，我无时无刻不在想。”

麦克走了。我注意到他的两条大腿不再互相摩擦。直到现在我甚至都不知道他有没有跟乔谈过话，也许谈过，但到底如何我永远也不得而知。

我一开始只是听到了声音，一转眼就嗅到了那股气味。

---

①紫心勋章，是世界上仍在颁发的历史最悠久的军事荣誉，而且是第一种向普通士兵颁发的勋章。它于1782年8月7日由乔治·华盛顿将军设立，当时叫军功章，专门授予作战中负伤的军人，也可授予阵亡者的最近亲属。尽管这枚勋章在今天的美国勋章中级别不高，但它标志着勇敢无畏和自我牺牲精神，在美国人心中占有崇高地位。

第二天，报纸上登载了消息，但在事件发生的时刻，那声响听起来就像是《圣经·启示录》里所预言的巴比伦城的倾覆，或者是日本人决定派遣最后一个中队驾驶轰炸机，悲壮地坠落在克利夫兰。这个事件还仿佛是希特勒死而复生，浩浩荡荡率领一大群鬼魅一般的飞机反扑而来。这里面有一种复仇的意味，包含着巨大的危害和险恶用心。然而，调查结果证明这只是一起意外事故。

东俄亥俄煤气公司曾经踌躇满志地新建了一座储气罐，为的是在战争期间助一臂之力，后来那个储气罐开始一点点漏气。情形一定是这样的：白色的煤气打着旋儿探头探脑地钻出来，嗅一嗅俄亥俄州的空气，非常喜欢这种自由的感觉，于是决定溜出去逛逛。但煤气生来本不该知道自由为何物，当它和空气混合在一起，就发生了爆炸。储气罐整个儿被炸毁，燃起冲天大火，犹如世界末日来临，火向四处蔓延，形成一股股军旅，像魔鬼一样贪婪地吞没了整条整条街道上的房屋。你可以想象得到，那天早晨，家庭主妇可能正跪在地上擦洗厨房的地板，邮递员在敞开的花园之间吹着口哨，鸟儿用嘴巴在棉花一般柔软的空气中穿针引线，这一切交汇成一天中司空见惯的忙乱和喧闹，有的看得见，有的看不见。老人躺在床上，用拐杖敲着地板，想唤起人们的注意。有人在嘤嘤哭泣。凶猛的火焰旋即打消了这一切。还有婴儿睡在小床里。

这时候，你会向上帝祈祷，希望上帝真的存在，祈求上帝把他们的灵魂迎进天堂。

接着，又一个储气罐腾空而起。从六十六街开始整整一平方英里被夷为平地，相当于一座微型的广岛。奇怪的是，一条条街道竟然在烧焦的废墟中完整地保留下来，住在那里的居民蹒跚而出，被不怀好意的烟雾呛得喘不过气来。爆炸事件的余波也相当肆虐，没有烧尽的煤气沿着街道的排水沟不断涌动，进入下水道和市政排水管，时不时引发一次爆炸，就像一千个精神错乱的疯子不断有人发作；探井盖被抛起一千英尺，扑向燃烧的天空；隧道、低矮的过道以及各种地下设备全都扭曲变形，被炸得七零八落。

用报纸上的话来说，一百三十人死于非命，更多的“人间蒸发”。我想起战争中的威利，当年，那些可怜的士兵也许会被纷纷坠落的炮弹炸得粉身碎骨。在死亡面前，所有的人都是无辜的。上帝会带走每个灵魂——我要用我的信仰做赌注，对此笃信不疑。

虽然我不知道那是什么声音、什么气味，可我终究是听到了，也嗅到了。我冲出家门跑到街上。一股风低低地漫卷而来，从我的小腿上拂过，仿佛被囿于离地面一英尺的高度。那风如流水一般，类似于洪水。我立刻想到了乔，在这场难以名状的灾难中，乔还不知道身在何处。远远地，无比浩大的一柱黑烟拔地而起，晕染出白色的烟雾，直入长空。别家的女人站在各家的台阶上，手捂着嘴巴，惊愕和恐惧之下屏住了呼吸。

“金德曼太太，金德曼太太，”邻居朝我喊道，“你看战争是不是又打回来了？”她是个又瘦又小的人儿，黑色的头发紧紧贴在头皮上，真像是戴了一顶游泳帽。

“我不知道，”我回答说，“不知道。”

整整一天我都在等待，一直在想方设法找到乔。他所在的派出所乱成了一锅粥，因为幸存者必须被安置到当地的一处校舍里，令人难以置信的是，据说有些喜欢冒险的精神病患者竟然从无人看守的疯人院里溜了出来。整个地区到处弥漫着剧烈的有毒气体，你会感觉自己的舌头上就像钉进了一根长钉。当灾难的起因公之于众时，人们头脑中原本充满恐惧的地方转而被悲哀所占据。巨大的悲哀恰如泄漏的煤气一样在整座城市里蔓延。

下午的茶点和晚餐时分，乔都没回家，甚至到了半夜还不见人影。我坐在小过道里的一把椅子上，敞开着门，等着看他从巡逻车上跳下来，等着听他的脚步声顺着被露水打湿的混凝土人行道一路传过来。我听见自己的心脏一直在肋骨腔里跳动着，每一分每一秒。

正是这种时候，你会深切感受到你对丈夫的爱，所有的一切都抹杀不了你的爱。命运悬于一线。爱，用它的两只手扼住你的喉咙，开始用力挤压。爱，用一把愤怒的锤子击打你的心脏，一刻不停，直到可怜的心肌如同一条离开水的鱼绝望地啪嗒啪嗒拍打地面。爱，不堪重负，它想把你身体的零件一个个拆开，就像比尔在军队里必须学会的一项技能——把枪拆散，再重新装好。

乔消失了。

他就这样不见了踪影。

人间蒸发，我心想。乔，蒸发了，化作无数个小水滴，消失在蓝色的苍茫之中。

我坐在椅子里，两条胳膊齐整整地搭在腿上，保持绝对完美的对称平行。我暗暗用力抓住我的婴儿，生怕我的恐惧让它从我的身体里溜出去。我知道，巨大的惊恐会让婴儿从母体滑脱。你的婴儿如同一条小小的船儿，用一根绳子系着，停泊在你的子宫里，试图解脱绳索。我坐在那儿，紧紧地，紧紧地抓住埃德，兴许只有一英寸长的埃德。拇指姑娘一般大小。

失去比尔的第十二天

乔最后的搭档是个爱尔兰人，名叫德西，他为乔安排了一场纪念仪式。他们先是举行了一次次葬礼，安葬所找到的尸体和残缺不全的尸首，接着又开始举行仪式纪念那些失踪的人。乔只是其中一个例子。德西警探来自爱尔兰，算是个不折不扣的爱尔兰人，虽然正笼罩在悲哀之中，我对于这样一个人仍然心存疑惧。幸好他的家乡是梅欧郡，和维克罗郡相距甚远，位于爱尔兰岛的另一边，这让我感到些许宽慰。他也曾投身于那场战争，不过，在我看来，他是个快活的人，喜欢交际，性情开朗，虽然乔的下落不明让他整个人蒙上了一层阴影。我感觉，他还没有足够的时间了解自己的搭档，而且这是他第一次当警察。但不管怎么说，他还是倾向于把这个小小的仪式办得隆重庄严。他是这样一种人，热爱生命，但也愿意给死亡以应有的尊重。他是个有点儿笨拙的大个子，肩膀稍稍往前弓，这让我想起了安妮。他看上去就像抱着一块大石头走了很远很远的路，把上身坠得有点儿直不起来了。

不管怎么说吧，他高度赞扬了乔和乔的许多品格——作为一个人，也作为一个警探的乔。我如此熟悉的丈夫，从另一个人嘴里说出来，就像是听他说着一个毫不相干的人，那是一种锥心刺骨的痛。德西警探所描述的乔简直如同一个陌生人。他讲了一个故事，发生在几年前，当时，他被一群经营玉米葡萄糖的商人抓住了，乔说服那些人不要杀了他，等他逃脱危险之后，乔又设法以走私玉米葡萄糖的罪名把那几个人逮捕归案，让他们入狱服刑，顶多也就是几年徒刑。圣诞节的时候，那几个家伙给乔寄了张卡片，感谢乔说服他们不要杀人，这会把他们送上电椅。这个故事我压根儿没听说过。他的警察同事们微笑的脸上做出一副怪相，轻笑了几声。总而言之，这些关于乔的故事他的妻子一概不知。

接着我又陷入了令人绝望的麻烦，因为要解决给我的抚恤金问题将会有一个漫长的过程——如果乔能有那么一点儿钱留给我的话，原因在于他们没有找到尸体，也没有死亡证明，我必须等到法庭能够依法宣布他死亡的那一天。

“真是有点儿奇怪，”德西警探说，当时是在我的厨房里，他坐在他的前任麦克·斯科佩洛先前最喜欢坐的那把椅子上，“问题不光在于死亡证明。我们甚至连乔的出生证明也找不到。除了他的结婚证，我们找不到任何关于他的证明。他一开始接受培训的时候提供的信息和任何真实的文件记录都不怎么相符。没有一份文件能够说明他的任何情况。不过，他非常可能是在执行公务的时候殉职身亡，所以我们不打算对此寻根究底。但是，你可能会想，除了你和他是夫妻关系，还有我们每天确确实实都看见他以外，他从来没有存在过。”

“怎么会发生这样的事？”我问，“经常会有履历丢失的情况吗？”

“不，并不经常发生。不是的。人们会改名更姓。然后像隐形人一样跨越州界。”

“噢。”我应了一声。

我不想再谈论这个话题。

“这叫化名。上个月，我逮捕了一个人，他有三十九个不同的名字。他还列了张单子，免得忘记。我本来有可能对这些一无所知，只知道他是个疯子，供认自己在十八个州犯过轻微罪行。十八个州啊。他想让我把这些都记录下来，交给报社。报社一点儿都不感兴趣。他一下子泄了气。眼下正在克利夫兰劳教所服五到十年的有期徒刑。”

“那么，在美国，好人会更名改姓吗？”

“不知道，”他说，“这个问题问得好。大概不会吧。”

他交给我一袋子美元，是他和警察局的几个弟兄募集一圈凑起来的。他还问过自己的妻子，对我来说有什么好出路，他妻子建议我去和妇女医院的蒙特福特修女谈一谈。

“好吧？”他说着话，像一头熊一样站起身来，“莉莉，我无法形容我有多么难过，我们所有的人有多么难过。”

“谢谢你，警探先生。”我说。

于是，我省吃俭用，靠那点儿美元勉强维持生计，我的宝贝在我的身体里慢慢长大。为什么我们有了孩子，孤独感却并没有减少呢？现在想来，当时的我满以为有个小生命在自己体内一天天变得坚强有力，会减轻我的所有烦恼。然而，当我躺在那张老床上，不再有乔伸展开长胳膊长腿，四仰八叉地躺在我身边，脚从床的另一头垂落下去，嘴里叼着烟卷，有一搭没一搭地夸夸其谈时，我总会感到一种可怕的孤独。整个夏天，屋子里一片安静，静得连壁炉架上那个廉价的钟表都显得怯生生的，钟表嘀嘀嗒嗒地走着，间或鸣响报时，几乎不好意思打破四下里跟修道院一般的沉寂。每天早晨，我都在马桶里拼命呕吐，吐得实在是厉害，我担心孩子会从我嘴里噗的一声跳出来。

我大着胆子给安妮写了封信，虽然我一想到这么做有可能再次引来那个黑衣男人，心里就惶惶不安，但我还是忍不住想，现在已经过去很多年了，几十年都过去了。当然，就连杀手也会变老，对消失无踪的目标渐渐变得漠不关心。我这样祈祷。我按着上次的地址给安妮写了信，大致讲了自己的情况。几个星期后，我从邮局取出她的回信——这次我还是没敢把确切的街道名称和地址告诉她。她在信中说自己过得不大好，万不得已只好和我们的一位表亲萨拉·卡伦相依为命，住在凯尔沙教区，在那儿有个小农场，有张床，等等。另外，她又详细告诉了我一些关于父亲的事情，说到爱尔兰独立后，他的退休金莫名其妙出了岔子，他迫不得已，只有乞求新政府的宽恕。安妮还如实描述了父亲的坟墓——无异于乞丐的葬身之地。也许是因为日子过得越来越窘迫，她又是孤身一人，所以她变得越来越衰弱，于是开始跟我述说实情，触及了生活最残酷的硬核。她说，莫德虽然嫁给了她钟爱的那位画家，生了两个儿子，但她的小女儿被猩红热夺去了生命，葬在格拉斯内文墓地的天使之园——在都柏林，所有夭折的小孩子都埋葬在那里。从那以后，莫德病倒在床上，一连几年卧病不起。这消息让我大为惊骇。在安妮看来，莫德并没有什么大错，只是她的神经不够坚强，无法承受丧女之痛。

这些已经足以骇人听闻，但我把那封信细细地读了又读，不可思议的是，我心里竟充满了感激，渴望了解一切细节，不管是喜是悲。我热切地盼望着，盼望着回家，盼望着摆脱眼下在美国的一团混乱，回到爱尔兰的混乱中去，那是我更能理解的一种混乱，而且也不会如此孤独。然而，从两个姐姐身上，我也感受到一种深深的寂寞，每个人的寂寞各有不同。从安妮的字里行间，我可以想象得出，她根本就没有钱，但她还是把一张红色的十先令纸币折了又折，放进信封里。街角那家银行给我兑换成了四美元。我为此感激不尽，给她写信表达谢意。据我所知，那封信再也没有收到任何回音。

当时我已经有差不多五个月的身孕，我自以为过得相当不错。我的钱只够勉强付房租和糊口。我每周去一次意大利大集市，那里有几位非常好心的妇女，她们总是往我的袋子里塞满马铃薯、胡萝卜之类的蔬菜。集市上还有个肉贩子，多内利先生，他总是切下边边角角的便宜肉给我。在这方面，他是个了不起的行家，因为他别的主顾也都买得不多。我跟卡西学会了她所有的本事，很擅长采用一点儿巧妙的烹调手法给这些食材增色添彩。我心里想，我这是在做给自己的孩子吃。当我把饭菜摆上餐桌时，总有一种奇妙的感觉充盈着我的内心，仿佛我的小不点儿正在和我一起就餐。脑子里想着这情景，我也不知道为什么，常常一个人轻轻地笑出声来。我属于那种痴痴傻傻的女人，时不时对着自己的肚子说话。第一次胎动的时候，正躺在床上似睡非睡的我一下子睁大了眼睛，我能感觉到一抹灼热的阳光轻柔地穿越我的身体，透过我的乳房和耻骨，那是一股狂喜化身为一缕光芒。我不知道除此以外还能如何形容。仿佛有个人在我的身体里向我发出信号。我在这儿呢。也许事实上我的孤独并没有减轻，但我确实感觉到自己变得强悍起来。如果任何魑魅魍魉逼近我们，我可能会撕裂它们的喉咙。

所以，我把这归结为过得相当不错。

再往后，我收到了一封信。邮差直接把信送到家门口。我认出了那用黑墨水写下的潦草字迹。晴天霹雳。难以置信的晴天霹雳。

方才，我在自己放杂物的箱子里摸索了半天，才把它找出来：

亲爱的莉莉：

我正在给你写这封信，而且我不打算留下寄信人地址。我想让你知道，麦克·斯科佩洛告诉你的那些谣言根本不是真的，他还曾经威胁我说要报告给警察。我确信，如果我站在法官和陪审团面前，他们一定会判定我是清白无辜的。总而言之，我离开你并不是因为那些谣言。其中的原因我甚至无法写在这张信纸上。写下这些话之后，接下来我心里所想的是我有多么爱你。没有任何东西能大过我对你的爱。然后我想到的是你肚子里的孩子。我们的小宝贝。我每个月都会寄钱给你，只要我知道你在哪儿，只要我能不落痕迹地把钱寄给你。我向无所不知的上帝祈祷，但愿他会原谅我。

乔

他像个孩子一样，在下面写了一连串的X和O[①]，又用笔统统画掉。

我主动联系了麦克·斯科佩洛。这段日子，我的处境很尴尬，他没有来找过我。他也认为乔已经死了，丧生于大爆炸之中。现在看来，乔只是利用那场灾难来遮人眼目。麦克说，没错儿，他是威胁过乔，说要把自己的怀疑告诉警方。他们已经把车牌照的事情，以及乔那辆车神秘地出

①X和O，代表亲吻和拥抱。

现在两个凶杀现场的情况记录在案。他说乔非常苦恼，对此勃然大怒。乔赌咒发誓说他和凶杀案毫无瓜葛。至于那辆该死的车，他说一切都是巧合。麦克对我说，乔看起来确实很震惊，这让他有点儿惊讶。

问题在于，乔说的是实话。

几乎在我收到那封信的同时，事实上仅仅相隔几天以后，真正的凶犯就落网了，他对所有的罪行供认不讳。据说是个精神错乱的瑞典人，来自伊利诺伊州。所有的报纸都报道了这个消息。我想，乔一定也看到了。

麦克·斯科佩洛一得知这个情况就来找我，他说自己很抱歉当初把乔当成了犯罪嫌疑人。他说他愿意为我做任何事情，只要他能做得到。我不知道说什么才好。我问有没有什么办法可以给乔捎个口信。他说没人会找到乔·金德曼的下落。我恳求他去试试。

“我会尽力的。”他说，“如果你有任何需要，不管什么都行，你就打这个号码。这件事儿让我心里很不好受。一点儿都不好受。特别是你怀有身孕，这让事情变得更糟糕。”

即便如此，他还是说要把乔曾经写信回来的事儿告诉警察局，这说明他还活着，在某个地方。我知道这意味着抚恤金化为泡影。但我心里想，这没什么大不了的，乔就要回来了。

又过了好多天，我开始绝望，于是我又读了一遍他的来信。信上写得清清楚楚。他已经告诉我，他之所以离开并不是因为谣言。其中的原因我甚至无法写在这张信纸上，无法写下什么。

看来是另有原因让他离我而去。一个他无法说出的原因。

过了近二十年，我才弄明白原因何在，直到现在我也说不清楚那时候我是否理解，此时我是否理解他为什么一去不回头。

我从来没有收到过一封他寄钱给我的信件，也许是他不能冒这个险，或者是他左思右想改变了主意，要么就是他的信寄错了地方，由此看来，他写来的第一封信——也是唯一的一封信，并不是那么真实可靠。他的信我保留至今，我惊异于他的拼写竟然如此一塌糊涂，我一边抄录一边做了更正。他为什么离开我，他为什么离开我们？我思来想去，肚子里的孩子让我变得体态丰满。我思来想去。愤怒如一股潮水袭遍我的全身，我这辈子经历的任何其他事情，都没有让我如此愤怒甚至在塔格被人杀害的时候。我从来没有堕落到如此可鄙的程度，竟然会诅咒某个人，甚至于诅咒上帝，但愿上帝能够原谅我。但在当时，我确确实实诅咒了上帝，还有乔。

人不管处在什么样的社会环境里，都要努力入乡随俗。我们如此渴望被人尊重。若非如此，就算是宽阔的花园和华美的宅邸也如同监牢。我觉得，一个单身母亲不会赢得多少尊重。单身母亲总让人感觉不对劲儿，事情就这么简单。

麦克·斯科佩洛似乎无论如何也摆脱不了一个心结，总觉得对我负有某种责任。虽然我几次三番对他说责任不在于他，他也还是尽心尽力帮助我。他陪我住进产科医院，对人说他是我的哥哥，埃德出生的时候，他花了不少心思庆贺这个侄子降临人世。他给我送来鲜花和卡片，把城里所有的新闻都讲给我听，有好几个晚上，他都坐在我床边轻声细语。别的产妇对他颇有好感，从来没有问过一个爱尔兰女人和一个意大利男人怎么可能是兄妹。

他想出了一个新的主意，打算开车带我去华盛顿，他的亲姐姐住在那里。

“为什么你的姐姐会乐意接受一个带着新生婴儿的陌生人？”

“她是个圣人，”他说，“就因为她是个圣人，这辈子我深受其苦。”

等埃德足够壮实了，他会开车来接我出院，就像一家人那样。

约好的那天到了，我把埃德裹在毯子里，翻出最好的衣服和首饰给自己穿戴起来。我跟几个产妇一一吻别，甚至还向修女们道了谢。我出了门，走进冬天的空气中，夜晚的寒意让我陡然一惊。那阴沉、潮湿的寒气从湖面上蔓延而来。粉末一般的雪花四处翻卷，一切都显得古怪、奇特。浩大无边的城市喧响再一次汹涌而来，灌进我的耳朵，让我一阵惊惧。我看到汽车在远方湖畔的公路上蜿蜒而行，直泻而下，如同巨大的黑蛇。我走下花岗石台阶，雾气和渐渐聚拢而来的黑暗让我感到害怕，一只胳膊紧紧搂住埃德。他的脸虽然深深地埋在毯子里，寒气还是把他的一丝鼻涕和眼泪冻成了冰。

我两腿发软，站在人行道上等麦克。麦克说到做到，没过多久，他就把车停在了路边。我觉得自己一眼就认出了那辆车。

“上车吧，莉莉，”他探过身子，推开乘客门，“看在上帝的分上。车里很暖和。”

“谢谢你，麦克，谢谢你。这是乔那辆车吗？”我在车里安顿下来，心里满怀感激。我感觉到埃德小小的身子在毯子里有微微的动静。起码他没有死在我手里。

“没错儿。我花了几美元从汽车扣押所弄出来的。他把车停在火车站边上。我盘算着，我花点儿钱弄出来，如果他哪天回来了，就还给他。”

“这么说，你没能查到他的下落?”

“连个影儿也没查着。我只能说，他待在美国的某个地方。我猜他又改了名字。谁知道呢?”

埃德适时地醒来，开始哭着要吃奶。我把他的小嘴巴放在自己的乳房上。

“这下好啦，”麦克尴尬到了极点，可还是做出若无其事的样子，“好啦，好啦。华盛顿，哥伦比亚特区，我们来啦。”

迪林杰先生终究还是来了。我不盼望任何人。几天以来，我一个人也没见过，我觉得理当如此。同情和怜悯是有期限的。他们都已经尽心尽力，比理所当然的要多出一千倍。听他说，前一阵子他在纽约打理自己的一本新书。他说那本书既让他兴奋不已，也让他忐忑不安。如此喜忧参半，活像长了两个脑袋，他对自己这副样子大大嘲笑了一番。

他来的时候天已经黑了。外面的马铃薯地里有只鸟儿不知在什么地方大声叫唤，听声音很可能是只沼泽耳鸮。我给他开了门，两人站在夜晚咸湿的空气里，听着那叫声。据人们传说，迪林杰先生已经游遍了地球的每个角落。几乎没有一道山谷他没有窥探过，几乎没有一片沙漠他没有跋涉过。但是，在那个晚上，他站在我家的门廊上宣布说：在上帝创造的整个世界上，此时此刻，这里正处于一种尘世所能达到的完美境界——他所说的是我的住宅还是整个汉普顿，我不得而知。我问他是不是觉得可以用上“无可挑剔”这个词。他对这个古怪的字眼儿报以哈哈大笑，说：是的，表达得恰到好处。

接着，他莫名其妙进入了一种哀伤的情绪。他躬起身，把我的一只手握在自己的两只大手里。他长长的面孔如同陡峭的岩石，坑坑洼洼，沟壑纵横，有着独特的魅力，此时他的脸似乎变得更加狭窄，他深深地弯下了身子。

“如果你同意让我把我的新书献给比尔，作为对他的纪念，我会非常荣幸的。你觉得这有可能吗？我知道这不是件小事儿。我只会写上‘纪念W.B’。”

“写上威廉·邓恩·金德曼·布里，”我说，“写上他的全名吧。”

“可以吗？那我就写上了。我就这么写上。我就这么写上。”

泪水盈眶的我带他走进屋里，幸好走廊里一片黑暗，看不到我脸上的泪痕。虽然已经很晚了，我还是像往常一样请他坐下，然后沏茶。我胸中汹涌着感激之情，一丝犹疑第一次进入我的头脑，虽然迪林杰先生不会知道。

我感觉，告别人世的决心似乎让我获得了巨大的精神力量。迪林杰先生让我看到了谦恭和善意对纪念亡灵具有多么重大的影响，他本人就是一个例子。突然之间，我的心开始动摇。当我坐在这里，把这一切都写下来的时候，我并不十分确信。但在那一刻，他又让我记起了我们和生命之间的契约——我们要按照上天赐予我们的或长或短的时日，坚持到生命最后一息。生命的馈赠，常常让我们如此难以接受，恰如一匹马，我们总是不由自主地去查看它的牙齿。

大事已毕，迪林杰先生放松了许多。他的一身骨骼似乎也变得柔韧起来，他向后一仰靠在了椅背上。我的哥哥威利过去常常唱一首老歌，叫《西班牙女郎》。歌里的男人有一句歌词，向我们描述那位西班牙女郎的惊人美貌——她是多年前都柏林的一个烟花女子。恰在这时候，迪林杰先生说了一句：“岁月之手改变了我的容颜。”可岁月之手没有在他身上留下痕迹。

威利曾经参加过嘉布遣会[①]修士在立菲河[②]畔组织的一场演唱比赛，他当时唱的就是这首歌。幸好歌词隐晦不明，对这首歌一无所知的听众怎么也听不出那位可怜的西班牙女郎是个妓女。他的嗓音沉郁伤感，虽然当时他只有七岁，并不知道一首歌的歌词到底是要表达怎样的情感，但他的歌声却能让人凄然泪下。我见到的正是西班牙女郎，在烛光映照下洗着她的双脚。

迪林杰先生跟我讲起的故事却是他年轻时候在中国度过的那些日子。那是他第一次离开美国去旅行，当时他有一个强烈的愿望，想去看看北京和万里长城。经过一番艰苦的努力，他才获得准许。在北京，他结识了一个来自中国北方的年轻人。迪林杰先生和那个年轻人交上了朋友，年轻人问他是否愿意和自己一道回家看看。显而易见，他的家乡所在的那片地域上下两代从没见过一个西方人。他们坐上一列从殖民地时代延续下来的老掉牙的火车，火车嘎吱嘎吱响，喷吐着一股股汹涌的蒸汽。一路上，他迫不得已，只好在站台的小摊上吃些烹制好的昆虫，迪林杰先生发现蝎子一类的玩意儿味道很不错，虽然后来他的舌头有点儿发麻。年轻人费了好大的劲儿向他解释说，他不该

①嘉布遣会，原来是一个意大利修道会，始建于1525年。

②立菲河，在爱尔兰境内，发源于维克罗郡，流向都柏林湾。

吃掉尾巴。迪林杰先生大不舒服，缩在火车上的简易厕所里，身体中毒带来的糟糕症状突然袭来，让他痛苦不堪。就在他拼命使着劲儿，心中满是绝望，暗暗咒骂自己居然胡思乱想，非要跑来看看中国的时候，他隐隐听到尖锐刺耳的吱嘎一声。恰在这时候，他的肠子一松，大便喷泻而出，不过，感到如释重负的还是他的心。当他打开厕所门时，正看见一个矮小的女人，冲他尖声尖气地叫喊。原来他是在火车停靠在一个站台上的时候解了大便，简直罪不可赦。他羞愧得无地自容。

他们来到年轻人的家里，迪林杰先生受到了热情的招待。一家人围着他，摸摸他的脸，还站在箱子上，试图跟人高马大的他齐头并肩。他睡在年轻人家里最好的一张床上，感觉又好了起来。他想，来到这样一个地方是多么不同寻常啊。住在木头搭建的房子里，置身于林木茂密的山谷中，绿意葱茏，近乎狂野，一直向上堆叠到天堂。美丽，质朴，而寂静。这时候，他的门被打开了，走进一个女人，是年轻人的祖母。屋子里一片黑暗，他几乎看不见来人。祖母一边用中国话说着什么，一边递给他一个小盒子，还做着手势让他吃下去，但迪林杰先生不敢一试，因为他刚刚害过那场病。老妇人极不高兴地走了。第二天早晨，他拿着那个小盒子走到屋外的天光之下，朝里面看。年轻人告诉他，那是一只去掉翅膀的白色蛾子，还活着，奉上一只蛾子代表着极大的尊崇。年轻人说，他真应该壮着胆子吃下去。又一次羞愧难当。

迪林杰先生就此打住话头。在昏暗的厨房里，他脸上露出一丝隐秘的微笑，大概和那已经消散如云烟的昏黄的中国往事一样幽暗吧。

“有时候啊，”他开口说，“受到尊崇是非常危险的。”就好像在道出刚才那个故事的寓意。

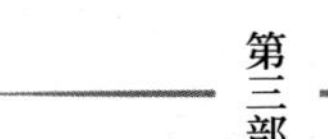

第三部

失去比尔的第十三天

用尤金尼德斯先生的日历算来，比尔入葬已经将近两个星期了。每到复活节，他就给大家分发日历。专利所有：范吉利斯·尤金尼德斯。日历的插图是希腊几个岛屿的风光：派洛斯岛、纳克索斯岛、锡弗诺斯岛——在这一年中，你可以扬帆起航，在尤金尼德斯先生的日历中游览各个岛屿。他的家乡地处内陆，在外乡人看来说不上有多么美丽。他总是把自己家乡的图片安插在四月份，他说，四月是他最思念故土的时节。每到这时候，他的心绪便飘向了石子路两旁盛开的野花。

今天早晨，诺兰先生反反复复闯入我的脑海，我必须小心提防才是。两个星期以来，这就是我的功课。我一直在努力不去想他，把他一股脑抛到爪哇国去。我拒绝以任何方式哀悼他。我不想听到任何人提起他，特别是沃洛翰夫人，她或许会认为我的心头又加上了一重凄苦和孤寂，她自然而然会这么想。可就在突然之间，我对他撒手人寰感到难过。一种简单的情感，大概连狗也会产生的悲哀。我竖起一道巨大的围墙抗拒这种情感，但还是能感觉到。我想起第一次见到他的情景，就在他死去的那座房子里。一个年且六十的男人，嘴里叼着一支又细又短的方头雪茄烟，头发多多少少还是棕色，剃得短短的，像是个军人。我暗自猜想他大概去过什么地方，也许是朝鲜吧。他看上去仿佛是从战场上，要么至少是从荒野中长途跋涉而来。在我看来，他那些箱子、书和枪套从他搬进去那天起几乎一直保持原封不动，从来没有移动或者整理过。当时他正坐在一张帆布椅上——兴许是沙滩椅吧，脸上的神态十分严肃。沃洛翰夫人打发我去找他，我得在萨格收费公路沿途那一大片低矮的小房子里四处寻找他的住所，很多园丁还有提供其他劳务的男人都住在那一带。我是去通知他从星期一开始上工。那时候，诺兰先生正当壮年，在那段已成过眼云烟的往事里，那个星期一已经如烟消云散。

我猜想，他见到我一定很吃惊。我在门廊的门上敲了几下，没人应答，我便冒昧地走了进去。镶木壁板上陈旧的米黄色油漆已经在剥落。屋里没有挂一张照片，四壁空空如也。

“噢，谢谢你。”听我说明来意，他这样答道。我想他是几个星期前去找工作的，但沃洛翰夫人已经雇用了卡菲先生，那个辛奈考克部落的印第安人。问题在于，卡菲先生极端厌恶那台新买来的大型割草机，他认为“简直糟糕透顶”，于是就辞工而去。这样一来，沃洛翰夫人家确实需要一个人跟在割草机后面，在大片大片草坪上来回转悠，除此以外，还有一千种别的活儿等着人干。“我只是在想，我是不是需要考虑搬过去住。”

那段日子，据说工作机会更多了一些，但不管他们怎么说，总还是需要到处碰运气的。

“我真是高兴极了，”他说，“我猜你也在他们家干活儿吧？”

“我给沃洛翰夫人家做饭。”我说。

“我敢打赌你是个很棒的厨师。”

“还算过得去。”

“你是爱尔兰人？”他问，“我只是听你的口音这么猜的。”

“哦，是的，”我回答说，“很久以前。很久很久以前。”

“我明白。”他说，“我是田纳西人，不过——你知道，诺兰，伊尼什莫尔岛——我祖父是从那儿来的。我说不准伊尼什莫尔岛在哪个位置。反正是在爱尔兰的什么地方。”

“不管怎么说，你星期一就能来。草都快长到我们的耳朵啦。”

“你告诉沃洛翰夫人，我一大早就去。非常高兴认识你，太太。”

“没什么。”我说。

我回忆起的就是这些。无关紧要，只是闲言碎语罢了，虽然对于诺兰先生的生活至关重要，或者说当时我是这么认为的。一路走去告诉某个人他得到了一份工作，这是个好差事。工作是灵魂的润滑油。

我们像牛仔一样，奔向毁灭的命运——这是命中注定。但那一次不是。

“这就是我的姐姐玛利亚，我跟你说的那位圣人。”当我们来到他姐姐在华盛顿居住的那间小小的公寓时，麦克这样介绍说。

“他又来啦，莉莉，他老爱这么说。”玛利亚对我说道。她身穿一条镶有蕾丝花边的裙子和一件配有缎带的短衫，烫过的头发纹丝不乱，“我，我可不是什么圣人。我也从来没有遇见过一个圣人。我看啊，有些圣人是曾经做过一些善行。我们的妈妈，她非常热爱西西里的圣阿加莎[①]。莉莉，你能在一些油画里看到她，她的两个小小的乳房放在她面前的一个盘子里，看上去就像是两个烤好的小圆面包。所以她是面包师的守护神，我们的父亲就是干这行的。实实在在的工作。”

“接下去就该说到我啦，我干的这个行当有多么愚蠢[②]。”麦克说，“不过，这工作挺不错的。”

“夫妻俩尔虞我诈。那可不是什么好工作。”

“啊呀呀……”

我还没来得及走进她的公寓门，他们就开始你一言我一语互不相让，典型的姐弟俩吵嘴的架势。玛利亚一边嘴里说个不停，一边把头转向我，意在拉拢同为女人的我站在她那一边。她整个人就像一座活力四射的小火山，她一把接过我怀里的婴儿，在餐桌上给他换起尿布来。麦克事先已经告诉她要给埃德准备尿布，他身上兜的那块浸透了小便，沉甸甸的，足可以抵得上他全部分量的一半。他小小的，软软的，看上去那么柔嫩，跟上帝创造的第一件可

①圣阿加莎，基督教初期四大殉道童贞圣女之一，出身西西里的名门，自幼立志守贞。地方官垂涎她的姿色，竭力追求，遭她严词拒绝。地方官恼羞成怒，将她逮捕下狱，威吓利诱，但她始终不屈。最后上帝应她乞求，在她身受酷刑时带走了她的灵魂。每年的2月5日是圣阿加莎的圣徒日。

②原文是意大利语。

以用这个字眼儿来形容的东西一样柔嫩。在玛利亚的摆弄下，他发出细微的咿咿呀呀声。

“你可以洗个澡，莉莉。蓄水箱里热水多得很，我简直都能坐上它去航海，就像乘着一艘汽船。我的上帝，我等啊等，等了好久，从克利夫兰开车过来要花多长时间啊?”

“好长好长好长时间。”麦克说。我感到筋疲力尽，所以我知道他也累得不轻。高速公路上，汽车前灯汇成了一条无穷无尽的大河，把汹涌而来的灯光注入他的大脑，他一定觉得自己仿佛永远处在爆炸的中心，无路可逃。埃德睡了吃，吃了睡，我免不了也学他的样子，不过，每当我醒来时，我都向上帝祈祷，感谢他让麦克·斯科佩洛来到我身边，那时候，他在我眼里仿佛是长着翅膀的天使。

而且，在我看来，西西里人可以向华盛顿的圣玛利亚祈福，如果他们愿意的话。我敢打赌她会让他们有求必应，立竿见影。

可以肯定的是，我和玛利亚生活在一起足足过了三个年头。头一个月过后，我的身体好了起来，就跟她一道在城外一个很大的水果市场上干活儿，几个热心的妇女在那里开办了一个托儿所。托儿所里有很多婴儿，意大利婴儿，还有一个爱尔兰婴儿——也可能另有渊源，随便埃德出自什么血统吧。

对埃德来说，我就是他的整个世界，这连我自己几乎都没有察觉到。他非常喜欢玩旋转木马，那是在一条宽阔的大道上，路旁树木高耸，微风如鸟儿一般停驻在树叶间。城市里低矮的屋顶让我恍惚觉得这是一个面目一新的都柏林。所有的高楼大厦纵横交错，我和埃德在楼群里穿梭，朦朦胧胧感觉到这是他的童年乐园。我的感觉朦朦胧胧，因为我的心思总是停留在别的事情上，埃德的感觉朦朦胧胧，是因为他长大以后，当时的情景仿佛多半都忘掉了。“埃德，你记得吗，那时候你特别喜欢从花园的斜坡上滚下来？”“不记得，妈，这个我不记得了。”“埃德，我们每个星期天都去，从不间断。你喜欢打滚简直像疯了一样。”“我大概记得一点儿，妈。”我牵着他的手，一只容易受伤的小手，每个孩子的小手都容易受伤，我们一路走着，穿过华盛顿那一处处宁静温馨的公共花园。我的手，因为日复一日在市场上包装梨和苹果，染上了永远褪不去的黄颜色。一个将近五十岁的女人，牵着一个伶俐的小男孩，他的头发剪得短短的。我们的微笑几乎全都是投给对方，一路上遇到的每个陌生人都可能是魔鬼或者恶熊，直到事实证明并非如我们想象。我们来到传说中的旋转木马跟前，他总要一直等到自己最喜欢的那匹马空下来，别的一概不骑；骑上之后，他会伴随着尖细的音乐声，转上一圈又一圈，木马如波浪般起伏着，在干枯的树丛间腾跃；每当那个掌管旋转木马的人摆好游戏币时，所有的孩子都疯狂地把发给他们的圆环抛出去套，在所有的孩子里，埃德那张小脸看上去最狂热，也最坚定。赶上他得以免费乘坐旋转木马的大好日子，他脸上总是带着大获全胜的喜悦，一盏盏路灯亮起来，通电时发出一声声砰响，把慢慢沉入黑暗的街道拯救出来。在梦里，我看见那架旋转木马转了一圈又一圈，埃德永远都骑在上面。

后来，我去给沃洛翰夫人的母亲干活儿。我不知道是从哪儿修来的这份福气。玛利亚为我感到高兴极了。这个消息还是她在报纸的招聘启事栏目里看到的，对方倾向于雇用一名爱尔兰女性。玛利亚说，她敢用自己的脑袋打赌，将来我肯定需要做一些高档精美的菜肴，她还从图书馆借来了一堆书，好让我温习一番。最大最厚的一本是《白宫食谱》，里面全都是美国建立几十年来居住在白宫的第一夫人们收集的菜谱，记录的是美国发展历程中她们烹制过的菜肴。

“这户人家，是个地位显赫的大家族，”玛利亚说，“他们会喜欢这类烹调。你得到这份工作以后，就可以高高在上，往我头上吐唾沫啦。”

“可我觉得，我不会想要往你头上吐唾沫。”

“你是不想，但你可以这么干，如果你得到这份工作的话。高高在上，往人头上吐唾沫。”

在沃洛翰夫人的母亲看来，我有个孩子并没什么关系。其实，这几乎可以算是件好事儿。沃洛翰夫人的母亲笃信积德行善，这种人往往说起话来嘴上像抹了蜜，废话连篇，但她是个例外。她信奉公平，最大意义上的公平，信奉自食其力，还有遇人危难要助一臂之力。

她喜欢我的名字①，因为她笃信天主教，满怀虔敬之心种植圣母百合。她家里有一幅古老的油画，画面上是大天使加布里尔向荣福童贞圣母玛利亚呈献一枝百合。这真是个不可思议的名字，数年后，尤金尼德斯先生说他也喜欢我的名字，因为在希腊传统婚礼中，新娘要头戴用百合编织而成的花冠。迪林杰先生对这个名字的喜爱则源于一个古希腊神话故事：宙斯和凡间女子阿尔克墨涅交媾之后，阿尔克墨涅生下了一个婴儿，宙斯趁自己的妻子赫拉熟睡之际将婴儿放在她的胸脯上，这样孩子就能变得更具有神

①莉莉（Lily）在英文中有百合花的意思。

性。赫拉醒来一把将婴儿抛开，从她乳房里喷出的乳汁化作一道银河，而洒落在土地上的乳汁则变成了一簇簇百合花。尤金尼德斯先生从没提起过这个故事，但他曾经把一本《荷马史诗》送给比尔。

“我的儿子在战争中丧生的时候，”沃洛翰夫人的母亲说，“我想到了十字架旁的荣福童贞圣母玛利亚。”这情景经常浮现在我的脑海里。她身穿漂亮的套装，坐在高雅的餐桌旁，嘴里说着这样的话，简直把你的心都从胸膛里掏出来了。

我给她准备一日三餐就像侍奉上帝一般，如果上帝食人间烟火，也会感到饥饿的话。她在美国拥有一座豪宅，大理石台柱，粉色墙壁，坐垫上的图案是几个男子在法国猎鹿的场面。高高的壁炉台上摆放的瓷雕是姿态各异的舞女。总统、皇帝、国王和公爵都曾经在她的餐桌旁就餐，其中包括迈克尔·柯林斯[①]和德·瓦莱拉[②]。

“但不是在同一天晚上，莉莉。”她为自己的风趣粲然一笑，很得体的一笑。

---

①迈克尔·柯林斯（1890—1922），爱尔兰革命领导人，爱尔兰共和国财政部长，爱尔兰共和军情报主任，英爱条约谈判爱尔兰代表团成员，爱尔兰临时政府主席和爱尔兰国民军总司令。他在1922年8月于爱尔兰内战中被枪击身亡。

②原名爱德华·乔治·德·瓦莱拉（英文：Edward George de Valera），曾任爱尔兰共和国第一任总理和第三任总统。

她明确表示很喜欢我做的菜肴，但这并不妨碍她在自己认为有必要的时候请来一个，两个，或者三个法国厨师。赶上家庭聚会的场合，几个已经长大成人的儿子和女儿来到她的宅邸，个个显得光彩照人。她的一个儿子是参议员，就在山上的参议院议事厅里供职。

想当年，美国最富有的女性之一，也是最善良的女性之一——这是个事实。

当她的女儿，也就是沃洛翰夫人结婚的时候，我跟随她来到汉普顿。那一定是在1955年或者1956年。离开沃洛翰夫人的母亲不免让我心里涌起离愁别绪，不过，在她的宅邸里，生活节奏很快，布里奇汉普顿的宁静安详让我也稍稍感到一丝宽慰。

这几乎就是埃德梦寐以求的空阔天地，虽然他只是个小男孩，但他似乎有着这样一个梦想。他喜欢看介绍得克萨斯、落基山和西部海岸沙漠里各种遗迹的图书。最起码，无边无际的海滩对他有着强烈的吸引力。这里虽然没有得克萨斯州西部特有的红色峭壁，但那些堆得高高的黄色大沙丘可以让九岁的他用自己的双腿去征服。

当地有一所小学校，他就在那里上课。穿着白色衬衫和蓝色短裤。

那时候，有很多幸福，随之而来又有很多哀伤。

我所看到的五十年代的照片，一切总是显得那么干净。人行道是干净的，柏油路面是干净的，男人们的衬衫是浆洗过的，女人们的衬衫没有一道看上去别别扭扭的皱褶。我不知道当年是不是的确如此。我几乎都不记得了。也许是吧。战争过后，每个人都盼望生活富足，过上好日子。那场战争吞噬了无数人家的儿子，沃洛翰夫人的母亲也失去了自己的一个。世界临到了末日，恰如《圣经》中所描述的情景，正是要重新创造一次的时候。

然而，事情的发展却如爱尔兰人总爱说的一句话那样——只有好事儿会招来魔鬼。

不过，好日子还是持续了相当长的一段时间。据我推想，诺兰先生的出场大概是在五十年代末。他刚一开始和我同在沃洛翰夫人家做工——至少算是在同一个院子里干活儿，就每天开车接送埃德上学放学。我们仨一路溜溜达达去电影院，总有上千次吧。我们从尤金尼德斯先生的商店买来汽水和馅饼，让埃德吃得肚子滚瓜溜圆。

诺兰先生像穿针引线一般，把他自己密密匝匝地缝进了我们的生活。我寻思，一个做杂活儿的人本来就是给人帮忙的。奇特的是，他在我的生活里渗透得如此之深，却又如此轻微。诺兰先生，是一种存在，就像爱尔兰村镇里的麻雀。付给他工钱的当然是沃洛翰夫人，但是，他为我所做的一切都是免费的，无声无息，几乎不着任何痕迹，我从来没有多花一点儿心思去琢磨。我喜欢他，但我的眼睛里有他吗？难道不是这样吗？——很多时候，甚至当他在场的时候，也仿佛根本没有他这个人。他全心全意地呵护埃德。对他来说似乎什么苦差事都不在话下。他有一辆破旧的老爷车，这辆车他看得比自己都重要。他一次又一次试图用鲸吸牛饮一般的纵情狂饮来麻醉自己。他赤膊上阵，用酒精对抗自己的灵魂和精神。诺兰先生。

那段日子，他晚上经常给埃德读故事。他有一本很旧的《小熊维尼》，两个人总喜欢凑在一起读。我经常在一旁听着，美国的夜晚，和爱尔兰的夜晚如此不同。

大约在埃德十一岁的时候，有一天晚上，我走进他的房间，发现诺兰先生正坐在他的床上，两人相对而泣。或者不如说是诺兰先生在黯然落泪，埃德一脸迷惑，目瞪口呆。他们刚刚读到那本书的末尾。埃德对我说，克里斯多夫·罗宾就要去寄宿学校上学了，小熊维尼想知道克里斯多夫·罗宾离家的日子自己还会不会存在。

“童年大概就这样画上句号了。”诺兰先生极其悲伤地说。

在这类事情上，他非常善解人意。现在想来，他在庆贺生日方面也是个行家里手。我竟然都忘了。在你过生日的当天，他总喜欢从花店买来鲜花，从萨格港的巧克力制作师那里买来巧克力送给你。有一次我过生日，他去找沃洛翰夫人请了一天假，一路开车带我去五月角“看灯塔”，天刚透出一丝亮光我们就出发了，没有带埃德，只有我们两个人。沙地上有一座年代久远的混凝土炮台，依然在静候希特勒。诺兰先生自己下水游了个泳。水冷得要命，他只在水下待了一小会儿。

“好啦，”他大喊一声，“诺兰王朝就此终结！”

我们顺着狭窄的石砌台阶爬向灯塔最高处，到了顶上，我们累得说不出话来。诺兰先生对塔顶的石雕发出啧啧赞叹，对太阳炙烤下的大海远景赞不绝口，脸上始终挂着微笑。

深夜时分我们才赶到家里，累得简直像死人一样，只有经过一段漫长的汽车旅途才能让人感受到那种劳累。让我吃惊的是，沃洛翰夫人竟然亲手给我们制作了三明治，确切地说是牛肉三明治，放在她的一个有蓝色风车图案的盘子上，还附了一张字条，留在餐桌上等我们回来。

埃德喜欢沃洛翰夫人，他的一生几乎都有沃洛翰夫人的影子。他在沃洛翰夫人面前从来没有一丁点儿畏缩，虽然沃洛翰夫人本身是个矜持内敛的人。我必须承认，是她把埃德塑造成了一个具有良好礼仪的人。我觉得，沃洛翰夫人在他身上完成最后一笔之后，他就是和国王一起就餐也能从容不迫。

沃洛翰夫人对埃德耳濡目染的影响全都是在这种情景下发生的：某些时候，大家会一起吃顿便餐——这样的日子我觉得算是非常难得；夏天里，我们把桌子搬到屋外，摆在柱廊下，这样就等于把湖水稍稍挪近了一点儿，更靠近沃洛翰夫人穿着蓝色凉鞋的双脚。她吃东西的时候，最是妙语连珠，在她的戏弄撩拨之下，埃德养成了不可胜数的良好礼仪，看样子她仿佛是要把埃德培养成外交使节团的一个成员。

然而，在埃德内心最深处，他还是喜欢广大的空间。那是他终其一生一直在努力去往的地方。尽管广袤无垠的美国风景在我们这里稍有欠缺，但我们和诺兰先生一起看过不少牛仔电影，他全都非常喜欢，那家老电影院的老板也对这类影片情有独钟，他也非常乐于给布里奇汉普顿的好人们放映这些片子。他是个皮肤黝黑的小个子男人，名叫玛特·佩罗斯基，他用自己的马铃薯农场从一个名叫比利·沃伦的人手里换来了这家电影院。在那个年代，佩罗斯基先生很难弄到新电影的拷贝，不过他总会设法搞到。他经常到新泽西去找发行商，求东家告西家，想方设法把拷贝弄到手。他的场地只有一百个座位，所以赶上好天气和广受欢迎的片子，他就把所有设备搬到室外。人们拿上放在小卡车和客货两用轿车后面的椅子，观看他在电影院的山墙上放映《西部人》和《岗山最后列车》。第二天早晨，每个人的脚脖子上都带着蚊子叮咬留下的红色痕迹，心里装满了得克萨斯广阔的平原。

每年夏天，埃德都跑到沙滩上，日复一日，把自己晒成棕褐色，就像一颗栗子。沙丘是他的喜马拉雅山，沙滩是他的撒哈拉沙漠。每逢星期日，诺兰先生换上他那件很有些年头的方格短裤，算是打扮一新，也会到沙滩上去，我身上穿的是自己那件带有些许亮色但并不花哨的游泳衣，不过，游泳衣的网格线、鲸骨和衬料只会让你血管里的血液几乎停止流动。

诺兰先生的身体看上去硬邦邦的，就像晒干的木头。我也一天天变老了，大腿上的青筋构成了奇怪的地图，子虚乌有的地图。

随着埃德渐渐长大，我坐在沙丘上，和他之间的距离拉得越来越远，这样他就能尽情沉浸在一种新的孤独中，童年时代装模作样的孤独，那么浓烈醇厚，那么让人陶醉。他的快乐可能是一桩微乎其微的小事儿。连蹦带跳跃过滚烫的沙地，扑向卖冷饮的小贩，像捧着宝贝一样拿回一瓶可口可乐——对他来说，没有比这更让人惊喜，更让人向往的了。卖冷饮的小贩是个和善的辛奈考克印第安人，名字叫查理·希特。饮料如此冰凉，反倒成了烫手的山芋一般，他几乎无法拿在手里，索性坐在炽热无情的沙地上，灌下那瓶冰爽的饮料，赶走让人半死不活的酷暑。接下去，在他的想象中，他成了一个穿越死谷的旅行者，陷入绝望之中，突然间在死亡的领地里发现了一片绿洲。

总而言之，这是埃德心目中的美国，他想等到高中毕业就去那里工作。当那个日子终于临近的时候，我得知纽约的一所农业大学将要录取他。我们一切准备就绪。对于他，我满怀着无穷无尽的希望。

然而，那是个充满暗杀的时代，埃德正当青春年少。和任何一个有正义感的年轻人一样，暗杀事件对他产生了深刻的影响，他把这一切完全当成了和自己息息相关的事情。每当有人遭到枪杀时，埃德都感同身受，仿佛子弹洞穿了他自己的血肉之躯。梅德加·埃弗斯[①]是第一个殉难者，此后发生了一连串暗杀，每个灵魂都是珠串上的一颗。

那是夏天里一个暗沉沉的深夜。爱尔兰的盛夏时节，

①梅德加·埃弗斯（1925—1963），非裔美国人，民权运动领袖，1963年6月在密西西比州被种族歧视者暗杀。

直到十一点钟光线还不错。赶上少有的大热天，人们会在谢里·班克斯海滩上漫步，沿着南海堤边上排布的奶油黄色大石头一路溜溜达达，直到最后一缕天光消失殆尽，其间，总有孩子会冷不丁跳进泛着油光的浅海。然而，在布里奇汉普顿，即使是夏天，夜晚似乎也来得很早。

沃洛翰夫人的哥哥，也就是参议员先生，开车过来吃晚餐，和他一起来的是一位知名的传教士——金博士。迪林杰先生也在场，他们四个人在渐渐聚拢而来的暮色中静静地说着话。随着黑暗像墨水一样涂抹掉一切景物，紫藤花在他们头顶上慢慢隐没。我给他们烹制了扇贝，沃洛翰夫人还让我做了核桃派。我心里有些惴惴不安，因为我以前还从来没有尝试过。就连《白宫食谱》里也没有提及。第一次试手的结果有可能非常糟糕。不过，我做出来的核桃派起码和诺兰先生发掘出来的一份食谱上的图片很相像。

正对着草坪的窗户大开着，我在厨房里可以听见他们谈笑风生。埃德端着盘子进进出出。他几乎已经长成一个小伙子了。他不像在学校里结交的某些朋友那样蓄一头长发。他喜欢鲍勃·迪伦[1]，经常在屋外走来走去，嘴里哼着迪伦的歌曲，唱得根本不成调子。他似乎对一些事情忧

---

①鲍勃·迪伦，原美国歌手和作曲家，原名罗伯特·齐默尔曼（Robert Zimmerman）。

心忡忡。原子弹尤其是个萦绕不去的梦魇，在那段日子，这是困扰许多人的噩梦。学校曾经教给他们，如果碰巧遇上世界大爆炸，应该如何躲在课桌下面逃生。那天晚上，他一回到家，就让我钻到餐桌下进行了一次演习。我们俩从桌子底下向外张望，好端端的地球全部化成了灰烬。

不过，说实话，到外面的世界去游历一番是很难的，这同一个世界可能会在一道突如其来的强光中化为乌有。

上过布丁之后，他在外面待了很长时间。我依稀听见金博士用令人愉悦的嗓音对他说着什么，埃德用更低一些的语调和他应答。不知怎的，我感到一阵高兴。我洗着碟子和大浅盘，心里乐滋滋的，这通常可不是让人喜欢干的活儿。埃德回到了厨房。

“妈，金博士想对您说声‘谢谢’。”

“埃德，我正穿着脏围裙，不能就这么出去见人吧。”

“我觉得他不会介意这些。”

“他不会介意?”

“嗯，我觉得他不会。”

于是我走到屋外。沃洛翰夫人正在讲故事。她只有在无拘无束的场合下才会打开话匣子。有时候她宁愿听别人谈天说地。不过，当时她在讲一个故事，几个男人听她一环接着一环娓娓道来，不时爆出开怀大笑。那是个什么故事我已经忘了，我只记得餐桌上的轻松愉快，欢声笑语。

“噢，莉莉，”沃洛翰夫人说，“金博士想夸赞一下你做的核桃派。”

“我以前从来没做过。我做的时候还有些担心呢。”

“这是我吃过的最棒的核桃派。”金博士说。

“您真是过奖了。”

“您有个很出色的儿子。您觉得他高中毕业后打算干什么？我想方设法要问出个究竟，但他就是不告诉我。”

“实话跟您说，他想做跟农业相关的事情。”

“真是个好孩子。”他又说了一遍，仿佛是在揭开一个谜团。从某个方面来说，埃德绝对够得上。一个出色的小伙子。没错儿，埃德够得上。埃德是个出色的小伙子，顶呱呱的小伙子。

“我很为他感到骄傲。”话刚一出口，我又加上一句，“我非常爱他。”归根到底，这有什么不能说的呢？

“他想做的任何事情都能做得到。”黑暗中，金博士脸上挂着微笑，大大地张开双臂，用这个动作给“任何事情”做了一个注解。

“谢谢您，先生。”

我们的谈话大抵如此。不知为何，最重要的事情常常是一天即将结束的时候在闲聊中发生的。

我想，上帝的快乐时光一定是在和圣子、圣灵一道侃侃而谈中度过。

我回到厨房，莫名其妙地处在一种兴奋状态。我用一块旧抹布擦擦这儿，擦擦那儿，身体都在颤抖。

我本来希望留下一点儿核桃派给诺兰先生尝尝，因为他也是南方人，然而，当空空的盘子回到厨房时，我也并不在意。

埃德说过，他“热爱自己的国家”，和后来比尔所说的话如出一辙。跟信仰本身一样，这样的言语说起来容易，究竟包含着什么却难以尽述，不过，他说的话的确是发自内心，我看得出来，我真真切切地听到他的一字一句。不管曾经发生过什么事情，我依然深爱着爱尔兰，而美国是我最后的避难所。为此，我感恩不尽。但是，埃德——我的骨血之亲，他属于美国。是美国塑造了他，是美国让他彻底脱胎换骨。

我回想起那个早晨，他手里拿着征兵信函走到我面前。他站在我那间用木板搭建的狭窄卧室里，想把那封信给我看。信件看上去很正式，仿佛刻不容缓，充满着急迫的意味。当然，那不是一张死亡通知单，但跟死亡通知单也差不了多少——我读过之后就是这样的感觉。我抬起头，映入我眼中的面庞显得那么深沉、严肃，好像是个哲学家。他的五官轮廓和他父亲的面容就像是一个模子里刻出来的——那个他从来不曾相识的人，那个我曾经相识但又几乎一无所知的人。

“是他们寄来的信，您知道的，妈。”他说。这句话完全没有必要。

我凝视着埃德。眼中的他感觉仿佛是平生第一次所见。端正的五官，棱角分明的脸，如同一幅肖像画。他站在我面前，我凝视着他的脸。我觉察到他身上有一丝犹疑在摇曳闪动，还有勇毅，当然也有对未来命运的茫然无知——无知是福。我认为自己非常清楚战争是什么，而且我当然不希望他走上战场。如果有人问，我就会如此回答。但是没人问起，我什么也不曾说过。我如此珍爱的一个人，他的面孔看上去突然变成了一幅没有完成的肖像画。这一闪念让我感到一阵眩晕和恐慌。空缺的最后几笔是要由一个好母亲来完成的。想到此，我觉得这一闪念带有一种可怕的背信弃义的意味。我甚至不知道这个念头是从何处而来，几乎不知道其中包含着什么。我在某个方面失职了。我没有尽到职责。我没能完成他这件“作品”。如今我再没有机会补救了。

收到征兵信函，他自然会应召入伍。他本来也可以投机取巧，用上大学的借口为自己开脱，但他没有。

几个星期之后，我们在布里奇汉普顿迎来了军队的大巴。等候上车的不只是埃德。我在人群里看见了那个一年到头都在糖果店里忙碌的小伙子。另外还有亚斯切姆斯基家的一个儿子，名字叫作乔，他准备将来有一天接管父亲经营的农场。所有的父亲和母亲都后退几步，微笑着挥手道别，我想这一定是在严格的掌控之下。

我久久地拥抱着我的儿子——我尚未完成的作品，直到他轻轻地抽出身体。

“我本来打算把那辆旧别克留给乔·亚斯切姆斯基，可现在看来是不行了。”他说。

“宝贝儿，你不会离开很长时间的。”我说。

“您让诺兰先生时不时运转一下发动机行吗，妈？”他又问。

“好的，埃德，我会这么做的。”我说。

“好啦，妈，您自己多保重。”

“我会的，埃德。放心吧，你也一定要保重，一定啊。”

埃德在越南度过了大约两年光景，我那台小小的黑白电视机每天晚上都向我絮絮讲述我不想听到的事情，播放我不想看到的画面，但我不得不听，不得不看，因为埃德正置身于那个让人触目惊心的地狱，恰恰就在这时候，发生了一件出乎我意料的事情。突如其来，纯粹是一场巧合。那天，我在纽约城里替沃洛翰夫人办一件差事，究竟是要干什么我甚至都不记得了，那段记忆已经随时间飘散无影，也许只是去料理一下她在城里的公寓，或者到那儿取一件什么东西，但我清楚地记得当时的情景：我穿过马路，朝着中央公园方向往回走，然后沿着第三大道前行——是要去往哪里我已经全然不知，正如我方才说过的那样。

我漫不经心地走着，没有过多留意任何东西，这一点我能肯定，但是不知怎的，我注意到人行道上有三五成群的几个人正朝我走来。我的目光立刻盯住了其中的那个男人，因为虽然时隔二十年，我还是一眼就认出了他——我觉得他是乔·金德曼，分毫不差。他迈着特有的轻快步子，闪转腾挪，一路走一路谈笑风生，两只手比比画画，上下飞舞——在他身上，一切都是那么稀松平常，又是那么独具一格。纵使时光流逝，这一幕依然鲜明、清晰。我暗想，如果他不是乔·金德曼，那就是双料的乔·金德曼。我不知道那时候的我是否希望面前的人就是他。我不知道当时自己脑子里在想些什么。我本来可以急忙转身拐进一条横街，我本来可以掉头朝着中央公园方向匆匆而去。然而，恰恰相反，我驻足而立，注视着他一步步向我走来。他仿佛夹在人群里无法脱身，看样子也许是刚看过一场午后的演出散场出来的观众吧，我心中暗想。他身边有一个女人——一位黑人妇女，还有三个年轻的姑娘，大概是她的女儿。他们一行人就这么溜溜达达一路走来。

所有关于乔的点点滴滴，所有关于他的故事，如潮水一般涌进我的脑海。从他身上，我看到了从前的那个警探，毫无表情的面孔，嘴里正说着什么，埋藏在过去那段日子里的恐惧又回到我身上，像老鼠一样探头探脑，东闻闻，西嗅嗅。我注视着他一步步走过来。他还没有察觉到我的存在，事实上，他正在哈哈大笑，好像和簇拥在他身边的人并不陌生。

我们之间只有几步距离了。他发现了我凝视的目光。

"乔，"我唤了一声，"乔。"

仿佛这是世界上再自然不过的相遇，仿佛他只是我的一个老朋友。我脑子里闪过一个莫名其妙的念头：如果两个人有过一段不同寻常的相处经历，比方说狱卒和囚徒，当他们再次相遇的时候，为什么总会上演这样一幕——"你好，山姆。""你好吗，索尔？"囚徒做梦都想找个机会干掉狱卒，但礼貌的巨大力量拉住了他，消解了他的痴心妄想——是这样吗？

他一定就是乔，虽然有点儿见老，卷曲的头发变得更加灰白——这是人们通常能够预想到的，他的面孔也变得长了，窄了，肤色也更显灰暗。他停下脚步，手搭在离他最近的两个女孩肩上，仿佛这个姿势可以保护她们。

“是你吗，莉莉?”他问。

“是我。”我答道。

“这位是谁?”他身旁的女人问道，态度温文尔雅，脸上带着微笑，那是一张美好而坚强的面庞。

乔似乎不知道如何回答，他只是呆立着，一时说不出话来，第三大道上来来往往的出租车像白嘴鸦一样聒噪不休，头顶上的天空俯视着我们，那蓝色显得半心半意，不冷不热。我觉得那一刻上帝对我的眷顾减少了几分，因为我心里搅动着一个恶毒的欲望，乔的所作所为对我来说是一种莫大的羞辱，那股羞辱感在我身体里涌动着，被他抛弃的记忆汹涌而来，席卷了我的周身，我仿佛成了一条暴雨下水道。我一动也不敢动，生怕自己万一会扑上去，试图给他造成某种伤害，用牙齿撕咬他的喉咙，赤手空拳痛打他一顿，在冷漠的纽约街道上，这样的行为并非明智之举，但我当时的冲动几乎无法抗拒。

“埃拉，”他对那女人说，“你先带着孩子们回旅馆去好吗？好不好？我得和这位女士谈谈。我不会待很长时间。过会儿我直接去旅馆找你们。”

“当然可以，乔。”她说。我感到她的语调充满了信赖，我察觉到了——她的信赖：“没什么问题吧?”

“没事儿。”乔说，“当然没问题。”

三个姑娘跟随那个女人在人行道上转身离去，只留下我们两个。我暗想，没错儿，她是个举止优雅的女人，身体的曲线很优美，我留意到她穿着一件紧身连衣裙，全身上下没有一处不显得柔滑、别有韵味，黝黑的皮肤闪动着特有的、带有几分神秘的光彩。

“好啦，”乔说，“莉莉，我就知道总有一天我们会再见面的。”

“你这么认为吗，乔?”我说。噢，我站在那儿，感觉自己是那么寒酸、可怜。时间跟我开了个恶意的玩笑。他看上去正当壮年，而我却干瘪皱缩，一副老态。我生下埃德的时候年纪太大了。也许我不该那么晚生孩子。也许是命中注定。

“你想进去坐坐吗?”路旁恰好有一家意大利熟食店，他指了指门口问道，“我们可以在里面谈，莉莉。”

“好吧。”我说。我跟随他走了进去。不招自来的胡乱念头一个劲儿冲撞我的头脑，一群不速之客。乔魅力十足，为人古怪，永远让你捉摸不透，这一切决定了他这个人。和他在一起的日子，曾经是那么快乐。此时此刻不能有这样的想法。我非常清楚，我应该牢牢抓住心中的愤怒。接下去是挑选位子，服务员给我们引座，乔给自己要了咖啡，给我点了杯茶，这情景让人绝望，仿佛回到了多年以前……在我眼里，他是个杀手，也许那个神经错乱的瑞典人纯属被人诬告，而他确确实实有一颗冷酷的心，竟然抛弃怀孕的妻子一走了之。

我们相对而坐，沉默良久，他似乎对此颇为满足。脸上长满疥疮的小个子服务员端来了杯杯罐罐，送上乔点的饮料。

“坐在这儿真是蠢透了，”我说，“我应该走掉才是。”

我其实并不是在对他说话，而是对自己。我能对他说什么呢？他没有说明任何原因就抛下怀孕的妻子，从那以后音信全无。

“对不起，莉莉。”他说，“你不可能对我有太好的想法。我的所作所为确实是不可原谅的。也许，我应该在那封信里把一切都原原本本地写出来让你有所了解，但我没有，我心里明白。当时我没有这样做。我只给你寄去了一封愚蠢的短信。有很多事情我都没有去做。从现在这个时间点回顾过去，我对自己感到惊讶。我当时为什么那样做？我怎么会那样做？我想，我可以回过头去看这件事，并且告诉你，在我想来，我当时为什么会不辞而别，我的意思是说，在我现在想来。”

“当时我正怀着孕，乔。你把我丢下不管。你一下子就消失了。头一天，乔还在；第二天，乔就不见了。那个女人是谁，乔，跟你在一起的都是谁？”

“莉莉，她们是我的家人。”

“你这话是什么意思？”

“我的妻子，还有我的几个女儿。”

“你又结婚了，乔？”

“是的，莉莉，我又结婚了。我回到了家乡，那里的人都认识我，他们知道我是谁，我和当地一个姑娘结了婚。”

他摇摇头，仿佛正在听人讲述发生在别人身上的一个可鄙的故事，至少他好言好语地又说了一遍“对不起”。

接下来轮到我默不作声了，我心里很明白，他会一直等我开口说话，断然不会打破此时的沉默。但我的喉咙里堵着一团奇怪的忧伤，我必须等到这忧伤慢慢消散。约莫过了整整一分钟。我勉强开了口，但我不像是在说话，更像是一台小发动机开始咀嚼自己身上正在旋转的零件。

“乔，你有个儿子。他在越南。他从来不知道自己的父亲是谁。”

“我确实一直想有个儿子。莉莉，你告诉我，请原谅我这么问，我的儿子，他是白种人吗？”

我惊诧不已。

“他是白种人吗？”我重复了一遍他的话。

“对。”

“为什么这么问，乔？”

“哦……”

“你的另一个家庭，他们都是黑人。”

“没错儿。”

“但你不是黑人，乔，你的肤色跟我一样白。”

“没有那么白，”说罢，他讪讪地笑了一下，“你的名字叫百合花，人也跟百合花一样。告诉你，莉莉，许多年前，我有一种强烈的恐惧，非常强烈的恐惧……我并不是说我心里一清二楚，知道这是对还是错，但是，和埃拉，和姑娘们在一起，对我来说是理所当然的，因为……我的曾外祖父，他曾经从隧道里一路游过，赶去参加自己的婚礼，你还记得吗？他是个白种人，一点儿不错，但他的新娘是黑人，他所有的孩子也都是黑人。尤尔根·尼特伯姆，他是我们整个家族里唯一一个白人。后来，他的曾外孙降生了，也就是我，老天做证，我的皮肤一点儿也不黑，现在我明白了，这是有可能的，你是知道的，这叫作隔代遗传。在那段日子里，我充满了困惑，莉莉，当我来到外面的世界，能够像一个白种人一样生活的时候，我非常担心人们会发现我的身世，或者我的肤色会变黑，所以我过去总是往脸上涂抹那些五花八门的护肤霜，你还记得吧，我还用过做面包用的苏打粉，鬼知道还有些什么玩意儿。你怀孕之后，我害怕极了，一天到晚提心吊胆，担心孩子生出来是黑人，我知道你会离开我，我知道我会失去一切，所以……我无法想象自己站在婴儿床边，低下头，偷偷朝里面观看，我会看见自己真实的面孔，我真实的面孔就印在我孩子的脸上。”

“但是，乔，你真实的面孔，是一张美好的面孔。我一点儿也不会介意的。”

“现在我不会有那种感觉了。所有那些担忧。时过境迁。不管怎么说，确实发生了变化。莉莉，我为我的种族感到无比骄傲，真的是这样。我非常爱我的女儿。”

“你当然会爱她们，乔。”

“但在当时……我无法告诉你那到底是怎样一种感觉。就像在烈火里焚烧一般。一想到自己将失去一切。”

“失去一切，乔？你确实失去了一切。”

“是啊，你说得没错儿。还没等看到既定事实，我就一走了之。后来，我选择留在家乡。这就是我所做的一切。”

“那么，乔，你和警察之间的麻烦是怎么回事儿？”

“噢，一切都过去啦。莉莉，那个人已经被拘捕归案。”

突然之间，乔在我眼里似乎成了一个极其不同寻常的人物，一个坐在我对面的不同寻常的男人。在我的记忆中，他犹如一座高塔，一座指引航向的灯塔。眼前的他依然如故。我坐在他的对面，感觉自己心里充满了愤怒和怨恨，因为他还是原来的他，也许这也正是我内心真实的感受。他是乔，生活在美国的乔，有着自己与众不同的人生故事。

“乔，不管你是什么肤色，埃德是什么肤色，就这件事情本身来说，我毫不在意，一点儿都不在意。”

“哦，不过，这对我来说很重要。那是一种恐惧。你等于生活在一个盛满恐惧的大箱子里。莉莉，你一旦耍了个花招，恐惧就接踵而来，一直跟随着你。我非常抱歉，让你卷进我这些乱七八糟的事情里。莉莉，你是个善良的人，你当然不会介意。但我当时并不知道。我一天到晚想啊，想啊，想啊。脑子里装满了恐惧和疯狂、古怪的念头，精神错乱的人才会有那样的胡思乱想。没有我，你过得更好。”

“这话是从你嘴里说出来的。可是，乔，那时候我很爱你。从始至终，对我来说，这就已经足够了。我也知道恐惧的滋味，乔。和你在一起，我并不感到害怕。”

“你真是个大好人，莉莉，能够和你一起生活，是我的荣幸，此话一点儿不假。”

“听你这么说，我不知道是要感谢你，还是把这杯滚烫的热茶泼到你身上。”

“我不会责怪你的，一点儿也不会。莉莉，你在钱这方面还过得去吗？我在南方做出租车生意，是我自己的车，我可以给你寄些钱？”

“我还好，乔，老天知道。我一直很幸运。总能得到帮助。麦克·斯科佩洛帮过我。很多很多人都帮过我。”

“有麦克给你帮忙，我很高兴。他一向是个有着王者气度的人，王者风范。”

乔把椅子向身后推开。

“莉莉，我该走了。想到我有个儿子在越南，我感到非常骄傲。我认为他很勇敢。我会记在心里。如果你想让他知道我很看重这件事，请你一定告诉他。”

乔站起身。他长长地、重重地呼出一口气，接着又点了点头。举手投足一如从前的他。但这不是从前，而是未来日子里干涸的田野。

“你有他的照片吗？”他问，“我儿子的照片？”

“没有。”我撒了谎。其实我的钱包里时时刻刻放着埃德的照片。

“你肚子里的那个婴儿，我曾经想过一百万遍。我甚至都不知道是男孩还是女孩。”

“要弄个明白，应该算是世界上最容易的事情吧。”

“也许是吧，”他说完，又点了点头，“莉莉，你过去经常说起美国。我记得，关于美国，你有过很多充满智慧的见解，美国有多么奇异，有多么深厚，有多么广大。我经常想到这些。我经常想到你。我并不是个冷酷无情的人。但我也不是个好人。”

他转身面向街道的亮光。明暗对比之下，他的面孔更清晰地映入我眼中。他的脸不仅跟过去一样灰暗，还刻上了深深的皱纹。那一道道皱纹里镌刻的东西比他的任何言语都更有说服力。突然间，我心底油然而生一股怜悯之情。与此同时，我也暗暗责备自己不该有这样的感觉。乔的心上一直压着沉重的负担，没有人看得出来，人的眼睛是体察不到的。

“你可以让我和埃拉摊上一大堆麻烦，”他说，“这么做公平合理。”

“我不会那么做的，乔。也许我连你的真实姓名都不知道。”

“我的名字是乔。”他微微一笑，我知道他就要起身离开，“如果你想跟那孩子提起我，你……”

“你已经说过了，乔。”

“好吧。再见，莉莉。我刚才已经说过了，我对不起你。非常对不起你。”

他朝门口走去，动作是那样奇特、迟缓，如同马儿的慢跑。他刚才那番道歉的话又一次触动了我。在某些方面，也许他是个无用的人，甚至是个懦夫。可以肯定的是，他犯了重婚罪。他曾经让我陷入巨大的痛苦和困惑之中，无穷无尽的惶恐和不安。曾经建立起的一切都毁于一旦。我心想，这是又一次摧毁。此时此刻，我完全有理由杀死这个男人。也许正是出于这个意图，我站了起来。我身体里有一股力量希望我这么做。乔·金德曼，或者根本不是乔·金德曼，只是乔，一个名字叫作乔的人。

他在收银台前停留片刻，只是付账而已。乔一向是个绅士。他几乎就要走出店门。几乎就要消失在我的视线以外。几乎就要来不及了。我匆忙追了上去，可以说是一把“逮住”了他，他正迈出一大步，脚还没落下来就被我拦住了去路，沉重的金属门顶在他的右脚上。我抬起头凝视着他的脸，又垂下头，在手提袋里摸索了一阵。该死，我摸出了要找的东西，递给了他，那是埃德的照片，照片中的他正要和珍妮特一起出去参加高中毕业舞会。乔接过照片，夹在细长的手指里，他有一双异常漂亮的手，漂亮得近乎滑稽。他一再端详那张照片，看了又看。大颗大颗的泪滴开始从他眼中滚落。他又最后望了我一眼，差点儿跌倒在外面的街道上，手里还紧紧握着那张照片。他猛然转身离去，走向他所认为的适合于他的生活，他汇入了人的河流，夹在熙熙攘攘的人潮中，走入迦南。

失去比尔的第十四天

大约也是在这个时候，金博士遭到了枪杀。

埃德正赶上回家休假，那段时间，他完全变成了一个沉默寡言的年轻人。电视里说，金博士的惨剧尤为耸人听闻，因为他是在美国，在“迦南这一边”死于非命。

我居住过的城市无不如火如荼，我没有居住过的城市亦是如此。

埃德的个子从来都不算很高，远远赶不上他的父亲，但他此时已经长成了一个不苟言笑的男人，一个军人，这给他平添了一种威仪，如此一来，他显得似乎比自己实际要高上一些。我把目光投向他的时候，总感到有点儿眩晕，还有几分恐慌。他是个非常英俊的男孩，这一点也随他的父亲。我把他视若珍宝，我想方设法给他以帮助，这种时候，我血管里的血液都恨不得停止流动，直到我能找出一个办法来。我是他的母亲。我没有什么可以给他，什么也没有。国王所有的战马和所有的手下，也无法重新拼出一个完整的它。[①]

他回家的头一天晚上，我做了他最喜欢的饭菜。他的胃口还算不错，但他似乎没有特别注意到我的良苦用心，什么也没说。

我在纽约和乔不期而遇才刚过去没多久，但我对此只字未提。我本想找个时间告诉他，但就在这时候，我的孩子又遇上了另一个非常时刻。当一个孩子头脑里装满新的念头时，这对他来说是一个非常时刻，即使他不厌其烦地向我解释自己的所思所想，我恐怕也不会明白。

埃德回到了战场上。又一颗高尚的灵魂突然从生命的乐章中陨落。

当时我正在自己的住处看电视。那天正赶上我休息。我们居住的房间在沃洛翰夫人宅邸的一侧。从始至终，我一直在关注战争的消息。我用这种方式让埃德安然无恙地经历这场战争，有点儿像是一种巫术吧。电视里突然插播了一条新闻快讯。我禁不住站了起来，一时透不过气来。疑惑、惊恐、痛苦，一齐冲撞着我的心。新闻里提到的不

---

①引自一首英文童谣：Humpty Dumpty sat on a wall. Humpty Dumpty had a great fall. All the king’s horses and all the king’s men could not put him back together again.

是埃德，而是沃洛翰夫人的哥哥。他在自己的国家，在美国，被人枪杀。在自己的国家，在美国，遭到谋害。他的生命故事被死亡从正中间撕裂开来。

我顺着木制走廊一路走去。她喜欢的那些小摆设，还有别的小玩意儿，像往常一样，静静地排列在桌子上，多半都不值什么钱。照片上，有她敬慕的父亲、母亲，还有家族中的亲人。冬日的风暴在窗外发出阴沉的呼啸，但并没有扰乱宅邸里的静寂。我照例在起居室的门上敲了几下，无人应答，我便走了进去。

沃洛翰夫人站在一扇窗前，右手搭在窗闩上，另一只手臂直直地垂在体侧。她穿着一件蓝色的羊毛开衫，下身是白色裤子。她透过窗玻璃，木木地望着无声的风暴。闪电在她脸上跳荡，那双蓝色的眼睛被电光激起一阵阵颤动。

我从未见过如此凄哀的画面，甚至在我自己的一生里也不曾有过。

1968，在那一年，你会切实感觉到有什么东西走到了尽头。究竟是什么我无法名状。埃德说，那是希望死了。你走到哪儿，都会听到许多人说同样的话。尤金尼德斯先生说“那是希望死了”。电影院老板佩罗斯基先生也说过此话。

对沃洛翰夫人来说，悲痛是又一座大山等着她去征服，把自己的勇气当作一面旗帜插在峰顶。

至于埃德，他完全变成了一个沉默的人。

毕竟，那些不幸遇害的人中间，有几位他曾经在沃洛翰夫人的餐桌上遇见过。他跟他们说过话，他们也跟他聊过天。在人们眼里，也许他不过是个厨师的孩子，但在美国，一个厨师的孩子有可能成就任何事情，埃德就像六月里初升的太阳一样灿烂夺目。

他在越南战场上经受着痛苦的煎熬，在我看来，他并不觉得自己应该从这极度的苦闷中奋力冲出来。实际上，我清楚地知道他毫无此念。他是个工程兵，最近开始专门探测地雷。他拿着一根棍棒去探雷，就像带着探测水源用的椤木占卜杖去寻找水井。埃德在这方面很有天赋。他的许多战友都在探雷的时候被炸得血肉模糊。但埃德有他的诀窍。他打算运用自己的诀窍，给历史的天平加上一丁点儿分量，虽然微乎其微，但那是他仅有的一点东西。他继续留在越南，关于那个国家，我只能通过模模糊糊的黑白电视机窥见一些奇奇怪怪的画面。我想，他看到的全部都是彩色图像。

埃德再也没有多说过一句话。他年纪轻轻，就把自己当成了一本合上的书。我只能自己去猜测。

我搞不懂他身体里有什么零件出了故障。也许很多很多。里面的电路烧毁了，他这台无线电收音机再也无法接收信号，或者发出信号。我的埃德。

他是那样一个天真无邪的孩子，我不知道这一切是不是我的过错，是不是我无常的人生给他造成了某种影响。我刚产生这个念头，它就跟我一拍即合，搬进来与我共居一室。任何事情都要付出代价，即使是在一个虚构的故事里。现实生活中更是如此。在我想来，他的灵魂，他最隐秘的自我，如果说不是因我而死去，至少是因我而受到了损伤。是我把病毒传染给了他，就像伤寒玛丽[①]无意中害死了靠近自己的人。我身体里的毒药，相当于致命龙葵的提取物，那就是我的经历。

我需要有人帮助，需要一个庇护所，一个深厚的庇护所。我在沃洛翰夫人那里找到了。在那十年里，有时候，她经受的痛苦如此深重，当你遇上烦恼，她反倒成了一剂

---

①伤寒玛丽（Typhoid Mary），本名玛丽·马伦，爱尔兰人，1883年独自移民至美国，是美国第一个被发现的伤寒杆菌的健康带原者。玛丽是个厨师，并因此造成53人感染、3人死亡，但她坚决否认这项事实，也拒绝停止下厨，因此两度遭公共卫生的主管机关隔离，最后于隔离期间去世。

疗伤的良药。她对我始终如一，不离不弃。她给了我一个安全的港湾，她给予我的这份安全再也没有拿走，一晃四十年，这期间，她自己经常没有安全感。不合常理的死神，用手指点着，在她的亲人中间选中了一个又一个。那个年代，如果追踪而来的冷血杀手找到了我的下落，在某个街道的拐弯处将我射杀，谁也不会多看一眼。因为那是一个被哀痛灼烧得一片昏黑的年代。黑暗处，总有几个持枪的男人等着扣动扳机。他们正正头上的帽子，为预想中的罪恶爆出一阵哈哈大笑。他们是要杀死美国，如果它没有趴下，就朝它的灵魂再开一枪。近距离平射。爱和谋杀所需要的都只有亲密接触。六十年代，有许多大人物命丧枪口，我这个微不足道的小人物根本就不会被记录在死亡册里，这一点毫无疑问。

奇怪的是，我居然能把这一切都写下来，我感觉自己的生命光阴既没有宽度也没有长度，连一维空间也没有，只是宛如鸟儿的翅膀向下翻转。一瞬间，一刹那。

我试图用这张文字编织而成的网来捕捉往事，捕捉那些对我来说有着重要意义的往事。不管我怎么努力，有时候它们还是逃脱了，就像那些相比之下生命力更顽强的苍蝇。今年，盥洗室的窗户上来了一只大蜘蛛，所以唯独那个地方我不去打扫。蜘蛛尽心尽力为我捕捉夏季里肥硕的苍蝇。我耳边会突然传来一阵响亮而密集的嗡嗡嘤嘤声，那是苍蝇的挽歌。不过，时不时地，一百只苍蝇里总有一只能设法逃过一劫，获得自由。

最后，我还是试着整理自己的所思所想。我知道，某些思绪有足够的力量躲避我。它们想自由自在地流浪，沿着沟渠漫步，数一数路边的野花，然后，也许会飘落到生长于沙丘的花朵之上。随性，无拘无束而又坚强有力。

是我毁掉了我的儿子——这个念头在我脑子里浮现了一遍又一遍。

埃德一定还在外面的某个地方。漂泊在这个无比广大的国家。在离开人世之前，我多么想见到他，但我知道这绝无可能。最后一次见面，我眼中看到的是一个永远不会再归家的人，因为他的罗盘针，大部分人与生俱来的罗盘针，已经从他的记忆中，从他的心里扯掉了。埃德死于在越南扫雷，我的意思是说，他并没有死，他当然没有死，但那是一段漫长的煎熬，他在野外的丛林里拆除一个又一个炸弹，身边有一位战友用手电筒给他照亮，汗水浸湿的双手让他的生命危如朝露，如此日复一日，操作专业上士埃德·布里成了一具行尸走肉，或者说，至少他没有回家，要么就是再也没有找到回家的路。这就是我深爱着的孩子，从克利夫兰到华盛顿，我一路上在汽车里给他哺乳的孩子，我用食物，用话语，养育了二十年的孩子。

当然，埃德的躯壳从越南回到了美国。我事先收到了通知信函，知道他乘坐的飞机什么时候到达宾夕法尼亚的基地。我为他收拾好了房间，还做了卡西·布莱克拿手的惠灵顿牛排，准备让他大享口福，那是在整个世界上他最喜欢吃的东西。然而，他却再也没有回来。

我只好扔掉了精心烹制的惠灵顿牛排，一口没动。埃德杳无音信。他跟他的父亲一样，待在美国某个不为人知的地方。我给自己能想到的所有政府部门都写了信，沃洛翰夫人虽然正承受着巨大的悲痛，也还是给我提供了帮助。当然，政府部门试图保密，即使他们把你的孩子监禁起来，也不会心甘情愿地如实相告。但是，埃德似乎游离在政府部门找寻不到的地方。他好像没有银行账户，也没有取过钱，或者说如果他在不断取钱，用的也是化名，这算是又一个家族传统，和他的父亲一脉相承，因为我找不到他的一丝踪迹。此外，我也尽量小心行事，因为我有点儿担心他开了小差，一反先前对军队的忠心耿耿和不同于常人的缜密作风。

夜晚，我躺在床上试图入睡，反反复复做着最不该做的事情——在脑子里一遍遍播放我们共度的时光，如同一部部老电影。剧情简单的电影，旁人不会有任何兴趣。每个人都有自己的私人电影院。他第一次走路，我差一点儿就错过了，多亏正在照看他的玛利亚·斯科佩洛顺着街道冲我大喊大叫。他说出的第一个词偏偏是“爸爸”。他上高中的第一天，身穿蓝色的短裤。这些杂乱无章的往事，是我生命中最深沉、最重要的诗篇。

我几乎就要动笔写信给麦克·斯科佩洛，我们已经多年未曾见面，不过，每逢圣诞节，他总会给我寄张卡片，我也会寄给他。然而，我知道，麦克跟我一样，正在一天天变得衰老。再加上他还患有风湿性关节炎——这是他的姐姐写信告诉我的，我想，他不会愿意在美国走南闯北，一路上，关节炎带来的疼痛会害得他禁不住大声嘶吼。

诺兰先生早已开始暗中打探，而我完全被蒙在鼓里。我不知道他是怎么做的，但他确实打听到了埃德的下落。星期六和星期天，他请了两天假，就神秘地离开了——说真的，在他生病之前，他从来都没有休息过。他说他要去田纳西州，通常情况下，这是他一连两天狂饮作乐的代名词。他特别热衷于在住处附近和一帮园丁聚在一起，喝得酩酊大醉。用他的话来说，他喜欢“拉上帷幕”。我想，在那时候，我就知道，诺兰先生，他也有恶魔缠身。

但那次他肯定不是去喝酒。

“告诉你吧，莉莉，”他说，“他在大烟山[①]，在很远很远的蛮荒地，跟另外一些退伍兵和嬉皮士混在一起。我猜大概是一群跟黑公羊[②]一类的人物。”

“那是在什么地方？”我问。

“北卡罗来纳。”他说，“有人告诉我，他就待在那一带，切罗基人[③]居住地的后面。要往里走很远很远，一直走到原始森林里。”

“你是怎么打听到的？”

“你得不断地到处问。在美国，如果你知道怎么不停地追问，连一只蚊子的行踪都能查得到。”

“有人能在那儿找到他们吗？”

“我觉得我能行。怎么也得需要一个轻车熟路的山里人。你想让我去试试吗，莉莉？他也许不想见我。他也许不想让人打扰。不想让人找到。”

这件事我琢磨了一两天之后，还是不得不请他跑一趟。我眼前不断晃动着那个男孩，身上穿着褪色的蓝短裤。我

---

①大烟山，坐落于美国东南部田纳西州与北卡罗来纳州的交界处，为阿巴拉契亚山脉的分支山脉。

②原文为爱尔兰语，带有侮辱意味。

③切罗基人，美洲印第安人，属于易洛魁族系，居住在田纳西州东部和卡罗来纳州西部。

知道，他在那场战争中目睹了残酷和混乱，我知道他已经长大成人，但我眼前总是闪动着一个男孩子的身影。

“我想让你去试试。”我说。

诺兰先生有一辆很有些年头的黑色林肯轿车，是沃洛翰先生在一个年老的百万富翁故去的时候买来的，当时他只花几美元就换来了好几样东西。他把车给了诺兰先生，因为他知道诺兰先生需要一辆车运来花草树木。诺兰先生让人取下后座，放进一块木板，这样完全可以当一辆小卡车派上用场。那辆刮痕累累的大汽车比起一辆卡车来更让他感到骄傲。

总而言之，他向沃洛翰夫人请了几天假，至于请假的原因，沃洛翰夫人没有费心去问，他也无须解释。他住得再近不过，休息时间也经常来干点儿什么，所以沃洛翰夫人大大方方地准许他走了。说句实在话，与其说她对诺兰先生时不时狂饮烂醉很看不惯，倒不如说是颇感兴趣。她喜欢听他讲述自己的冒险经历，还有收费公路沿途的非法小酒馆里发生的故事。我想，他作为一个来自田纳西州的爱尔兰人，嗜酒贪杯在人们眼里不足为奇。所以，也许沃洛翰夫人以为他打算去来个一醉方休。

第二天一大早，他就开始往车上装路上几天要用的东西。我像只鸟儿，盘旋来，盘旋去，等着跟他道别。装车的活儿他做起来得心应手。他把一个旧背包扔到后备厢里。背包落下时发出一声沉闷的重响。

“里面是我那把老枪。我可能不该把这种玩意儿到处乱扔。有时候我把气垫放到座位上，开着车就睡着了，”他说，“要是我发现自己到了蒙托克，你知道那种情况，深更半夜，黑灯瞎火的，那我大概是累坏了。这是世界上最棒的汽车。”

他爬上前座，砰的一声关上车门，摇下窗玻璃，一连串动作干净利落。

“等我上了81号州际公路，几乎能一路开到我要去的地方，新泽西，田纳西，北卡罗来纳，然后，我只要在某个路口向左一拐就能前往切罗基人居住地。”

“真是太谢谢你了，诺兰先生。你真是太好了。”

“你去过田纳西吗，莉莉?”

“没有。”

“那么多烟草地，看也看不尽啊。以后找个时间我带你去。”

他哼起了一首老歌，是《小鸟》。我发现，他并不急于出发。这一刻，他在咂摸品味着什么。

“我认识的另一个人也会唱这首歌。”我说。

“是吗?”他应了一声。

“他总是在刮胡子的时候唱。”

“一边刮胡子一边唱很不错啊,”他说,“不过,唱到高音的时候可不能忘情,把自己的喉咙给割破了。”

说罢,他发动了引擎,踩下油门。

“我还知道一首挺不错的歌,叫《啊,死亡》,不过,我不会在这儿唱的。”

“如果你想唱就尽管唱吧,我不介意。”

“算了,我还是不唱的好。”

“就唱几句吧。”我说。

“啊,死亡,”他开口唱道,“啊,死亡,你可否多给我一年时间?”

“时间”一个词从他嘴里唱出来完全变了味道,成了“死监”。

“你唱这首歌的时候,听声音更像个田纳西人。”

“这首歌你不可能唱出别的感觉。”

说实话,我真想亲吻他一下,表达我内心的感激。可他并不需要一个七十岁的老太婆献上一吻。

他旋即开车上路,驶入清晨耀眼的阳光。

我寻思,他曾经无数次开车经过那一条条铺展开来的道路,回自己的故乡去。转念一想,他真的回过故乡吗?

我知道他的家人都不在了，这是他自己说的。要论起来，这个诺兰先生，他可能是个非常神秘的人物，但他似乎不是我碰上的第一个。你宁愿自己在某些方面毫无经验，但事实偏偏如此。或者你的某些特长对你来说不是件好事儿，比方说埃德擅长拆除炸弹。

那时候，我刚刚退休，沃洛翰夫人安排我住进了这座房子。她在自家走廊里跟我说了一番话，大约有十分钟，历数我和她一起度过的岁月。我们身边是那面古旧的镜子和各种各样的小摆设，我曾经无数次擦拭过它们。

迪林杰先生当时在非洲，他给我寄来一张印着大象图案的卡片，上面贴了十来张邮票，盖了十来个邮戳，看上去面容憔悴而疲惫，却又带着得意扬扬的劲头儿。他在卡片上写道：布里太太，愿你拥有许许多多幸福快乐的日子。

我刚刚搬进这座房子，还在忙着把属于自己的几件东西收拾停当，好让自己看着心里舒坦。诺兰先生正驱车一路替我去寻找埃德，这让我感觉仿佛在银行里存了一大笔财富。不管怎么说，我心里盛满了期待。

三天过后，将近到了吃晚饭时间，我正待在后院，突然听见从身后的房子里传来马桶铰链被拉动的声响，我立刻转身回屋。我并不害怕有不速之客闯进来，在那个年头，我一点儿也不怕。屋里一盏灯也没开，厨房里一片漆黑。

我几乎没有发现那个孩子，因为他也是黑黢黢的一团。他约莫两岁大，身上披着诺兰先生的一件衬衫，几乎像是包裹在襁褓里。我没有听见那辆旧林肯车开过来，不过我能看见屋外暗黑的车影，诺兰先生一定是把自己的车停在了路边。他的当务之急是解决膀胱问题。

那个孩子只是站在屋子中央，静静地望着我。一个又瘦又小的男孩，留着一簇乱七八糟的黑头发。

诺兰先生从盥洗室走了出来。

“噢，对不起，莉莉，”他说，“我以为你不在家。我着急上厕所。”

“没关系，诺兰先生。他是谁？”

“我猜他是你的孙子，比尔。”

我呆立着，双手慢慢地、慢慢地移到头上。我用张开的双手捧住自己的头。

过了一会儿，我怕自己会吓着他，就朝他蹲下了身子。我几乎不敢拥抱他。他走进了我的怀抱，就像是个懂事的孩子。

当天晚上，诺兰先生给我讲了他的经历。那个从天而降的漂亮孩子累坏了，他在埃德原来的房间里直接就上床睡觉了。他躺在被单里，一双眼睛和我对视了很长时间，他的眼睛温柔地燃烧着，闪动着柔和的光芒，然后就合上了眼睑。

诺兰先生和我一起坐在门廊上。成群的萤火虫，在我们头顶上方的灯泡上烧灼着它们自己。

我知道他奔波一程已经很疲惫，但是他需要告诉我所发生的一切，我也迫切需要听他告诉我这一切。

他说，他开了约莫十四个小时的车，赶到了切罗基人居住地。在那儿等他的是埃德的朋友，一个名叫尼姆罗德·史密斯的切罗基人，也曾经去过越南，几个星期前，他刚开始到处打听的时候，就是这个人向他透露了埃德的下落。尼姆罗德·史密斯跨上摩托车进了森林，让诺兰先生足足等了一整天，因为他不愿意不打招呼就带一个人进去。于是诺兰先生一个人待在汽车旅馆里扳弄手指头干等着。不过，总的来说，事情的结果证明这是个不错的安排。尼姆罗德·史密斯连夜摸黑赶了回来。埃德急着要见诺兰先生，他有话要说。他说他会在半路上等着。第二天早晨，尼姆罗德·史密斯骑上摩托车带着诺兰先生进了山。埃德等候在森林中的一小片空地上，身边有个孩子。诺兰先生见到埃德，一时激动得说不出话来，他突然意识到他有多么牵挂埃德，就像挂念自己的孩子一样——要是他有个孩子的话。埃德有一头浓密的头发，留得长长的，还有跟山里人一样蓬乱的胡子。他拥抱了诺兰先生。他说，那个孩子的母亲，一个名叫杰辛塔·莱利的姑娘，死在了诺克斯维尔的一家医院，再说一个小孩子，怎么也不适合生活在山里。他说他极度渴望自己的儿子能得到幸福和快乐。他问诺兰先生能不能把孩子带出大山，带回到我身边。他说，妈知道该怎么办。

他说我知道该怎么办！埃德还活着，他还有理智，不想把儿子留在原始森林里生活，这让我心里涌起一阵感激，除此以外，我脑子里一片空白。也许，我原本希望他带着自己的儿子一起回家，为了孩子的缘故安顿下来，过正常人的生活。但诺兰先生说，埃德身上有一种异常悲哀的调子。我看得出来，这次见到埃德让他痛彻肺腑。当他说到埃德的变化有多么大时，禁不住潸然泪下，他用“那孩子”来称呼埃德，过去他就经常这么叫，那时候埃德确实是个孩子，在他去越南之前那段日子里。

“他就像是一座空空荡荡的房子，里面住着鬼魂。”诺兰先生说，“让上帝保佑他吧，莉莉。”

“你做了件好事儿，诺兰先生，你确实做了件好事儿。”

“给你带回来一个两岁大的小家伙？你打算拿他怎么办呢，莉莉，把他抚养大？你到底要怎么办呢？”

“我要活得长长的。”我说，除此以外，没有任何别的想法。

“你要照顾他?”

“我会一直照顾他，等着埃德恢复过来。总有一天他会好起来的。诺兰先生，我会向上帝祈祷。”我说，“在那之前，我会一心一意照顾比尔。”

“好吧，”诺兰先生说，“你确实疯了。不过我会帮助你的。上帝知道，我会的。”

“谢谢你，诺兰先生。”

失去比尔的第十五天

早晨醒来，感觉累极了，疲惫都渗到了骨头里，我与其说是走进了盥洗室，倒不如说是把自己硬拖了进去。我开始觉得，把过去的一切都写在纸上，那份辛苦和劳累无异于爱尔兰的洗衣日。

但这个早晨也带给了我一点点快乐作为礼物。困扰我整整一个星期的便秘终于向我的祈祷外加诅咒投降了，随之而来的感觉，在我看来，就连以事事称心如意而著称的天国居民也会感到无比美好。

回忆有时候是一种巨大的悲苦，然而，当你的回忆结束之后，会有一种非常奇怪的平静油然而生。因为你把自己的旗帜插在了悲伤的顶峰。你征服了它。

我再次发现，在写下这篇内心独白的过程中，没有任何事情属于久远的过去。当你把一切都召唤起来的时候，它们全都聚集在当下，完完本本。如此一来，让我大为惊奇的是，我曾经爱过的那些人，竟然都活了过来。是什么让他们死而复生，我并不知晓。过去的两个星期里，我时不时感到一阵快乐，那是悲伤之手传递给我的一种特殊的快乐。

我无论如何也得把新来了一个人的事儿告诉沃洛翰夫人。虽然我心里的某个角落有一种担忧，生怕她会反对，但我必须以实相告。我的担心真是大错特错。这等于又来了一个孩子可以让她调教，将来和王侯将相同席就餐。她大包大揽，替我给北卡罗来纳那家医院写了封信，要来了比尔母亲的死亡证明，比尔的出生证明也找到了，随后寄到我们手里。他的全名大概是他父亲写上的，叫作威廉·邓恩·金德曼·布里。看着这个名字，再低头瞧瞧叫这个名字的小人儿，我心头漾起浓烈的痛楚，这个名字包含了我这个活生生的人所经历的一切，甚至更多。他的名字比他来到世上的年头还多。他的岁数，具体说来是两年零三个月，外加五天。他的母亲是在他两岁的时候去世的。死因是腹膜炎引起的败血症。

我带比尔去了厄恩肖大夫的诊所，我记得，当时他从业时间还不长。他似乎对整个事情抱有一种悲观的态度，要么就是我自己的猜测。当然，那其实只是厄恩肖大夫一贯的风格，过了这许多年，我才慢慢了解到这一点。他给比尔做了一次彻底检查。再一次让我万万意想不到的是，这个孩子没有什么大问题。他被喂养得很得当，厄恩肖大夫指给我看他身上几次预防接种留下的疤痕，形状像是几个小小的贝壳。

“当然啦，我会再给他全部接种一次，”厄恩肖大夫说，“但他并不是那种没人管的孩子。”

我没有见过比尔的母亲杰辛塔的照片，然而，她身上似乎有某种东西触动了我，虽然只是通过一丝一点的印象和感觉，由此，我对她的身世产生了好奇。我给她住在诺克斯维尔的父母双亲写了封信，地址是沃洛翰夫人从医院要来的，但她的父亲莱利先生的回信字里行间透着冷漠和刻薄，令我不由得悲从中来。让人不胜其烦的是，他在信中提到埃德是白种人，那孩子不可能是他的，至于他们夫妇俩，对这件事情没有更多的兴趣，眼下仍然沉浸在失去女儿的痛苦之中；在他看来，他们的女儿生前最后几年过的是一段偏离正常轨道的日子。他还说，如果我打算找人收养这个孩子或者送进保育院，他完全支持这么做。不过，他还是在信中附上了几张杰辛塔的照片，一张是婴儿时期的她，一张是上高中的时候，还有一张是和埃德结婚当天拍摄的。我久久地、久久地凝视这张照片，眼中充满了惊奇。他们是在得克萨斯州休斯敦的哈里斯县举行的婚礼，不管他们结为夫妻是出于什么原因，用莱利先生的话来说，“婚礼是在偷偷摸摸中进行的，五分钟草草了事，给人感觉就像是新娘的父亲用猎枪威逼着新郎迎娶自己的女儿，从始至终听不到有人说一句英语，所有的新娘都挺着大肚子”。莱利先生显然不赞成他们结婚，或者说他对此大为恼怒，后一种情况更有可能。照片中的埃德身穿自己最好的一条牛仔裤，头发编成跟印第安人一样的发辫，长长地垂在左胸，虽然我当时心乱如麻，看到他的模样，我还是情不自禁为他感到骄傲。他的妻子杰辛塔站在他身旁，笑容明媚，如同一朵绽放的玫瑰，两人身后是县政府的标牌。他们看上去跟任何一对年轻夫妇没有两样，正当青春年华时，眼前有漫长的生命光阴。我向上帝祈祷，愿这段日子带给他一些幸福和快乐，不管他的整个人生有多么痛苦。

我还向上帝祈祷，希望埃德那颗受伤的灵魂随时间推移渐渐愈合，一个原子又一个原子，不管节奏多么缓慢，终有一天能恢复如初；希望有一天我能再见到他，也希望他能再见到自己的儿子，母子、父子得以团圆，共享天伦。我为此而祈祷。

几个星期后，诺兰先生来了——这已经成了他的惯例，他想看看我在这个变化如此之大的王国里过得怎么样。我猜，就是单为了来看看比尔，他也是万分乐意的。

“你有没有找个机会把那五十美元寄给史密斯先生？”我问。

“我不知道该不该告诉你，可还是不得不说。上上个星期，我在沃洛翰夫人的《时代周刊》上看到一则消息。只有两行字。有人发现，一个名叫尼姆罗德·史密斯的切罗基人死在了诺克斯维尔。”

第二次世界大战期间，战俘营里折磨被俘士兵的手段之一就是不断叫醒他们，让他们整夜整夜睡不成觉，害得他们神志恍惚，一天到晚颠三倒四。一个两岁的孩子却也能做出同样的事情来。整整一年，比尔每个小时都会醒来一次。他并不是要找什么特别的东西。我觉得，他只是看看我有没有在近旁。有一次，他喊我的时候我没有醒来。他的小卧室离我的卧室很近，中间只隔着卫生间。那时候他一定是将近三岁吧。我睁开眼睛，看见他正站在黑漆漆的房间里。

“嗨，奶奶。”他招呼了一声。

然后，他一下子打开了话匣子，就像脱胎换骨一样，变成了一个伶牙俐齿、能说会道的小孩。我的床和他的床之间隔着一道暗影，他一定是站在那片黑影里，暗暗下了决心。

我不想用过多的笔墨描述当年那个孩子有多么漂亮。我觉得，那会让我的心都要碎了。不过，我还是要写上一笔——比尔是个漂亮的男孩。

我们小时候，住在维克罗郡的几个姨妈总爱说："你们睡着的样子真是可爱极了。"我知道她们的言外之意。小孩子很让人费心劳神。这世上没有什么能比一个小家伙更缠人，更叫人身心疲惫，绝对没有。每当走在路上遇见掘土的工人时，兴许正值酷暑时节，我心里总是充满了同情，总会跟他们打声招呼，因为挖土几乎是地球上最艰苦的工作。

真正最艰苦的工作莫过于抚养一个孩子。即使你还正当年轻的时候。

比尔很喜欢我给他买的小手推车，可是——噢，天啊，他太喜欢让人抱了。死缠硬磨。我只好依着他，直到几乎快要累死为止。

一个孩子带来的所有快乐似乎也伴随着烧灼一般的痛楚，就像是产后痛。他第一天去上学，你给他把一切都准备停当，短裤和衬衫干净整洁，午饭装在新餐盒里，你陪着他一路走到校门口，把他交给迈尔小姐。年轻的老师脸上挂着宽慰的笑容，比尔高高兴兴地跟着她一起往前走，一直走进校舍。三五成群的妈妈们凑在一起，她们都是了不起的勇敢母亲啊。奇怪的是，在这个地区，埃德小时候班上大部分孩子都是白种人，然而，等比尔到了上学的年纪，他的同学多半是黑人。迪林杰先生说，很久以前，萨格港是自由列车沿途非常重要的一站，有些辛奈考克印第安人之所以是黑皮肤，这也是其中的一个原因。与此相仿，我们生活所在的地区经历了光明和美好，但毫无疑问也有阴暗的一面。这对比尔来说是一件幸运的事情。

当我沿着海上航道往回走时，先前的快乐荡然无存，心一阵灼痛。比尔在屋前屋后和我形影相随的生活结束了。那段天真无邪的日子在他心里留下了深深的印记，就像是凝结成了一种智慧，就像是他有什么重大的领悟，他时时刻刻会脱口而出告诉我。在我和比尔一起东游西逛的日子里，我带他去看他所说的“河”，其实那是萨格池塘。他第一次在沃洛翰夫人的游泳池里游泳，胳膊上套着怪模怪样的充气臂圈，那是我们在电视里见过的某个奇怪的动物造型。自从埃德一去不回头，我再也没有打开过电视机，所以他总是走上一小段路去一个朋友家看看。他和班上的每个孩子都是朋友，我也一下子交上了二十个新朋友，全都是那些孩子的母亲。日复一日来回奔波，一身疲惫，辛苦操劳。从早忙到晚，没有一刻松闲。

天堂。

诺兰先生喜欢带比尔去钓鱼。他们经常一起出发到某个小水塘去。诺兰先生最爱去的地点“在辛奈考克山附近”，他们俩总是开上诺兰先生那辆旧汽车出门。诺兰先生还把我们熟悉的歌一首一首教给比尔，都是他从小就会唱的。一天，他把比尔抱起来放在餐桌上，让他唱一首新学会的歌曲。其实那也是一首老歌，叫作《凯文·巴里[①]之歌》，当年是一首反叛歌曲。想到往昔的种种遭遇，我感觉塔格·布里听到这首歌大概会心生不悦。但偏巧凯文·巴里出生在拉斯维利，跟我父亲的出生地一样，所以，念及旧日情分，我并不介意这是一首反叛歌曲。这些我当着诺兰先生的面只字未提。我也没有告诉他，凯文·巴里当年恰好和我同龄。

又一个老爱尔兰的殉道者，

死在英国王室的屠刀下，

①凯文·巴里（1902—1920），是继复活节起义的领导者之后第一个被英国政府处死的爱尔兰共和军成员。

它用残暴的法律镇压爱尔兰人民，
却无法把他们精神和意志摧垮。

比尔放声高歌。嗓音如红雀般嘹亮。诺兰先生脸上绽开灿烂的笑容。歌声萦绕在整个厨房里，也就是我此时所在的厨房。比尔就站在这张桌子上，脚上穿着蓝色的皮鞋，双臂高高抬起——这是诺兰先生教给他的。他把这首歌演绎得声情并茂，淋漓尽致。他唱得相当了得。

“这孩子的嗓音非常动听，”诺兰先生说，“我从来没听到过这么优美的嗓音。”

但我是听到过的。他的伯祖父威廉也曾经有过这样动听的歌喉，比尔正是继承和沿用了他的名字。威廉曾经问过父亲他能不能去试试在音乐厅里演唱，从此一举成名。父亲大为惊骇。“不行，威利，”他说，“这绝对不行。如果我答应让你这么做，你可怜的母亲在天堂里会怎么想?”听安妮说，事实上，我们的母亲非常喜欢威利的嗓音。如果威利能在音乐厅里大获成功，她会感到无比骄傲。威利，他演唱的《圣母颂》，还有《皮卡第的玫瑰》。此时此刻，我仿佛可以听见他的歌声，我还听到比尔的声音加了进来。两人的歌声交融在一起，在我昔日的头脑里回荡，然而他们生时不曾谋面，分别死于两场战争，中间相隔七十年之久。

我曾经在走廊里把威利的照片指给他看。从那以后，比尔每次经过都会向威利问候一声，或者飞快地抬起手来比画一下，看样子像是行军礼，因为照片中的威利身着戎装。威利原本是他的伯祖父，但他从来都是用“威利伯伯”来称呼。

不过，他还是称我为“奶奶”。七岁的时候，他开始向我询问自己的父亲和母亲；不知道他是怎么琢磨出来自己一定也曾经有过爸爸妈妈。朋友们的母亲多半都是三十出头的年纪，要么就是二十多岁。为什么站在学校门口接他的是个干瘪的老太婆？他并没有说过这样的话。他亲吻我或者跟我拉手的时候从来不怕被人看见。我这么大岁数，都有可能是他的曾祖母。

我随便说了几句蠢话敷衍了事，我觉得应该这么回答他。我说他的妈妈在天堂里平安无事，他的爸爸正在做一次漫长的旅行，我不知道他什么时候回来。

“那么，他是去天堂里看望她吗？”

“看望谁？”我问。

“我的妈妈。”

“在我看来，你现在还去不了天堂，你知道的，除非等到你……”因为我是个愚蠢的成年人，所以我觉得不能把

“死”字说出口。

“死？”比尔问。

“是的，除非等到你死了。”我说。

“那么，他去哪儿了？”他的声音很清亮，语调也很轻松，只是想寻找答案而已。

“我不知道。他从来没有告诉过我，比尔。不过，我知道他走了，去了很远的地方。”

“跟蒙托克角一样远吗？”

“比那还远呢。”

我看得出来他很受震动。

“像月亮那么远？”

“没有那么远。”

沃洛翰夫人听过比尔唱歌之后，觉得餐桌作为他的舞台还远远不够，她的心思立刻飞到了大都会歌剧院。她让迪林杰先生给他的一位好朋友德维托先生打电话，德维托先生是一位很知名的老师，他的宅邸就在沙丘那边新建的一片房子中间。他们俩在这件事情上如此费心，我只好带上比尔去拜访德维托先生，让比尔唱给他听听。我坐在宅邸一角那个宽大敞亮、阳光充沛的房间里，比尔和德维托先生坐在一架好大的黑色钢琴后面。比尔才八岁，而我是个有过无数痛苦经历的老太婆，充当着他的监护人。德维托先生非常和善，但他要求比尔唱几个音阶，这让比尔不知所措。除了诺兰先生教他唱歌以外，他没有接受过任何训练。况且诺兰先生只是一个来自田纳西州的山里人，和我一样也是爱尔兰人的后裔。

“那就唱一首你喜欢的歌吧。”德维托先生说。他修长的棕色手指上点缀着好几枚戒指，上面嵌有硕大的宝石，我在房间另一头都能看得清清楚楚。阳光透过百叶窗，洒落在宝石上，璀璨生辉。德维托先生的名字是意大利语，跟歌剧很合拍，不过迪林杰先生向我透露说，他其实是希腊人，来自亚历山大港。他是那种皮肤十分平滑的人，没有一丝皱纹，胡须剃得干干净净，这样的面容让人根本猜不出年纪。迪林杰先生说，他曾经协助玛丽安·安德森[①]为大都会歌剧院的演唱会做准备，那时候，玛丽安都已经五十八岁了。这件事儿听起来很了不起，但除此以外，我毫无感觉，管它有什么不同凡响的意义呢。

比尔唱起了《皮卡第的玫瑰》，这首歌是他主动要求诺兰先生教给他的，因为我曾经向他提起，这是他的伯祖父威利最喜欢的歌曲之一。我方才说过，那时候比尔只有八

①玛丽安·安德森（Marian Anderson，1897—1993），美国黑人女低音歌唱家，生于费城，是第一位登上纽约大都会歌剧院演唱的黑人。

岁，我坐在一旁，听他用稚嫩的嗓音唱着一首士兵的歌，禁不住暗暗垂泪。我真希望威利能和我们一起沉浸在比尔的歌声里；也许他就在我们中间——他的幽灵从佛兰德斯游荡到布里奇汉普顿，悄无声息地一步步走近我们。那首歌包含了他自己，还有他的伙伴们经受过的全部痛楚，他侧耳倾听如此甜美的歌声，仿佛是一个漂泊了大约七十年的幽灵，在听儿时的自己深情款款而歌。岁月大发慈悲，让逝去多年的他神奇地复活了。借助于迪林杰先生所说的DNA。

比尔一曲唱罢，德维托先生让他到宽阔的门厅上去等着，好和我单独说上几句话。

“他们这个种族的人天生嗓音优越，他也一样。布里太太，我不知道他的嗓音是否称得上独具一格。我希望你带他去纽约听一些专业的演唱。我来安排演出票。在歌剧世界里，你会一直生活在风暴之中。就像远洋水手绕过合恩角。你必须具备过人的天赋才能踏上如此艰险的航程。”

几个星期之后，我和比尔坐在富丽堂皇的纽约大都会歌剧院里，听雪莱先生出演的一部歌剧——《图兰朵》。比尔坐在我身边，看上去个子小小的，还是个懵懵懂懂的孩子，给人一种单薄轻飘的感觉。随着剧情的发展，他在我眼里显得越发矮小，越发年幼无知，也越发轻微。演出还没结束，我们俩就溜出歌剧院，买了比萨饼，一边吃一边等回家的大巴。

比尔的卧室小得像个匣子，我第一天把他放进那张单人床，他的身长和枕头差不多。等到十一岁的时候，他的脚恰好伸到床垫中间的位置。我用这种方式来标记时光的流逝。生命也许是短暂的，童年时代更是光阴如箭，而孙辈的童年短得近乎是一种奢侈。

犹如鸟儿的翅膀向下翻转。

深秋的一天，我正在安顿比尔上床睡觉，就在这时候，我隐约听见，或者说，我好像听见有人在门廊上走动。三天以来，我们这一带连续遭到飓风边缘的猛烈袭击，此时风暴已经平息，徘徊在远方海面上的某个地方，只是向我们暗示它的愤怒，这已经足以把我的屋顶摇撼得咯吱咯吱响，让我的心都提到了嗓子眼儿。一阵阵狂风翻卷着，磕磕绊绊地从海滩上漫卷而来，马铃薯的植株已经枯萎，狂风凶狠地撕扯下面的泥土，让人感觉只要它再稍稍加一把力气，就能把我们的房子从地基上连根拔起，抛到别的什么地方去。飓风的余波还在肆虐逞凶，最后几团暴风云正恶狠狠地向月亮扑咬过去，就像城市里的人群遇上暴雨急匆匆地赶路。门廊上铺的厚木板还算结实，但毕竟年深日久，已经弯曲变形，从上面走过免不了发出细微的嘎吱声。

我亲吻了比尔，和他道过晚安，抬起头来，我好像看见有个陌生人的轮廓在幽暗的窗口晃动。

我迈动患有关节炎的双腿，以自己最快的速度急急忙忙走向大门口，看有没有插上门闩。在这个世界上，我就是自己的看门狗，所以我理所当然应该无所畏惧。我用屋内的开关打开了门廊上的灯。窄小的空间里瞬时有了昏暗的光亮，不过至少能够照到几英尺以外，我看见门廊上有一个人，他似乎并不怎么在意自己突然暴露在灯光之下。我立刻想到那是埃德。从来没有人能这么快就打开门链。我险些扑倒在门廊上，衣衫被门锁环钩住了，撕破了一点儿。我伸手一拽，衣衫解脱了，然后我抬起头，我还以为埃德会消失不见，就像幽灵一般飘忽而去。但他并没有消失。他还在那里。

他站在老旧的木板上一动不动，眼睛望着我，不住地点头，随即又转过脸去，避开照射过来的灯光。他哭得像个孩子，竭力不让我看见他的泪水。但月亮还是让他的眼泪无处躲藏，月华融进泪滴，凝成一颗颗月亮石。他没有拭去泪痕。风对敞开的大门倒是颇有兴趣，想溜进屋子欢闹一场，我咔嗒一声关上了门。

事情大概发生在1982年，算起来埃德约莫三十六岁。

他头发剪得很短，太阳穴两侧剃掉头发的地方露出两块呈V形的头皮。他身穿一套松松垮垮的亚麻布衣服，看样子不像随身带了手提箱或者背包。阴郁的天色在他身后晕染开来，夜晚的风暴边缘流泻出一种奇异的暗黄色光亮，把他整个人框在里面，让人感觉他仿佛是从风暴中诞生的，被风暴推到了我跟前。很长时间他都没有说一句话。我并不在意。他出现在我面前，就足以让我整个人，让我的全部身心被一阵狂喜紧紧抓住。我脑子里一片空白，没有一见面就劈头盖脸抛向他的指责或者争吵的言辞，我心中只有油然而生的欢喜。

“妈，您看上去身体棒极了。”他说。

“八十岁，还算不错啦。”我的回答大抵如此。

除了跟他你一言我一语的应答，我不敢谈起别的话题，生怕把他吓跑，就像是唯恐惊扰花园里的鸟儿。

“比尔看上去也棒极了，”他又说，“您能照顾他，我很高兴。”

“他是世界上最好的孩子，”我说，“不过谢天谢地，他也没少调皮捣蛋。”

埃德笑了，他站在风暴涌动的黑暗中笑了。

“都是因为有个好人照管他。”说完这句话，他开始沉默不语，这是一个人吐露肺腑之言之后的沉默，也许他本来不想说出口。

我想说，外面真够冷的，你不想进屋吗？我想说，你干吗不告诉我是什么让你这么苦恼？你不想进来看看你的儿子吗？这些话我一句也无法说出口。我生怕如果试图劝他进屋，他会从门廊上消失。哆哆嗦嗦地站在外面让我感到安心。风并没那么冷。是别的东西让我浑身颤抖。我这辈子所有的支离破碎的经历。

“我想告诉你，妈，我离开家不是因为缺少爱。我常想，也许你会这么认为。每当我试着给您写封信时，手总是僵了一样，就是动不了笔。我经常想，如果我到镇子里来，也许可以给你打个电话。但这些我从来都没有做过。”

“说真的，我从来没有怀疑过这一点，”我发现自己又回到了爱尔兰人的表达方式，“从来没有过。”

“我还经常想到我的父亲，您可能会以为那是一种空洞的想象。但不是那样。我想象着，他就生活在美国的某个地方。父亲和儿子。我时时刻刻都牵挂着比尔。妈，你知道吗，他的母亲是我非常心爱的人，但她死了。”

“我知道。”我仍旧不敢多说什么，生怕他会认为我在试图将他捕获。

“我想让你告诉比尔，他的父亲非常爱他，您能告诉他吗？”

“我当然会。”

我心想，这种爱对一个孩子来说太难以理解。他更愿意和父亲一起去钓鱼，而不是听这样的表白。但我知道，埃德生活在一个省吃俭用的艰苦环境里。他只有几分几厘的爱可以给予别人。

“妈，战争给我造成了一种创伤。”他说。

“我知道，儿子。”我说。

“我找不到绳子的末端。我记不起原来的曲调。”

我点点头。我心里明白，只要我稍稍流露出换个话题的意图，他就会立刻转身离去。我深知这一点。我也知道，他无论如何都会离开，虽然我心里一清二楚，但我不希望他是因为受到我的惊吓而离去。

不管怎样，我还是朝他走近了几步。我看得出来，他并没有畏缩。我能感觉到比尔正在屋里，睡在自己的床上，也许已经进入梦乡，而他的父亲，一个梦游一般的男人，此时此刻正站在屋外的黑影里，近在咫尺之间。埃德的身材并不高大，但他还是比我要高一些，我和他之间的距离如此之近，我都能清楚地看见他外套上深灰色的针脚。我张开两臂，轻轻抱住他的双肘。他的头似乎垂下片刻，随即又抬了起来。

“对不起，妈。”他说。

“没关系，埃德。”我说。

他从我的怀抱里抽身而出。我脑子里闪过一个词——哀毁骨立。他是世界上最悲哀的人。

然后他永远地走了。

失去比尔的第十六天

比尔喜欢一个人坐在门廊上拨弄吉他，那时候他十六岁。也许，那是他尚未完全熄灭的音乐梦想吧。我对此并不怎么留意，直到有一天，他唱起了一首歌，大意是库雅荷加河里漂浮的汽油、石油和垃圾燃起了熊熊大火。我坐直身子，凝神细听。如果我静静地坐着，几乎还能捕捉到那歌声。燃烧吧，大河……

比尔四仰八叉地横躺在椅子上，一只穿着靴子的脚高高跷起，架在栏杆上，头向后仰，眼睛微闭……他只差在嘴角叼上一根香烟，就跟他的祖父乔·金德曼是一个模子铸出来的了。

无可挑剔。

如果说他是以一声不响作为开始，那么也是以一声不响作为结束，只不过后来的状态是少年人普遍的沉默无语。十岁的他，有过那么多美好的亲昵行为。十四岁的他，开始一段漫长的跋涉，一步步走进沉默。孩提时代，他就像是亚历山大图书馆，装满了故事和稀世珍宝。再往后，生活似乎把那些珍藏的书册烧毁了大半，一页一页投入火焰。我一直迷惑不解，现在也仍然理不清头绪，不知道自己当初是不是本该做点儿什么。也许这只是一个成长阶段。像一个男人那样轻装踏上旅程。但我总觉得他的话越来越少，一字一句等价交换成了别的东西，直到再也无话可说，总而言之，他通常只有寥寥几语。

他全身上下变得紧绷绷的。肌肉很硬实，紧裹在骨架上。他生活在自己隐秘的内心世界里，我不知道他在里面藏着什么，因为他上了门闩。我没有大吵大嚷，也没有砰砰砰使劲砸门，哭着喊着硬要让他放我进去。我心想，我知道这就是人们所谓的青春期。他终究会一天天长大，摆脱这个特殊时期，把那扇紧闭的门重新打开，走出自己的小世界，沐浴在阳光里。我非常确信这一点。原因在于，他是个那么值得疼爱的人。甚至在他还是个小孩子的时候，他的长相就很漂亮，现在则转变成了另一种俊美。迪林杰先生喜欢拍照，他给比尔拍过一张，就摆放在我的床边。拍照那天，他正要到布里奇汉普顿去赶乘军队的大巴，前往佐治亚州参加军事训练，就像他父亲先前那样。大约有十几个男孩上了大巴，他们都住在这个地区，眼前的情景一如往昔，只是换了新的面孔。迪林杰先生带来了一架样子很时髦的相机。身穿军装的比尔正站在滴水板旁边喝咖啡，他甚至都没让比尔摆好姿势就按下了快门。布里奇汉普顿的阳光静静地洒落在他的脸上，那是从布里奇汉普顿的马铃薯地上漫过来的，浸润着咸涩气息的奇妙光芒。比尔的家，他的故乡。一个生长在美国的美国人。我的心肝宝贝。他正端起那个蓝色的旧杯子，凑近自己的嘴，杯子凝固在半空，成了永恒。照片中的他正要从杯子里喝咖啡，如此而已，没有思索的表情。只是一杯咖啡。他对自己将要去的那片大沙漠一无所知，他要奔赴那里为自己的国家而战。就在几秒钟之前，他刚刚说过这句话，一字不差，这让我仿佛回到了父亲原来在都柏林城堡的起居室，威利曾在那里发表过同样的宣言，掷地有声。这是命运的开始，清楚地记录在那张照片里。命运的结局没有照片。

比尔高中毕业的时候，沃洛翰夫人找到我说，她愿意出钱供比尔上大学。她说这会让她感到非常荣幸。这是她一贯的方式，慷慨施恩于人，却并不让人感觉到任何心理压力。比尔确实有那么一点儿想加入林务局的念头。他曾经在什么地方看到过相关信息，知道在边远地区的国家公园设有防护站，男女工作人员在那里监视和防止森林火灾，并且研究森林里的动植物。比尔小时候，迪林杰先生和他一起在门廊上消磨过很多时光，给他讲美洲印第安人，还有迪林杰先生自己感兴趣的各种话题。所有这些一定是在那时候就扎根在他的脑子里了。说来也怪，他头脑里装满了对荒野景观的想象，和他父亲所在的山区不无相像，然而他却是从另外一个人那里听来的。

从事这样的工作必须要有林业方面的资格证明，纽约北部的大学费用太昂贵，远非我力所能及。

所以，这个想法一直就有，甚至也许还潜藏在他内心深处，但生活中总有别的事情要做。他喜欢和一群朋友到萨格收费公路那边喝啤酒，大部分伙伴都是住在那一带的人家里的孩子。诺兰先生告诉我，他开始和比尔频频相遇，因为那里正是诺兰先生狂饮作乐经常光顾的地方。

一天晚上，比尔带回家一个女朋友。他问我能不能自己睡沙发，让女孩睡在他的床上。女孩名叫斯泰茜，长得苗条娇小。头一天晚上，到了深更半夜我还听见他们说说笑笑。我觉得他根本没在沙发上待多长时间，但我什么也没说。我必须承认，斯泰茜让我心里很不舒服，因为她没跟我说过一句话。也许在她看来我太老了，不值得费这份心思。我无从得知。她在房子里进进出出，吃我做的饭菜，即便如此，我在她眼里还是如同一个隐身人。诺兰先生认识她的父亲，她父亲也是个园丁，用诺兰先生的话来说，是“除了我以外这一带最棒的园丁”。后来我有机会认识了她的父亲，彼此相见也不过一会儿工夫，因为那是我们一起站在县政府里，参加比尔和斯泰茜的婚礼。他就这么结婚了，以迅雷不及掩耳之势。没有一点儿准备。他们在拉斯维加斯待了一个星期，算是度蜜月。我高高兴兴地凑出一笔钱供他花费。

那是一段很有些混乱的日子。比尔买了一张廉价的床放进自己的卧室，几乎把整个空间都塞得满满当当。斯泰茜搬来和他一起住，房子里回荡着他们的谈话，也回荡着他们的沉默。比尔在加油站找了一份工作，从此绝口不谈大学和森林之类的话题。最让我困惑，也最让我苦闷的是，我再也无法和他对话。他仿佛只是我过去所熟知的那个男孩的影子。我读不懂他的脸孔，在这里，我只是私底下坦言过去的内心感受，那段时间我有一种深深的、深深的隐痛。日复一日，经受痛苦的磨砺。那感觉就像是濒临死亡。就像是生了一场大病。我多么希望他到外面的世界去闯荡一番，他生来本该如此。在美国，蓬勃生长。我认为他大有可能过上一种没有恐惧的生活。我认为他大有可能体会到战胜恐惧的喜悦。因为他有一颗善良的心，我非常确信。这个信念从来都没有止息。我对他的爱从来没有止息。

大约两年前的一个晚上，比尔独自回到家。他的工作服上照旧沾满了油污，双手也黑乎乎的，大概是跟机器较劲弄得这么脏的吧，我说不上来。当时我正在厨房里烘烤糕点，他走进来，停住了脚步。平日里，他总是一直走进卫生间，用一瓶什么东西把手洗干净。但那天他没有进卫生间，只是静静地站在那儿。厨房的角落里放着他的吉他，斜靠在墙上。他已经有很长时间没有弹过了。他也有很长时间没有再唱过歌，那些歌渐渐消散，融入了一片空茫的沉寂。有时候，我感觉所有的东西都在慢慢消逝，所有我认为有重要意义的东西，包括我那些不同寻常的经历。我开始思忖，这也许是死期将至的缘故吧。从我口中也没有多少故事可讲了。毕竟我已经八十七岁。我知道自己很老了，因为我已经有将近十年没有买过新衣服。我也不明白自己为什么把这当作年事已高的表现，但我确实这么认为。暮色中，一个正当青春年少的小伙子，骨架还没有完全长成，正站在一个老得不能再老的老太婆身边。我们祖孙俩，在此情此景之下，一时间在我眼里显得如此陌生，正如我很长时间以来任何一个时刻都没有真正懂得。

“我想，我是要离婚了。”他说。

“比尔，”我答道，“这消息真让人难过。”

“喔，”他说，“我想，这已经没有办法挽回了。她已经不再爱我。”

“你干吗不去洗洗手，比尔，然后咱们坐下来，把这件事儿从头到尾好好说说？”

“好吧。”他应了一声。他没有走进卫生间，而是在水池里用我放在那儿擦洗东西用的石炭酸皂洗起手来。我觉得他是在用力刷洗自己的双手，就是人们平常所说的刷洗。对于比尔，我突然有了一个顿悟，终于如梦初醒，虽然这是一个令人无比伤感的顿悟。我恍然明白他曾经深爱着斯泰茜。他甚至没有为她而哭泣，他的悲伤远远不止于眼泪，但我从他弯曲的后背，从他洗手的缓慢动作，可以感觉到他的痛苦。

我示意他坐下，他照办了，我给他沏了杯茶，有条不紊地进行完全套仪式。他开始诉说自己的心事，几年来这还是第一次。他说，他从来没有父亲的陪伴，这让他非常遗憾，虽然他知道他的父亲也有自己的麻烦。他说他简直不知道自己该怎样生活，用他的话来说，就是不知道把脚往哪儿放。我一点点醒悟过来——我曾经熟知的那个男孩，依然完好无损地藏在眼前这个男人的躯壳里。他真正的美在于他的平常心态。他并不把自己看得有什么了不起，所以，他没有丝毫怨恨。我不知道，在过去的几年里，我是怎样理解他的沉默。我觉得，有时候我是把最坏的想法加在他身上，这是一个罪过。在我看来，这就是我的所作所为。我犯下了不可饶恕的弥天大罪。

比尔决定应征入伍，我觉得，他这个想法跟别的那些不知道该把脚往哪儿放的年轻人是一样的。他告诉我的时候，我竭力保持镇静。我试图把这当作一个不错的打算。但我的心在大声呼喊埃德的名字。那时候，如果我认为跪下来哀求能够阻止他的话，我会这么去做。然而，如果说我对这个世界了解得并不多，最起码我了解比尔。那年年底，战争蔓延到了沙漠，于是那里就成了比尔奔赴的战场。

他去了，口袋里揣着尤金尼德斯先生送给他的书。

从他的只言片语中，我能感觉得出来，他在那里找到的并不是荷马史诗。战争是否蕴含着英雄主义，我无从得知。我确信，至少有一部分。我想给出一个肯定的说法，为了比尔的缘故。跟威利先前一样，比尔热爱他所在的排。他敬爱自己的上尉。然而，留守在家里的我，读过比尔的几封来信，感觉那似乎是一场非常奇特的战争。越南战争掏空了我的儿子，那场战争拖得很长很长，似乎永无尽头，当战争确确实实结束的时候，是以他们所谓的失败而告终。

如果威利在第一次世界大战中幸存下来，等他回到自己的国家，他的浴血奋战也不会换来人们的感激。虽然爱尔兰在那场战争中是胜利的一方，但威利以及那些和他一样的人，最终也没能为此欢欣鼓舞。他属于父亲的世界，一个由忠诚和帝国构成的世界，那一切已经烟消云散。所以，他们回到家乡可能得不到人们的感谢，即便是凯旋。参加越南战争的小伙子们境遇还要悲惨得多，他们经历了没完没了的杀戮和挫败，回国后只会遭到轻蔑和奚落。埃德之所以走进大山，这也是部分原因。我确信这一点。

比尔的沙漠战争历时很短，大胜而归。但他回到家里，仿佛受了惊吓，就像屠宰场里的小牛犊。在屠宰场里，他们会往牲畜头上钉入一个螺钉。有一个时刻，小牛犊悬于生死之间。我是说，在那一刻，它非生非死。生活在牧场上的短暂时光也许会在它眼前蜿蜒流淌而过。一个生命中所有的细枝末节，不管是人，还是别的生灵。成千上万个没人留意的琐碎情节排成一列影像，在任何一个外人眼里都不屑一顾，但一定会得到上帝的珍视。

比尔绝口不提，一个字也没有说起过。他倒是跟诺兰先生讲过一些事情。他把诺兰先生当成一个可以信赖的人，对他来说，诺兰先生在某些方面相当于扮演了父亲的角色，或者说是最近似于父亲的角色。诺兰先生转而把比尔向他吐露的心里话告诉了我，他谨小慎微，把这当作一件极其隐秘的事情。他说，比尔曾经目睹一个个油井燃起冲天大火，曾经眼见沙漠火光四起。他还曾经亲眼看到敌方士兵大队人马溃散而逃，企图穿越满目疮痍的战争废墟回归故里。成千上万名士兵，挤在汽车和卡车里。诺兰先生说，这一幕让他触目惊心，“胜利”这个词对他来说变得让人百思不得其解。敌对一方的战败在比尔看来无异于他自己的失败。

“我真希望我可以说我听不懂他的话，”诺兰先生说，“但我确实明白他的意思。”

诺兰先生的话里包含着他自己的悲哀。他身体欠佳已经有一段时间了。厄恩肖大夫让他到布鲁克林的一家医院去看看，那里有一位他可以推荐的专家。我感觉，他没有得到什么好消息，因为一个星期接着一个星期，他吃得越来越少，人也变得越来越消瘦。

清晨，布里奇汉普顿的鸟儿如往常一样兴高采烈，大展歌喉，似乎根本不把我们放在眼里，对我们的苦难漠不关心。诺兰先生躺在自己的小房间里，屋内浸润着苦痛的气息。写到这里，我可以肯定地说，我尊敬他，爱他，那是一种更为单纯的友谊，也就是说，彼此差不多算是知根知底，几乎接受对方的一切，相处的大部分时光彼此都感到快乐。如果一个人的种种好处能持续不断地唤起你期待与他见面的愿望，每当他走进你家大门的时候，似乎总让你心里产生一种奇怪的满足感，这样的人有可能成为你的朋友，只有魔鬼知道原因何在。那时候，诺兰先生是我的朋友，他躺在自己的小房间里，呼吸很吃力，这已经成了他的常态，而我的脚步声等于开始了和他的对话。彼此差不多算是知根知底。

他有一台破旧的小收音机，带子掉了，旋钮上污渍斑斑，此时正在播报新闻，声音模糊不清，是一篇干巴巴的报道，关于科威特油田烈焰四起……大火并没有因为我的比尔已经离开沙漠就停止燃烧。

我进门的时候一定是发出了细微的咔嗒咔嗒声，因为诺兰先生醒了过来，他的喉咙一下子堵满了唾液，样子很可怕，害得他拼死命地清嗓子。

他看上去仿佛就是死亡，就是死神本人躺在床上。他的卧室跟平日里一样阴暗，箱子之类的生活用品摆放在他周围，一如往常。眼前这个男人，从来没有完完全全搬进任何一个他曾经住过的房子，在这个不安分的国家里，搬进搬出是常有的事儿，我们每个人都有过一连串搬家的经历，那些住所组成一个小小的系列，各不相同。诺兰先生曾经拖着他的纸板箱走南闯北，三十多年前，他初来乍到，那些箱子从此就扔在了这间屋子里，他一并带进我生活中的，还有他灰暗的皮肤，不管天晴还是下雨总是戴在头上的破草帽，以及我无比珍重的友谊。这个神秘的人，就像一只风暴鸟停落在布里奇汉普顿，它被狂风暴雨吹打得晕头转向，以至于忘记了自己的来历，也忘记了自己属于什么物种。那些纸箱子里也许装着他的身世线索。

“噢——”他长叹了一声，这一声呻唤里带着沉默、孤独，还有思索的意味，仿佛我一直站在他的房间里，又仿佛就连此时此刻我也根本不存在，“我们终于迎来了这个时候，这么多年，我一直害怕这个时刻，我也知道这个时刻一定会来，有时候，我真希望在我不得不告诉你之前被一辆汽车撞死。莉莉，我几乎想请求你抓住我的手，这样我就能确切地知道你在哪一刻松开我向后退缩。我要告诉你的事情，你听了不会感到高兴。”

他停顿了大约两分钟，目光凝注在空中，也许正在脑子里梳理他要讲的故事吧，我也说不上究竟。这时候，就连窗外的鸟儿也都静悄悄的，因为太阳无可奈何爬上高空，越过涨满潮水的海湾，用它的手指触摸着一座座豪华的宅邸，还有这座简陋、褪色的小屋，掩映在几棵大树的荫蔽下，阳光试图把它抹去，动作慢腾腾的，不慌不忙，但只是徒劳而已，就像一个小学生试图把弄脏的书页擦得干干净净。这里的一切都固守着阵地，任凭孩子气的太阳怎么努力。最坚忍的莫过于诺兰先生。他如今有多大年纪？大概将近九十岁了吧，然而，就在几个星期以前，他还在照常干活儿，给沃洛翰夫人清理排水沟，颤颤悠悠爬上房顶去修木瓦，活脱脱像个木瓦小精灵。

“我第一天到这儿来，是为了找你……”

“找我？”我说，“怎么会呢，找我？”

往日的惊恐奔涌而回。虽然几十年都过去了，但一想到有人“找”我，我心里就立刻装满了恐惧，如果说恐惧曾经离开过，而不是停留在我心里，如同一堆引火柴等待一星火花把它点燃。

“那时候我一直在找你，莉莉，虽说已经不再是受人差遣，我找到你的时候，恰好是第三次，偏巧那时候我想放弃自己大老远跑来要做的事情，当然，我早该告诉你这一切，但我没有。”

他沉默了几分钟。

“在美国，”他又开口道，“任何事情都有可能。任何事情都是真真假假同时并存。”

“有一种可能性是，你从别人口中听到的任何事情大概都并非事先完全一无所知。你的大脑，或者说大脑的某个部位已经接收到了某些信息，但那不是大脑的‘最高级部位’，不是通过思索判断自己对事物有所感知的那一丁点儿。”

“那儿有个旧枪匣子，”他说，“看见了吗？黑色的旧物件儿。就是它。把里面的枪拿出来，枪里没子弹。天鹅绒里衬上有个小开口，你看见没有？对，没错儿，把手伸进去，你就会发现我要的东西，照片、剪报、信件、文件之类的。对，没错儿。拿到这儿来。摊开放在床上。”

我一一照办，出奇地顺从。没等把那些纸片放在他的被单上，我就认出了其中一张照片上的人。那是塔格很久以前的一张旧照，身上穿的是“黑棕团”的制服，这正是他入伍当天上午的留影。诺兰先生怎么会有这张照片？他是怎么拿到手的？这张照片甚至连我都不曾有过。剪报上都是关于塔格在芝加哥被暗杀的报道，其中一张照片是他背靠博物馆的墙壁躺在一大片狼藉的血泊中，样子十分骇人。此外还有一封信，信笺抬头是美国的一个“爱尔兰”社团，上面有三叶草[①]、旗帜和竖琴等图案。那封信是打印在信纸上的，寄给一个名叫罗伯特·多尔蒂的人。我粗略浏览了一下，就连我也能看得出来这显然是一纸命令，

①三叶草，爱尔兰的国花。

指示这个罗伯特·多尔蒂去杀掉叛国者塔格·布里，并且告诉他塔格有可能待在美国的什么地方，他们从支持者那里得到了相关情报——纽黑文的码头工人，在各处工作的警察。信中还有关于我的详细资料，我也是被暗杀的对象；如果情况允许，写信人希望通过邮局收到我们两人的照片。

我抬头看着诺兰先生。我一时大惑不解，而他看上去也没有一丝好转。他原本就已经被痛苦扭曲的脸上又加上了一层哀痛，仿佛是冰霜。

“你知道这是什么吗?”他说。

“这些东西是怎么回事儿?”我问。

他的脸看上去似乎正在跟钟表一样嘀嗒嘀嗒地走着。这钟表失去指针已经多日，但古老的钟面上似乎有什么部位还在嘀嗒嘀嗒走个不停，或者说在呼呼地飞转，一圈又一圈，为鸣钟报时而奔忙。也许我太敏感，也太警醒，我真真切切可以听到血液在他脖子里一阵阵地涌动。他那颗年老的心脏还在用最后的疲乏劳累自己，做最后一搏。真相就是一切。我们不了解真相，我们不知道怎样得到真相，真相不在我们的掌握之中，当我们气喘吁吁地赶到天堂或者地狱的门口时，上帝会给我们当头一棒，让我们如梦方醒，就像警察向我们出示令状。真相，血淋淋的真相，我们完全被蒙在鼓里，但真相就是一切。

他确实把一切都告诉了我，临死前的喉音充满了魔力，还有恐怖。

“我就是罗伯特·多尔蒂。”他说。

“杀死我丈夫的人?”

“我就是那个人。莉莉，甚至在你们还没有乘船到这儿来之前他们就知道你们要来美国。我们的组织发了越洋电报，让我做好准备，在你们踏上这片国土之前就动手。然后就到了芝加哥，虽然我确实花了一些时间才找到你们的下落。你们的真实姓名在轮船的旅客名单上，但我查不出你们下船之后去了哪里，我以为你们从此逃脱了追踪。但我转念一想，你们可能会尝试联系这里的亲戚，于是我就从这方面入手。你的表亲卡伦，他是叫这个名字吧？他在木材交易行当是个众所周知的人物，我没费什么周折就在迈阿密找到了他。我假装是你们的一个朋友，由此得知他确实收到了你的父亲，那位退休的老警察写给他的信，那封信过了许久他才收到，因为是寄给他在纽约的旧地址。他还好心地告诉我，你们还有一个芝加哥的地址可以去试试，他为自己没能帮助你们感到非常不安，我说，噢，放心吧，这算不得什么麻烦，我会尽力给他们帮忙。后来，后来就是美术馆里发生的事情。然后我又赶往克利夫兰，去要你的命，莉莉，我费了好大劲儿才查到你的下落，因为没人知道你到底在哪儿，直到后来你的父亲给芝加哥警察局写信，问他们是否知道他的女儿莉莉·邓恩——化名葛瑞尼·卡伦，在什么地方。塔格·布里死了，他自然非常牵挂你。我在芝加哥认识不少警探，有人和我联系，说你可能在克利夫兰，你的名字在那里出现过。然而，当我再次见到你的时候，我已无心执行这个任务。在芝加哥，我明明有机会朝你开枪，那是我接受的指令，但我没有下手。第二次，我更是无法下手。你系着围裙，跟贝蒂·戴维斯[①]一样漂亮可爱。”

我的头脑在飞快地旋转，对他的同情在我胸中慢慢凝结，就像柠檬汁滴进了牛奶里，我想转身就走，离开这个卑劣的混蛋。虽然我头脑中一片混乱，但有一件事情我非常清楚。

“你本来应该杀了我，”我说，“这么多年来，你没有权利做我的朋友。不管怎样，当你杀死他的时候，等于把我的生命也夺走了。现在我应该杀了你。如果我的双手有力气，我就会杀了你。”

---

①贝蒂·戴维斯（Bette Davis，1908—1989），原名露丝·伊丽莎白·戴维斯（Ruth Elizabeth Davis），美国电影、电视和戏剧女演员，两度荣获奥斯卡最佳女主角奖。她饰演的角色形象多变，演出的作品类型包括爱情剧、侦探剧、历史剧和喜剧等，其中以爱情剧最为观众肯定。

“反正我也只有一天可活了。医生刚告诉我。他想让我住进医院，可我对他说，别费心了。我身上带了个很小的吗啡泵，你听见声音了吗？他想办法给我安在了胸部。哦，没错儿。护士一会儿就来照顾我。如果你想杀死我就动手吧。我非常对不起你，莉莉。真对不起。求求你，求求你原谅我吧。当年，我们认为自己是在为爱尔兰做好事。当我看到你的时候，我不忍心伤害你。于是我更改了自己的姓名和过往的经历。我从始至终都没有忘记过你。我去了底特律，在那儿开始了新的生活，勉强算是从事汽车组装吧，还结了婚，后来我妻子死了，我不知道自己该怎么过下去，于是我来到这里，找到了你，我决定——决定什么呢？——在靠近你的地方安个窝。在漫长的旅途中停下来歇息。我一直为自己所做的事情感到内疚。我试图想办法给你一些补偿。我知道这很荒唐，想想所发生的一切，这简直太荒唐，太可笑了，在一个荒唐的世界里。年轻人什么都不懂，或者说比这更糟糕，比无知还要无知。但我不知道该怎么办，我一直打算告诉你。后来，我一点一点地爱上了你。从此更是无法开口。求你原谅我吧。”

“不，”我说，“我无法原谅你。我诅咒你。”

然后，我真的转过身，走了出去，把他抛在身后。

我的直觉是留在他身边，看着他一路走好。这个直觉如此强烈，连理所当然的愤怒，甚至仇恨，都无法将它抹去。我的心在为他而流血，这感觉很奇特，就像他的身体在流血一样。我知道，他的整个下半身已经完全垮掉，我知道他在承受着异常的痛苦，他的肠道和上半身之间的隔离带也被摧毁了，他时不时就会来一阵粪便性呕吐，躯体根本不受意志的支配，这是多么可怕而怪异的情形——粪便从嘴里喷涌而出。我知道他在忍受着怎样的痛苦，我知道他归根到底是怎样一个人，不过我现在知道得更多了，我无法继续留在他身边。我并不觉得自己有必要为此向上帝说声抱歉。我寄希望于上帝能够理解我的决定。是的，我心里抱着这样的希望。

他的护士开着一辆破旧的小轿车迎面而来，这个牙买加女人总是打扮得漂漂亮亮，是我早先在市场认识的。她长得圆滚滚，容光焕发，把西印度群岛所有的色彩都包裹在身上。我脸上勉强挤出一丝微笑。她给了我一个无比欢快的问候。这份工作让她乐在其中。把一个个灵魂引入另一个世界。

他所说的一切我真的听懂了吗？日子一天天过去，时日已久，即使现在我也仍然不能确定自己是不是明白他所说的话。他也曾经年轻过，当年我们都很年轻——我和塔格。直到今天我都不知道塔格作为一个警察都做过些什么。

他很可能迫不得已犯下过可怕的罪恶。这当然有可能。在他生活的时代，在他自己的国家，他也许是一个职业杀手，一个年轻的职业杀手。身上背着累累罪行，不为一般人所知的罪过。也许那些关于“黑棕团”的说法都是千真万确的，恐怕真有这种可能。一伙心狠手辣的年轻人。我曾经在一本书中读到一个故事，让我登时屏住了呼吸，脑海里浮现出早已离开人世的塔格：一辆克罗斯利军用车行驶在高特附近，恰好有一个女人抱着婴儿站在门口，卡车经过的时候，惨不忍睹的一幕发生了，有人开枪射击，子弹从孩子身体里穿过，进入母亲的胸膛，当她的家人从农舍里跑出来时，发现母亲和孩子双双倒毙在门槛上——一个新国家的门槛上。我如此陌生的祖国。诺兰先生受一封信的差遣和指示，开始在美国，在分割得整齐划一的各个州里，寻找我的丈夫，意在结束他的生命，结束他可以握在手里的一小把岁月，还有他未来的所有日子。诺兰先生刚刚把这段往事告诉我，他并不需要向我讲述整个故事，因为我知道得一清二楚，当时我就在现场，我几乎可以说是看着他穿过艺术学院的大厅一步步向我们走来，因为那个人就是他。恐惧一步步逼近，一半是我眼中所见，一半是心中所感，我拽拽塔格的衣袖，他正久久地凝视着另一个男人的脸——生活在许多年前的凡·高那张褶痕累累，冷峻而充满苦难的面孔，用塔格的话来说，那是“他自己”的画像，我曾经做过努力，试图让他意识到危险临头。“别走，别走，再等一会儿，莉莉，再等一会儿。”黑衣人一步步靠近我们，全然陌生，毫无印象，身穿黑色大衣，头戴黑色帽子，他从黑色的大衣内衬里掏出一样东西，漆黑漆黑，没有光泽，一件钝器赫然在目，当然是一把手枪，我已无法让这个故事逆转——“塔格，塔格，快跑，快跑啊，我们遇上危险了，有一件东西，一件可怕的东西在逼近我们，那是什么？快跑啊。”黑衣人离我们如此之近，触手可及，看样子那么紧密无间，就像是要给塔格一个拥抱，啊，现在和他只有一寸之隔，他的胳膊伸进大衣内侧，紧接着是震耳欲聋的爆炸声，从枪口喷出的巨大声响，在无比空阔的大理石修筑而成的展厅里回荡，啊，我的上帝，塔格应声倒下，就像屠宰场里的一头母牛，头上被钉进了一枚螺钉，子弹射进他的胸肋，总而言之给了他致命的一击，也许还在他身体里旋转了几下，从骨头里滑了出来，因为那颗子弹确实从我眼前闪过，我看见它撞到墙上，险些击中那幅画，这一幕怪异而可怖，那个冷酷的黑衣人，尚且年轻，身上揣着指示他去寻找并杀死塔格·布里的信件，信笺抬头印着三叶草、旗帜和竖琴的图案，折叠起来塞在他口袋里的某个地方，眼下，那张旧照片正散落在诺兰先生的床上，他就是当年那个年轻人……在过去这么多年里，他一直是我深深眷恋的朋友。此刻诺兰先生正躺在床上，他的胰脏搞了个恶作剧，把他摧垮了。一个关于痛苦和恐惧的故事。

我是个愚蠢的老妇人。我曾经深爱着诺兰先生，正如我对塔格·布里的挚爱，平心而论，甚至还要算上可怜的乔·金德曼。到处都是谋杀，还有鲜血；他自己的身体产生的粪便从嘴里涌出。

我站在人行道上。桑福德太太的田地全都在我的右侧，她种的马铃薯，茎叶在阳光下光彩闪耀，郁郁葱葱，形成一片与众不同的森林，如同排列着一千株树木盆景。

如果说方才我一直在诅咒他，此时我是在诅咒自己。愚蠢，老朽，干瘪皱缩的老太婆，一个爱尔兰厨子，甚至连发泄情理之中的愤怒都不能遂愿。

我得把仇恨放在一边，暂时抛开几个钟头，他也只有这么长时间的活头了。我心想，等他死后，等他的生命已经消亡，我再开始诅咒他，站在他屋外那条窄小的人行道上，滔滔不绝地咒骂他，我要狠命捶打他的棺材，号啕大哭，希望他下地狱，这是一个钟情的妻子在丈夫被死亡夺走的时候应该尽的本分。

但我知道，我必须回到他的屋里，给那位光彩照人的漂亮护士打个下手，她多半并不需要有人帮忙；诺兰先生，他曾经是我的朋友，也是杀死我丈夫的人，在他咽气的时候，我必须守在他身边。

他死在那天傍晚。

失去比尔的第十七天

这是一个美丽的早晨。这一点毫无疑问。我不觉得上帝是在戏弄我。

我兜了个圈子又回到原处。这感觉渗进了我的骨头里。散步回来，正在沏茶的时候，我怀疑起自己是不是真的想喝，于是我停下手上的动作，把双手放在脸上。

当我接到那个电话，请我到学校去一趟时，我完全不知道是因为什么。比尔毕业已经几年了，况且还是星期天。再说了，那时候才刚刚上午九点钟。但我还是去了，可以算是随叫随到。我怀疑他们把我和别人弄混了，或者拨错了号码，等他们看到我，而不是想要见的人会感到很惊讶。我打电话叫了辆出租车，一向为人和善的延森先生开车带我去学校。他打开话匣子，一五一十地向我介绍新近搬到布里奇汉普顿来住的人，虽然在我看来，这等于给他增添了更多的工作量。他对土地价格的波动很不满。他说，他的孩子将来不会有足够的钱在这一带建房子。他认为政府应该有所作为，但又觉得政府根本不会采取措施。他说，美国现在已经完全是富人的天下了。

这是出租车上经常闲聊的话题，说东道西之间给人一种抚慰。变化无处不在，我们这里也绝不可能是个例外。我为自己有一个栖身之地心存感激。这是一个美丽的早晨，我的情绪也偏向于积极乐观。我心里确信，比尔会摆脱种种心结，恢复到原来的样子。我知道他现在喝酒比以前多了不少。就在前一天，斯泰茜给我打来电话，说比尔曾经去过她家，站在屋外冲着窗户大喊大叫。她问我能不能让比尔别这么做。我暗自琢磨，也许可以让沃洛翰夫人重新提起大学计划，看比尔对此有何反应。事情接二连三地发生，虽然如此，可我还是觉得，怎么说呢，他还年轻，心总会愈合。所需要的只是时间，还有关心你的人。我都能在想象中看到他成了护林站的一员，在那里监视和防止森林火灾。荒野中的日出就像烈烈的火焰，日落时分恰如燃起漫天大火。

诸如此类的胡思乱想，自我安慰的想头。在我想来，如幻影一般。

他们带我来到男生厕所。我说不好自己在此之前有没有进过男厕所的小便处。他们已经割断绳子，把他从小隔间的门上放了下来。门闩安装的位置低得简直荒唐，就像是给小孩子设计的，而这里是一所中学。他居然设法在门闩上吊死了自己，这让我心里产生了一种奇怪的惊诧。他躺在担架上，脖子上的军装领带已经被人剪开。我问在我来之前有没有想办法让他活过来，救护人员回答说他不知道。他说刚才他们一直在等我赶过来，但他现在必须尽快回去，因为过了南安普顿镇的高速公路上发生了一场火灾。我认出了镇里的一个警察，他是个好心人，还有一个护士。显而易见，医生已经来过又走了。这一切，我看在眼里，记录在大脑的最外层，没有在任何别的地方留下印记。没有任何东西渗透到里面。

他躺在地板上，微微侧身，腿在膝盖处屈了起来。他看上去很小很小。虽然不再是他刚来时的孩子模样，但还是显得很稚嫩。我心里在想，把他从山里带出来，对他来说有什么好处吗？我没有答案。我只知道，我曾经那么爱他，为了他，我心甘情愿舍弃自己的生命，一千遍，一万遍。

我觉得，他的脸似乎因为他死去的方式而改变了模样，我不记得他有过这样的面容。在我的记忆中，他的脸庞是那么漂亮，柔和，张开的双手，手指那么修长，宛如一丛缎花。他的身体已经没有了气息，但那双眼睛仿佛还在张望这个世界，仿佛他在死后仍在继续观察，从而探究世界的奥秘。

葬礼应该总是伴着下雨，如果赶上干燥的天气，就应该下一场霜雪，就像加了一勺又一勺茶叶，味道变得越来越浓，虽然这会给掘墓人的工作增加难度。如今他们用一台小挖掘机来干这个活儿。他们在泥地上开出了一个七英尺长三英尺宽的切口，轻车熟路。我想象着几个男人用铁锹挖好一个墓穴的情形，那么干净利落，就像都柏林山区的小伙子们在高地沼泽把泥炭上的草皮一锹一锹地铲开，只有水鸡和沙锥鸟才能看出他们的动作有多么精准娴熟。

然而，葬礼那天，太阳如行云流水一般在树丛间穿行，那似乎发生在很久以前，但其实只是因为我这稀奇古怪的“内心告白”写了很长篇幅的缘故。树木枝繁叶茂，显得庄严而高贵，阳光从它们的缝隙里倾泻而下，就像是一种液体或者你可以触摸的东西，你可以从中取出一份来，称一称重量，或者切成一块一块的，加到蛋糕粉里。阳光如一缕金色的风从树丛中掠过，风里充满着形形色色的东西，人的种种行迹，窃窃私语，旧日的零星闲谈，逝去的往事，还有一笔勾销的未来。稀薄的微风缓缓爬过。他们慢慢放下盛着比尔躯体的带镶面饰板的棺材，原本的松木上绘有橡木纹路，其用意是把一种更贵重的木料加在真实本分的木材上。他正在沉入泥土。阳光如一种液体从绿树间流泻而下。他在部队的战友也来参加葬礼，其中一个小伙子吹起了军号，他的上尉展开那面美好可爱的旗帜，盖在假充橡木的棺材上，这些与他生死相隔的朋友把他一点点放下去，他很快就到了那里，到了墓穴的底部，而他们，等到约定的仪式结束后，就一个个慢慢离开，年轻的士兵在这样一个葬礼之后会做些什么，他们就会去做什么。我说不上来，也不想说。阳光穿过树丛，来到坟墓边缘，带着一种纯粹的庄重肃穆，就像是上帝本人化身成一缕阳光，怯怯地朝墓穴里张望，对他自己创造的作品心存畏惧，不敢正视这赤裸裸的、不加渲染的事实，对自己所做的事情，或者说对自己任由这样的事情发生感到畏怯。一群根深叶茂的老树耸耸肩膀，它们的枝叶是那么繁盛、华美，而那个男孩——他在我心目中，比我自己这枯萎的生命要宝贵得多，他就像一堆马铃薯被存放在地窖里，农夫完事之后从此一去不返。

下午。

现在我要出门走一趟，到村里去拿回不多的一点死亡讯息。当然，我把房子收拾得干净整洁，不会给沃洛翰夫人造成任何麻烦，我确信，当她看到我的躯体躺在那里纹丝不动，完全停止了生命时，她会原谅我留下的这一丁点儿凌乱。

我所要结束的生命已经所剩无几。上帝啊，这太微不足道了，完全是一钱不值。一年，或者两年。

我没有留下多少东西。我已经把自己珍视的物件放进一个盒子，但是谁会想要呢，我说不上来。没有人。我猜想，也许爱尔兰会有什么人愿意保留这些东西，如果我有个地址的话。埃德，比尔，还有乔的照片，大概在旁人眼里只会显得无足轻重，即使是亲戚朋友。莫德的两封信，安妮的三封，分别是在三十年代、四十年代，再往后是六十年代寄来的，安妮还邀请我去看望她，但没有提供地址，这是她独特的做事风格。当时我想，自己整天忙得很，最好还是丢开这个想头吧，在沃洛翰夫人的房子里安顿下来，并且还要相信，噢，相信那句古老的谚语：莫要惊扰正在睡觉的狗。但无论如何，莫德、安妮、威利，还有父亲，从来没有离开过我。我们聚在一个奇特的客厅里喝茶，一天都不曾间断，这奇妙的茶会根植在我内心深处。盒子里保存着埃德的军队文书之类的东西，比尔的信件，还有他们俩从学校带回家的图画，比尔画的那幅被绞死的人曾经让他的老师迈尔小姐大为气恼。

我想，所有这些都会被打成一包，丢进垃圾箱。沃洛翰夫人终于可以收回她这座小房子了。愿上帝保佑她，为她有如此美好而宽厚的耐心。

我对自己活过的这辈子充满了感激，无穷无尽的感激。我感谢我的父亲、我的姐妹，感谢塔格、卡西，感谢乔、埃德，还有比尔。在过去，结束自己的生命是不可饶恕的罪过，这罪过如此深重，牧师不会允许把你的躯体埋葬在墓园之内。现在很可能仍旧如此。但这都是将死之人的凭空臆测。没人可以说他们知道上帝的所思所想，你无法代表上帝发言。坦白地说，我已经有些日子没有去过南安普敦的波兰圣母教堂，向那位和善的波兰牧师忏悔了。实际上，我最近一次忏悔已经过去了很久。不过，现在我在这里做了忏悔。让上帝掂量掂量我的心迹，看他必须如何对待我吧。我甘冒风险，在自己没有得到召唤之前就离开人世。我想提早站在圣彼得的大门前。

在我的想象中，大门里的道路前方会有一个人等候我的到来，上帝也会大发慈悲让我通行无阻。我希望，我希望快步走向前方那个人，再次拥抱他，就像他第一天站在我的屋子里，完全出乎我意料地给了我一个拥抱。

夜晚。

在基督徒世界，尤金尼德斯先生的面孔要算是最干净的，他是个十足的热心肠，一个人只有把自己在大庭广众之下的面孔和在私下里的面孔合二为一，才能做到这一点，这样的人一贯小心谨慎，同时又真诚坦率。

“你会很长时间感到难过，还有疲倦，”他的措辞总是这么异乎寻常，“相信我的话，布里太太，我非常清楚这种感受。我的父亲死在伯罗奔尼撒的战斗中，啊，啊，那已经过去很多很多年了。悲痛，悲痛啊！国家的悲痛，我们自己内心的悲痛。从来没有丝毫减退。”在他说这番话的时候，我确确实实体会到了他的一腔哀痛，和我的悲伤缠绞在一起，跳着双人舞。

“谢谢你，尤金尼德斯先生。”我说。

他两只手摩挲着平滑的柜台，这动作是那么饱含心思，那么意味深长，仿佛是要抚慰一下为了做成这张柜台被砍伐的大树，他频频点头的姿态恰如一位总统。

我对他说，我睡得不好，是不是应该到厄恩肖大夫那里开个合适的药方。但尤金尼德斯先生根本不听我在说什么，他从电脑里找出我最近的一次处方记录，并且建议增加剂量，或者用他的话来说，是“加强”药效，不管他这话是什么意思，总不可能是让我往饮料里多掺一些烈酒吧。随后，他无论如何也不肯收钱，不愿意和我从手提袋里掏出的几张钞票有任何关系，可我觉得必须付现金给他，因为我不想把这些药片的费用算在我的保险上——可是，他嘴里连连说着“不，不”，决意不肯收下，硬是塞给我几板安眠药——“反正是样品，布里太太”。他是这么说的，但是从完好无损的包装来看，我觉得并非如此。我离开商店的时候，身后还传来他宽慰的话语，我的手提袋里塞进了一小把安眠药，跟几只旧唇膏和小粉盒随随便便地散放在一起，就像一把奇怪的扑克牌。

我一路走回家去，眼中的景象似乎比往日更加生动。树叶在微风中发出噼噼啪啪的声响；一座座院落，亮闪闪的汽车，排布成小里小气的街景；草木萌发的沼泽，大海给地平线镶上的花边，组合成慷慨大气的风景画。没有什么不对劲儿的地方，一切都好好的。我曾经无数次从这条路上走过，恬然自足，比尔过去也经常开着他那辆破破烂烂的汽车从这条路上驶过，车窗敞开着，音乐声像植物一样生长蔓延，在这个沉静的世界上，他仿佛是个吉卜赛人。

我走进大门。海在屋外的沙滩上席地而坐，仿佛是一千个病人挤在诊所里，一动不动，焦躁、烦闷。午后，天色已晚，世界如村子里街道两旁的商店，很快就要打烊。太阳从地上的风景、海上的风景之中采撷了各种各样的色彩——深浅不一的蓝色变得更加亮丽，神秘莫测的黄色扯成一条条缎带，停落在远方的海面上，一千个巢窟，在阳光的映照渲染之下，显得无比鲜明突出。但太阳自己却慢慢地下沉，跌落在世界的桌面底下，像一个醉酒的人。它把自己从风景中采撷来的所有的色彩都集于一身，它就是一团火，将所有的色彩吞噬一空，在远处燃烧得肆虐而疯狂。此时，我种在花坛里的花儿也开始燃烧，似乎是不情愿把自己华美的衣饰拱手相送。黑暗很快就会将它们也一并卷走，也许这是最后一次——我和泥土，和咸涩的海风抗争取得的小小胜利，将被黑暗统统抹杀。黑暗会夺去花朵的色彩，然后是草坪——它还在心有不甘地挣扎，接着是我的房门、我的墙壁、我的屋顶，它把一切色彩劫掠而去，还有我心中的颜色。

我迈步走进房门，站在走廊里，到头来，我成了一个陌生人，仿佛从来不曾到过此处。确实，屋里的空间看起来变大了，也变宽了，我一时间陷入惶惑。我注视着如此熟悉的一切，却浑然无感。通往厨房的门大开着，我能看到大海的波光倾泻在铺着塑料贴面的餐桌上，就像是新刷了一层塑料漆。这情景透射出一种美好的东西——美丽、生动、奇特。在这一瞬间，我突然意识到，一个人置身于厨房，身边摆放着各种各样的小设备，可能会感受到真正的幸福，我很荣幸曾经拥有这个特权，度过了一段漫长的生命光阴。这突如其来的陌生感，似乎是我的住所在用一种特殊的方式和我告别。它知道我的打算，正在纠结之中，不知道自己是否有必要做出谦恭的姿态。我知道，当我的生命结束之时，裹在我这身衣服里静躺着的躯壳会无比轻微，我为此而欢喜。数学家告诉我们，两点之间无限远的距离是无法闭合的，而此时此刻，这两点就要相遇了——那就是生与死。我根本不需要跨越任何路程就能抵达虚无。

不过，我依然站在那里。一个打算用尤金尼德斯先生给的小药片结束生命的老太婆。除了黑暗，还有别的东西正在厨房外面慢慢聚拢，让逐渐被黑暗吞没的窗玻璃突显出来，难道那是雾霭，千军万马、前赴后继地从海面上升腾而起，疲惫不堪的士兵又一次找到了他们的力量，还有他们富有传奇色彩的人生，他们登临海滩，是要作为正义之师来攻占布里奇汉普顿吗？我说不上来。我觉得自己再也不会知晓任何事情了，这感觉并没有带给我一丝沮丧。我和这个时刻结成了牢不可破的盟友，因为我从这一刻中体会到了生命的消殒，还有奇特的胜利。我将比尔抱在怀里，此时的他并不像石头一样沉重，几乎把我摧垮，将我的最后一口气也压迫出来，恰恰相反，他又一次完全脱胎换骨，轻飘而又实实在在地被我拥入怀中，我就像是一架小推车，载着他轻盈的灵魂进入天堂。我站在那里——一个衰朽不堪、行将就木的老太婆，最后一缕气息也离开了我的身体，但并不是被悲痛或者复仇之手一把夺去。宁静祥和的黑暗弥漫在厨房，轻手轻脚地爬进水壶里安了个窝，悄悄溜进糖罐里、烘盘里，在长柄勺和大搅拌勺的舀子里玩耍嬉戏，没有任何东西它没有碰触到，没有任何东西它没有细细打量，甚至连没人留意的空无一物的地方它也不放过——橱柜顶，农场，还有冰箱和炉灶底下藏匿灰尘的隐蔽所。黑暗如此浓重，在我看来有如光明，但它不是光明，这黑暗我已足够熟悉，它是某种东西的内心，比如果核，比如谷粒，它是艰深的诗歌，是上帝隐藏起来的秘密，上帝把它当作一件神秘而奇妙的东西，但是谁能责怪他呢？黑暗把自己团团包裹起来，就像是雾霭的缩影，旋转着，翻转着，向前挪动，突然框住了一样东西，画面是那么清晰、简洁——它正在缓慢地舞蹈，跳啊，跳啊，颈圈上镶嵌的玻璃宝石闪着幽暗的光芒，跳啊，跳啊，那是一头熊的轮廓，长长的四肢柔软而灵活。